毛姆阅读课
写给年轻人的名著指南

[英]毛姆/著
赵安琪/译

天地出版社 | TIANDI PRESS

图书在版编目（CIP）数据

毛姆阅读课/（英）毛姆著；赵安琪译. — 成都：天地出版社，2022.8
ISBN 978-7-5455-6971-1

Ⅰ.①毛… Ⅱ.①毛… ②赵… Ⅲ.①世界文学—文学评论—文集 Ⅳ.①I106-53

中国版本图书馆CIP数据核字（2022）第013153号

MAOMU YUEDU KE
毛姆阅读课

出 品 人	杨　政
作　　者	［英］毛　姆
责任编辑	陈文龙
特邀编辑	许　峥
封面设计	车　球
责任印制	王学锋

出版发行	天地出版社 （成都市锦江区三色路238号 邮政编码：610023） （北京市方庄芳群园3区3号 邮政编码：100078）
网　　址	http://www.tiandiph.com
电子邮箱	tianditg@163.com
经　　销	新华文轩出版传媒股份有限公司

印　　刷	天津科创新彩印刷有限公司
版　　次	2022年8月第1版
印　　次	2022年8月第1次印刷
开　　本	880mm×1230mm　1/32
印　　张	10
字　　数	223千字
定　　价	49.80元
书　　号	ISBN 978-7-5455-6971-1

版权所有◆违者必究
咨询电话：（028）86361282（总编室）
购书热线：（010）67693207（营销中心）

如有印装错误，请与本社联系调换。

你正在阅读的书对于你的意义,
只有你自己才是最好的裁判。

W. Somerset Maugham

目　录

如何找到读书的乐趣

002　书单缘起
004　聪明的读者都会跳读
011　两种不同人称的小说
016　一部好小说的特点
021　故事是抓住读者兴趣的救生索

十部小说及其作者

026　亨利·菲尔丁和《汤姆·琼斯》
048　简·奥斯汀和《傲慢与偏见》
072　司汤达和《红与黑》
101　巴尔扎克和《高老头》

126　查尔斯·狄更斯和《大卫·科波菲尔》
152　福楼拜和《包法利夫人》
176　赫尔曼·梅尔维尔和《白鲸》
201　艾米莉·勃朗特和《呼啸山庄》
232　陀思妥耶夫斯基和《卡拉马佐夫兄弟》
261　托尔斯泰与《战争与和平》

怎样的人写出怎样的书

292　"作家派对"
298　天赋以外的驱动力
303　小说从来不是照搬生活
309　每个人都能在书中找到自己想要的

如何找到读书的乐趣

阅读小说就是图个乐儿,如果不能给读者带来快乐,那这部小说就一文不值。从这点来说,对于每位读者来说他自己都是最好的批评家,因为只有他本人才知道自己喜欢什么,不喜欢什么。

书单缘起

我很乐意与此书的读者分享创作这些文章的契机。我在美国的某天,《红书》的编辑想让我列一份书单,包括我认为的世界上最好的十部小说。我没有多想便照做了。这个书单十分主观,我本可以列出另外十部在其他方面同样优秀的作品,并给出选择它们的合理理由。如果让一百位博览群书、文化底蕴深厚的人列出这样一份书单,他们也许会提到两三百本书。但我相信,在所有书单中,我所选的小说都会占有一席之地。而对此有不同的意见也是可以理解的。

一本书吸引特定读者的理由有很多,即使判断再为慎重,也有令他动容的地方。也许他在人生中某个时期或某种境况下阅读了此书,这就令他十分容易被这本书打动。也有可能是因为他的喜好或人际交往圈子的不同,书的主题或背景对他来说有非同一般的意义。我能想象得到,一个狂热的音乐爱好者会将亨利·汉德尔·理查森的《莫里斯·格斯特》[1]列入十佳小说之列。五镇的居民，因为喜欢阿诺德·本涅特对当地居民及其特点的忠实描述，就会把《老妇人的故事》加进自己的书单。这两部小说都是好小说，但我不觉得它们是当之无愧的世界十佳小说。

　　读者的国籍会让他们对某些作品产生兴趣，会更容易夸大这些作品的长处。18世纪时，英国文学在法国广为流传，20世纪时，法国人对本国以外的任何文学作品都不太感兴趣。甚至我认为法国人不会像我一样在世界十佳小说书单里列入《白鲸》或是《傲慢与偏见》，除非他是一个见识广博的人。不过，他肯定会把拉斐特夫人的《克莱芙王妃》加进书单。《克莱芙王妃》确实是一本佳作，也许是有史以来第一部情感和心理小说，它的故事感人，人物刻画鲜明，写作也富有特色，而且很简短。在法国上学的小男孩都熟知书中的社会背景。读过高乃依和拉辛作品的人，对书中的道德氛围也不会陌生。它具有与法国历史上最辉煌时期相联系的魅力，对法国文学的黄金时代有着巨大的贡献。但是，英国读者可能会认为主人公的宽宏大量是不人道的，对话也站不住脚，行为也令人难以置信。我不认为这种想法是对的。但是，有这种想法的人就绝不会把《克莱芙王妃》列为世界十佳小说之一。

---

[1] 澳大利亚女作家亨利·汉德尔·理查森的小说，讲述了一个学音乐的学生的爱情故事。

聪明的读者都会跳读

　　我还在为《红书》写的书单中附了一份短评，其中写道："聪明的读者如果学会跳读这一技巧，就会从阅读中获得最大的乐趣。"明智的读者不会把阅读当成任务，而只是当作消遣。他们准备着让自己对书中的人物感兴趣；关心主人公在特定情境下的行为及遭遇，对他们的不幸表示同情，为他们的快乐感到高兴；设身处地地为他们着想，在某种程度上，过着他们的生活。这些主人公的人生观以及对人类永恒主题的思辨，无论是用言语表达的还是用行动表现的，都在读者的身上激起了一种惊奇、愉悦或愤怒的反应。但读者本能地知道自己的兴趣所在，他受兴趣的指引，就像猎犬追踪着狐狸的气味一样。有时，由于作者的失败，读者会失去嗅觉，随后又不断地在挣扎中等待嗅觉再次恢复。在这种情况下，他就会跳读。

　　每个人都会跳读，但想做到不遗漏是很难的。据我所知，跳读是一种天赋，或是必须通过经验获得的东西。约翰逊博士[1]跳读得可厉害了。如博斯韦尔所说，他自己有一种特殊的能力，即无须由始至终费心阅读，就能一下子抓住任何一本书中有价值的内容。毫无疑问，博斯韦尔指的是信息书籍或教化类书籍。如果阅读小说是件苦活儿，那读者就都别读了。不幸的是，几乎找不到从头到尾都让人读得津津有味的小说，其中原因稍后详解。虽然跳读可能是个坏习惯，但读者也是不得已而为之。读者会发现，一旦开始跳读就很难停下来，尽管会因此而错过书中的许多有益之处。

在我为《红书》列的书单发表后不久，一位美国出版商向我建议，要再版我所提到的十部小说的缩略本，每一本都加上我写的序言。他的想法是：除了讲述作者必须讲述的故事，揭露他的相关思想，展示他创造的人物，其他全部省略。如此一来，读者就能够阅读这些优秀的小说——若不是删去了那些被不公平地看作是枯燥无味的东西，他们本不会阅读这些小说。因此，书中只剩下了精华，那就尽情享受精神上的欢愉吧。起初我很吃惊，但后来我想，虽然我们中的一些人已经学会了通过跳读来满足自己的需求，但大多数人并没有掌握这一诀窍，如果有一位机智且有辨别能力的人帮助他们跳读，那就再好不过了。我挺喜欢这个为图书写序言的想法，并马上着手工作了。当然，一些文学专业的学生、教授和评论家，会认为缩写一部名著是一件令人震惊的事情——读者应该读名著的完整本。

可这要看是怎样的名著了。我认为，一本如《傲慢与偏见》那

---

[1] 塞缪尔·约翰逊，英国作家、文学评论家和诗人。

样引人入胜，或像《包法利夫人》那样结构严密的小说，一页都不能省略。理智的评论家乔治·圣茨伯里写道："很少有小说能像狄更斯的小说一样经得起浓缩和凝练。"删减是无可厚非的，像大多数剧目在排练时剧本的情节内容都会受到或多或少的删减。很多年前的一天，我和萧伯纳共进午餐时，他告诉我，他的戏剧在德国比在英国成功，他把这归因于英国公众的愚蠢和德国人的聪明。其实他错了。在英国，他坚持自己所写的每一个字都应该演出来。我在德国看过他的戏剧，德国导演无情地删去了那些对戏剧表演没有帮助的废话，为公众提供了一种淋漓尽致的视听欢愉。不过，我觉得不应该把这件事告诉他。我不懂为什么不能对小说也这样做。

柯尔律治在谈到《堂吉诃德》时说，这是一本可以只浏览一遍的书。他的意思很可能是，书中的一部分内容是如此枯燥甚至荒谬，一旦你发现了这一点，重读一遍便是浪费时间。这是一本伟大而重要的书，一个文学专业的学生当然应该通读一遍（我自己从头读到尾，用英语读了两遍，用西班牙语读了三遍），但对于一个为快乐而阅读的普通读者来说，就算跳过那些枯燥的部分也不会遗漏什么。他肯定会更喜欢书中那些直接叙述这位文雅的骑士和他朴实的随从的冒险和谈话的段落，这些段落是如此有趣，如此感人。事实上，一位西班牙出版家在一个版本中单独收录了这些段落，这个版本读起来也很不错。还有另一种小说，也十分重要，但很难被称为伟大的作品。就好比塞缪尔·理查森的《克拉丽莎》[1]，只有最顽

1　英国小说家塞缪尔·理查森创作的书信体小说。

固的读者才不会被它的篇幅吓跑。要是没有找到简写本的话，我肯定不会阅读这本书的。该书的简写本精简得很完美，没有遗漏任何情节。

　　大多数人都会承认，马塞尔·普鲁斯特的《追忆似水年华》是20世纪最伟大的小说。普鲁斯特有很多狂热的崇拜者，我也是其中之一。我可以饶有兴趣地阅读书中的每一个字，有一次甚至放话说："我宁愿被普鲁斯特烦死，也不愿被其他作家逗乐。"但读了三遍之后，我已经准备好承认，他书中的各个部分的价值是不等同的。我怀疑，未来的读者将不再对普鲁斯特所写的那些散漫无边的长段思考感兴趣，这种写作手法在当时很流行，现在已经过时了。普鲁斯特是一名伟大的幽默大师，他创造的独到的、多样的、栩栩如生的人物，令他在文坛上与巴尔扎克、狄更斯和托尔斯泰平起平坐。而在未来，这一事实将更加显而易见。也许有一天，他的巨著会被删节，删去那些被时间剥夺了价值的段落，只保留小说中的精髓和仍具有持久吸引力的内容。这样一来，尽管《追忆似水年华》篇幅仍然较长，但会更加出色。我从安德烈·莫鲁瓦的著作《普鲁斯特传》繁杂的叙述中得知，普鲁斯特打算将他的小说分三卷出版，每卷大约四百页。第一次世界大战爆发时，第二卷和第三卷已出版，但推迟了发行时间。由于其健康状况太差，普鲁斯特无法在战争中服役。他利用自己的闲暇时间，在第三卷中添加了大量内容。莫鲁瓦说："新增的许多内容都是心理学和哲学论文，其中都是以书中的一位智者（我认为这是作者本人）的口吻对人物行为的评论。"他还说："人们可以以蒙田的方式从中汇编出一系列文章——论音乐的作用、论艺术上的新奇、论风格之美、论少数人类类型、论医学上的天赋，等等。"的确如此，但它们是否能增加小说的价值，我认为这就要取决于读者对形式的基本功能的看法了。

在这一点上，每个人的看法都不同。赫伯特·乔治·韦尔斯写了一篇有趣的文章，他将其命名为《当代小说》。"据我所见，"他说，"这是唯一的媒介，通过它，我们可以探讨人类在当代社会发展中提出的绝大多数问题。"未来的小说"将会成为社会调解器、理解的载体以及自我反省的工具。它还能展示各种不同的道德观，促成风格之间的交流，孕育不同的风俗习惯，对法律和制度以及社会教条和思想进行批评"。"我们要处理政治问题、宗教问题和社会问题"，韦尔斯认为，这不是一种消遣的方式，他直截了当地表明，自己不会把小说看作一种艺术形式。奇怪的是，他讨厌自己的小说被视为宣传，"因为在我看来，宣传这个词仅适用于指代某些有组织的政党、教会或教义所进行的明确服务"。不管怎么说，宣传这个词的意义都要更广一些，它指的是通过口头、书面以及广告，通过不断地重复，来让人们觉得，什么是正确且适当的、好的和坏的、公正和不公的，应该让所有人接受并采取行动。而韦尔斯的小说主要旨在传播某些教义和原则，这就是宣传。

归根结底，我们要探讨的问题是小说是不是一种艺术形式。它的目的是教导还是娱乐？如果它的目的是教导，那么它就不是一种艺术形式，因为艺术的目的是令人愉悦。在这一点上，诗人、画家和哲学家的意见是一致的。但这是一个让很多人感到震惊的事实，因为基督教教会以怀疑的眼光看待快乐，将它视为陷阱。把快乐看成是一件好事似乎更为合理,但要记住,某些快乐会招致恶果,避免这种快乐才是更明智的。人们普遍认为,快乐只是感官上的,这也不奇怪,因为感官上的快乐比智力上的愉悦更强烈。但这显然不是事实,因为精神和身体上都有快乐,精神上的快乐即便没有那么强的刺激性,但是更加持久。

《牛津词典》给艺术下了这样一个定义:"审美领域中技巧的运用,如诗歌、音乐、舞蹈、戏剧、演说、文学作品等。"这是非常精准的定义。下面接着补充道:"尤其是在现代背景中,其运用技巧的过程体现的完美程度,也成为艺术本身。"我想这是每一位小说家的目标,但正如我们所知,很少有人达到过这一目标。我们可以把小说看作是一种艺术形式,也许并不是很高尚,但它的确是一种艺术形式。然而,其本质上是一种不完美的形式。我在许多演讲中讨论过这个问题,而我现在要说的也不比当时讲的更好,那我就允许自己简短地引用一下。

我认为,把小说当作讲台是不合适的,读者要是认为可以从阅读中轻松获得知识,其实是被误导了。想要获得知识,只有埋头苦读,这是一件令人讨厌的事。倘若能用小说的糖衣包裹知识这一苦口良药,好让我们大口咽下,那就再好不过了。但事实是,我们也无法确定面前这美味可口的药粉是否有益身心,再加上小说家所给出的知识存在着偏见,因此并不完全可靠。与其获得歪曲的知识,倒不如不懂的好。一个小说家做好本职工作,成为一名优秀的小说家就足够了。他应当对多方面的知识有所涉猎,但大可不必成为某一学科的专家,这样做有时反而对自己有害。想知道羊肉的味道,不必吃下一整只羊,只要一小块羊排就够了。再对吃过的羊排发挥想象力和创造力,就能描述出爱尔兰炖肉的美味。但他要是以此提出自己对养羊、羊毛业和澳大利亚政治局势的看法时,有保留地去听才是明智之举。

小说家任由自己的个性摆布,他选择的题材、创造的人物,以及他对这些人物的态度都受个性的影响。他写下的文字是他与生俱来的本能和情感经验的展现。无论多么努力地保持客观,他仍然是自己性格的奴隶;无论多么努力地保持公正,他都禁不住有所偏袒。他是掷骰子的人,只凭小说开篇对人物的介绍,就能让你对该角色产生兴趣和同情。亨利·詹姆斯一再坚持,小说家必须向剧作家靠拢,尽管说得有点晦涩,但这足以告诉我们,小说家必须以一种吸引人们注意力的方式来安排情节。因此,必要的话,作者会牺牲真实性和可信度来达到他想要的效果。这就不是一部具有科学或信息价值的作品的写作方式。小说家的创作目的不是传授技能,而是愉悦读者。

两种不同人称的小说

　　小说的写作主要有两种方式，各有其优缺点。一种是用第一人称叙述，另一种是从全知的角度写作。就后者而言，作者会给出他认为必要的内容，让读者领会故事情节，了解人物特点。他能从人物内心描述其情感和动机。如果有一个人要过马路，作者可以告诉你他为什么要这样做以及会发生什么。他可以先把注意力放在一组人物和一系列事件上，然后又暂时不去理会他们，将注意力转移到事件的另一方面和另一组人物上。通过把故事复杂化，重新唤起读者的兴趣，让读者感到生活的丰富多彩、复杂多样。可这样做的风险在于，有些角色会比另一些角色更加有趣，从而产生不平衡。拿《米德尔马契》来说，读到那些自己毫不感兴趣的人物的命运时，读者就会感到厌倦。全知视角的小说很容易被视作乏味冗长、主题涣散的作品。就算是写作能力无与伦比的托尔斯泰，也难以避免这些不足。这种写作手法对作者提出了很多要求，这些要求往往是作者无法全部满足的。他必须深入每个角色的内心，感其所感，想其所想。然而作者也有其自身的局限性，只有当他自己身上有其创造的角色的某种特性时，他才能做到这一点，不然便只能从外部观察，这个角色也就会缺乏说服力，很难让读者信服。

我想，正是因为亨利·詹姆斯关注小说的形式，他才意识到了这些缺点，并创造出了另一种全知写法——作者仍然是无所不知的，但关注点只集中在一个人物身上，由于这个人物容易犯错，所以作者也并不是完全无所不知的。这就体现在，作者写下"他看见她笑了"，而不是"他看见了她微笑中的讽刺"。因为讽刺是作者赋予微笑的含义，也许并不合理。以《奉使记》的主人公斯特雷特为例，该故事通过他的所见所闻、所感所想来讲述，其他相关人物的角色也由此展现了出来，这就很容易避免无关紧要的内容，小说结构也必然会很紧凑。读者只要把注意力放在一个人身上，便会不知不觉相信他说的话。读者应该知道的事实是通过讲述故事的人逐渐了解的，因此，当那些令人费解、晦涩难懂的真相一步步被揭开时，读者会非常喜欢。这种方法使这部小说具有侦探小说的神秘色彩和亨利·詹姆斯一直渴望获得的戏剧性品质。然而，一点一点地泄露一系列事实的危险在于，读者可能比小说中的人物更机智，在作者揭露真相之前就能猜出答案。我想，任何读过《奉使记》的人都会对斯特雷特的迟钝感到不耐烦。他不知道明摆在眼前的事实是什么，但他身边每一个人都心知肚明，这是尽人皆知的秘密，但斯特雷特却不知道。这就体现出了这种方法的缺陷。把读者看得愚蠢是不可取的。

既然大多数小说都是站在全知的立场上写的，那么就是说小说家们认为这是解决他们困难的最佳方式。不过用第一人称讲故事也有一定的好处。它令叙述更加逼真，并迫使作者坚持自己的观点，因为他只能告诉你他自己的所见所闻和所作所为。这种方法对19世纪伟大的英国小说家很有好处，可惜，一方面是由于出版方法，另一方面是由于民族特点，他们的小说往往是不成形的、散漫的。使用第一人称的另一个好处是，它能引起你对叙述者的同情。你可能不认可他，但他将你的注意力集中在他自己身上，你便不得不对他抱有同情心。不过这种方法也有一个缺点：如果叙述者像大卫·科波菲尔一样也是一个英雄，他便不能直白地表达出自己的英俊和迷人，在讲述自己的英雄事迹时也容易显得虚荣；当读者都明白女主人公对他的爱意，而他自己却浑然不觉时，他便会显得愚蠢。但是这类小说的作者仍未能完全克服的一个更大的缺点在于：比起他所关心的人，作为中心人物的英雄叙述者很可能显得苍白。我想过为什么会如此，唯一的原因就是，既然作者在主人公身上看见了自己，因此他看待主人公的角度是从内部出发，是带有主观性的。作者讲述了主人公看到的事情，还把自己感受到的困惑、软弱和犹豫不决赋予了主人公，而他在看待其他人物时，是通过自己的想象和直觉，从外部客观地看待他们。一个作家如果才华像狄更斯那样，就会以带有戏剧张力的眼光兴致勃勃地观察人物，以他们的古怪为乐，而这也让他们的形象脱颖而出，自己的形象反倒黯然失色。

曾经还风靡过这样一种类型的小说，那就是书信体小说。每一封信都是第一人称视角，但出自不同的人。这种方法的优点是让小说极具真实感。读者很容易相信，这些内容都是落款人所写，因为不小心泄露才让自己看到。如今，创作者最想努力达成的就是真实性，他想让你相信自己叙述的内容都是真实发生过的，即便这些故事如同《吹牛大王历险记》一般奇异荒谬，或是像卡夫卡的《城堡》一样惊悚怪诞。但这一体裁的叙述方式迂回复杂，字斟句酌令人难以容忍。读者对这种方式感到厌倦，于是它便不复存在了。有三本以这种方式写作的书出版了，算得上是小说中的杰出作品，分别是《克拉丽莎》《新爱洛伊斯》《危险关系》。

然而，在我看来，有很多用第一人称写的小说都避免了自身缺陷，还充分利用了这种写作手法的优点，也许这是写小说最方便有效的方法。从赫尔曼·梅尔维尔的《白鲸》中可以看出第一人称写作有多大用处。作者是故事的讲述者，但不是故事的主人公，讲的也不是发生在自己身上的故事。他是其中的一个角色，或多或少与参与其中的人有着密切的联系。他的作用不是决定行动，而是成为那些参与行动的人的知己、调解人和观察者。像希腊悲剧中的合唱队，他对自己目睹的情况进行反思；他可能会哀叹，可能会提出建议，但无法影响事件的进程。他信任读者，把自己知道的东西和自己的希望与恐惧都告诉读者，在读者不知所措时坦率地表达一切。他不必像斯特雷特这样的人物一样愚蠢，向读者隐瞒些许事实。相反，他可以是一个机智聪敏、目光锐利的人。出于对故事人物的性格特点和行为动机的共同兴趣，叙述者和读者达成了统一。作者能让读者像自己一样，熟悉他所创造的人物，并获得同样的真实感。

他可以塑造一个能够引起读者同情的主人公,给他加上主角光环,而在叙述者同样是主人公的情况下,这么做就免不了要引起读者的反感。要是一种写作手法能够促使读者与人物更加亲近,并能增强小说的真实性,那显然是值得推崇的。

一部好小说的特点

现在，我冒昧地谈谈自己认为一部好小说应该具备的品质。首先，它应该有一个让大多数人感兴趣的主题，我指的不仅是让评论家、教授、高官、公共汽车售票员或酒吧投标者这类小团体感兴趣的主题，而是说它应该能吸引到广大普通的男男女女。作者选用的主题应该具有长久的吸引力，而不仅仅关注当下的热门话题，否则作品很快就会像过期的报纸一样不值一读。作者要讲的故事不仅应该契合主题，还应该连贯、有说服力；不仅应该有开头、发展和结尾，而且结尾应该是开头的自然结果。读者应该从人物的个性出发，对其进行观察，而人物的行为也应该符合其特征。绝不能让读者质疑："某某绝不会那样做。"相反，应该让读者由衷感叹："我正期待某某这么做呢。"如果角色本身有趣，那就更好了。福楼拜的小说《情感教育》在许多优秀的评论家中享有盛誉，但作者选择了一个如此空虚、毫无特色、毫无生气的人作为主人公，以至于没人关心他做了什么或在他身上发生了什么事。因此，尽管这本书有很多优点，人们也很难读下去。

我应该解释一下为什么说要结合个性来观察人物——要求小说家创造出全新的人物，实在是一个过高的要求。小说家以人性作为创作素材，虽然世上有各式各样的人，但人的种类并不是无限的。小说、故事、戏剧、史诗已经有了数百年的创作历史，作者很难再创造一个全新的角色。我读过的小说中，唯一能让我把注意力放在整本小说上，并且绝对原创的人物就是堂吉诃德。但一些博学多识的评论家竟也为他找到了一个遥远的祖先，不过对此我也并不惊讶。倘若作者能结合自己的个性看待角色，并且其角色个性足够独特，甚至让人误以为这是独一无二的创作，那就再幸运不过了。

行为产生于性格，言语也要从性格出发。上流社会的女性应该以上流社会的方式谈吐，妓女要像妓女一样说话，马赛的票贩子说票贩子的话，律师的表达该有律师的样子（梅瑞狄斯和亨利·詹姆斯笔下人物的说话方式始终和这两位作家本人一样，这肯定是不对的）。对话既不应杂乱无章，也不该成为作者发表意见的机会，而是要塑造人物形象，推动情节发展。叙述的段落应该生动形象、切中要害，除了明确可信地说明人物动机及所处状况，不应该再多赘述。好比鞋子要合脚一样，文体应该服务于内容，让每一位受过正当教育的人都能轻松阅读。小说还应该富有趣味，虽然我把这点放在最后说，但这是最基本的品质；这一品质若不存在，拥有其他优点也于事无补。小说的趣味性越能发挥启发读者的作用就越好。"娱乐"一词具有多种含义，其中一个意思是"提供消遣和放松"，对于这个定义，人们常常误以为消遣才是唯一重要的。从《呼啸山庄》或《卡拉马佐夫兄弟》那里获得的乐趣和从《项狄传》或《老实人》那里获得的一样多。虽说魅力各有不同，但都合情合理。当然，小说家有权探讨与每个人有关的重大话题，即上帝的存在、灵魂的不朽以及生命的意义和价值，尽管他们把约翰逊博士的忠告谨记在心：关于这些话题，新产生的说法不再可信，可信的说法却不再新奇。如果这类主题是故事的重要组成部分，或对刻画人物性格和影响人物行动必不可少，那么作者就只能希望读者对自己要说的内容感兴趣了。

即使某部小说具备了我所提到的所有品质——这个要求已经很高了，形式上仍会有不足之处，就像美玉微瑕，无法达到完美。这就是为什么世界上没有完美的小说。一个短篇故事是小说的一部分，根据其篇幅长短可以在十分钟到一小时读完，它有一个单独的、定义明确的主题，讲述一个或一系列密切相关的事件，且它们无论在精神还是物质层面上都是完整的，无论增减都是不切实际的。这样一来，小说是可以尽善尽美的，想要搜集到完美的短篇小说也并不是件难事。但小说是一种篇幅不定的叙事作品：它可以像《战争与和平》一样丰富，由一连串相关事件组成，许多人物在同一时期一同展现出来；它也可以像《卡门》一样短小精悍。为了给情节营造可能性，作者必须叙述一系列与之相关但其本身却并不有趣的事实。事件的发展往往伴随着时间的间隔，为了保持作品的平衡，作者就必须尽他所能地填补这些空隙，而这些段落就被称为"桥"。大多数作家随意"过桥"，也都采用些技巧，但这个过程无疑是枯燥乏味的。小说家也是人，他也不可避免地会对其所处时代流行的内容感兴趣。由于小说家都十分感性，他们便常常会涉及这些话题，但随着时间的流逝，那时的流行话题也渐渐失去了吸引力。

举个例子来说，直到19世纪，小说家们才开始注重景物描写，之前都只是一笔带过。直到以夏多布里昂为代表的浪漫主义流派出现，景物描写才开始吸引公众的注意，为写景而写景也变得越发流行。就连一个人去药店买牙刷，作者都要描写他经过的房子，以及商店里卖的杂货。黎明落日，繁星满天，万里无云的天空，白雪皑皑的群山，漆黑的森林——都为这没完没了的景物描写提供了素材。许多风景本身是美丽的，但与故事情节并无关联：作家们花了很长时间才发现，无论他们的观察多么有诗意，描绘得有多美好，倘若不能推动故事情节的发展或有助于读者理解人物的话，这些风景描写就是徒劳的，这是小说可能会产生的一个缺陷。小说还有一个先天性的不足：由于小说的篇幅相当长，作者在写作上必须花一些时间，至少几周，一般是几个月，有时甚至要几年。在写作过程中，作者往往会失去创造力，于是只有靠着自己的坚持和勤奋，用自己的常规水平来完成作品。倘若只凭这些就能吸引住读者，简直算是奇迹。

在过去，相比于质量更好的小说，读者更倾向于篇幅长的作品，希望自己的钱花得有价值。而小说作者在主要的故事之外，往往很难为印刷商提供更多内容。于是他们想出了一个简单的办法：在小说中插入一些故事，有时长到可以被称为中篇小说，而这些故事与主题无关，充其量也只是沾一点边。在这点上，没有小说像《堂吉诃德》一样理所应当，这些增补的内容一直被看作是这部伟大作品的污点，读者阅读的时候对此很不耐烦。同时代的评论家曾狠狠地批评了这一点，于是作者在《堂吉诃德》的第二部中避免了这个做法，创作出了一部比前作更好的续集，这是很难达到的伟业。但这并没有让后来的作家放弃这种做法——他们显然没有读过这些批评文——继续用这种方便的手段来向书商提供长篇稿件，使之成为一本有销路的书。在19世纪，新的出版方式给小说家提供了新的诱惑。月刊把大部分版面都用在了刊登所谓的"通俗小说"上，并取得了巨大的成功，还给作者提供了连载的方式，来为自己谋取利益。与此同时，出版商也尝到了把知名作家的小说按月刊登的甜头，作者按照合同，通过提供一定数量的文字来凑足版面。这样一来就让他们的文章更加散漫和冗长。在这些连载小说的作者中，即便是最优秀的那些，譬如狄更斯、萨克雷和特罗洛普，都觉得要在规定时间内交连载稿是一种可恨的负担。难怪他们会凑数！难怪他们要在故事里加上无关紧要的情节！我一想到小说家要面对如此多的障碍，要避免如此多的陷阱，就对最伟大的小说也不完美这件事不感到惊讶，只惊讶它们的不足竟然只有这些。

故事是抓住读者兴趣的救生索

为了提升自己,我曾经读过不少讨论小说的书。总的来说,这些书的作者都和赫伯特·乔治·韦尔斯一样,不愿意把阅读小说看作是一种消遣的手段。但他们都一致认为,小说中的故事并不重要。他们认为,故事情节会阻碍读者专注于小说中的重要内容。他们仿佛没有意识到,小说的故事和情节是作者抓住读者的阅读兴趣的救生索,在他们看来,讲故事是一种低级的把戏。我觉得奇怪,在我看来,听故事的欲望和占有欲是人类骨子里根深蒂固的东西。在过去,人们就喜欢围坐在篝火旁或是聚在集市上听别人讲故事。如今,大众对侦探小说的热情,更显示出了他们对故事一如既往的热爱。然而,要是把一个小说家只当成是说故事的人,就是瞧不起他。我敢说这世上并没有单纯说故事的人。作者大多是通过他所选的事件、人物以及对这些事件的态度,给出对生活的批判。也许这个批判既非独创,亦不深刻,但它确确实实地存在着。因此,即便作者尚未察觉，他也已经以一种谦逊的方式成为一名道德家。道德和数学不同，它并非一门精确的科学。道德作为人类行为的规范，并非一成不变，因为众所周知，人类是虚荣多变、摇摆不定的。

我们生活在一个动乱的世界里，前途未卜，自由受到威胁。我们正处于焦虑、恐惧和挫折之中，一直以来被奉作是理所当然的价值观，如今也受到质疑。这些都是严肃的问题。小说作者可能意识不到，读者可能会觉得与这些话题相关的小说有些沉重。由于避孕用品的发明，人们不再对贞洁怀有崇高敬意。小说家很快就意识到了性描写给小说带来的不同，因此，每当他觉得有必要采取一些措施来维持读者那微弱的兴趣时，就会让笔下人物沉浸在男欢女爱中。我不认为这是个明智的做法。关于性爱，切斯特菲尔德爵士说过，快感只有一瞬间，付出的代价却是惊人的。如果他还在世，有机会读到当代小说，或许还要说上一句："反复描写这种单调行为实在太过乏味。"

如今，比起描绘情节，现在的作者往往倾向于详细地刻画人物。只有你足够了解小说中的人物，并能感同身受，才会关心他们的遭遇。着重描写人物性格多于叙事是小说写作的一种手法。单纯描述情节，不在乎人物性格描写的小说也同样存在，有几本还写得非常好，比如《吉尔·布拉斯》[1]和《基督山伯爵》。我想，要是《一千零一夜》中的山鲁佐德沉迷于描绘人物性格而不是他们的冒险经历的话，恐怕她很快就掉脑袋了。

---

1 法国作家列内·勒萨日的代表作，法国著名流浪汉小说。

在接下来的章节中，我将分别介绍每一位作者的性格特点，展现他们的生活。这样做一方面是为了取悦自己，另一方面也是为了读者。因为在我看来，只有了解作者，才能更好地理解和欣赏其作品。只有了解福楼拜，才能解释读者对《包法利夫人》产生的大量困惑；而要是了解了艾米莉·勃朗特本就少为世人所知的生平，就更为她那奇异而伟大的作品平添了几分哀伤。作为一名小说家，我是从自己的角度来写这几篇文章的。但这样做也有风险，因为小说家更容易去欣赏与自己作品类似的东西，并以自己取得的成果来衡量其他作品的好坏。为了对本不能感同身受的作品保持完全公正，小说家就必须保持操守，不带偏见，并怀有一种宽宏大量的态度，而这些要求对于这一易怒的群体来说，是很难做到的。另外，批评家本身并不是创作者，他们对小说写作的技巧知之甚少，因此他们的评论仅仅是个人观点，并没有多大价值。除非他们像德斯蒙德·麦卡锡那样是一位博览群书、见多识广的文学家，否则，他们就会严格地按照一套刻板的标准来做出判断，作品必须完全符合这些标准，才能得到他们的认可。就好比鞋匠只会做两种尺码的鞋子，要么合脚要么不合脚，反正鞋匠也不在乎。

写这些随笔的初衷是吸引读者阅读他们感兴趣的小说，而为了不让他们扫兴，我必须尽量避免透露情节，这样就很难对作品进行充分的探讨。在重写这些文章的时候，我想当然地认为读者已经了解过我提到的这些小说，这样一来，就算我泄露了小说作者故意放到最后才说的事实，对读者也不会有什么影响。我毫不犹豫地指出这些小说在我眼里的优缺点，对人们眼里的经典作品不加区别地大肆赞扬对普通读者来说是没有好处的。在读完之后，读者也许会发现这些小说有动机不具说服力、角色不太真实、情节不相关联、描述单调乏味等问题。倘若他是个急脾气，就会高声抗议，说那些夸这部小说是佳作的评论家都是傻子；假如他性格谦卑，就会在自己身上找原因，觉得自己才疏学浅，不适合阅读这部作品；还有一种性格固执的人，就算觉得百无聊赖，也会执着地读完。但阅读小说就是图个乐儿，如果不能给读者带来快乐，那这部小说就一文不值。从这点来说，每位读者对于他自己来说都是最好的批评家，因为只有他本人才知道自己喜欢什么，不喜欢什么。

因此，我认为，小说家总会觉得自己没受到公正对待，除非他的读者必须有阅读一本三四百页的书的能力，还要具备充分的想象力，能感受书中人物的悲欢、危难与冒险。其实，如果读者不下功夫，就理解不了小说要传达的意思。然而，阅读小说从来不是读者的义务。

十部小说及其作者

她的小说中没有什么特别的事情,但你读完一页时,就急切地想知道接下来的故事。即便接下来的故事也没什么特别,可你依然会迫不及待地翻页。这正是小说家最宝贵的天赋。

亨利·菲尔丁和《汤姆·琼斯》

1

要介绍亨利·菲尔丁实在是一件难事,毕竟他的生平鲜为人知。1762年,阿瑟·墨菲在菲尔丁去世八年后,将其一生记录成一篇简短的传记,作为菲尔丁文集的引言。阿瑟·墨菲是菲尔丁晚年的朋友,他手中的素材寥寥无几,大概是为了凑满八十页纸,传记中充满了与主题无关的长篇大论,后来经过研究发现其中大部分内容是不准确的。另外一位详细叙述了菲尔丁生平的作者是彭布罗克学院院长霍梅斯·杜登博士,他在两本厚重的著作中对菲尔丁做了足够细致的描写,他对当时的政治环境进行了生动描绘,记录了"小僭君"[1]在1745年灾难性的冒险,给主人公曲折的人生增添了几

---

[1] 英国斯图亚特王朝的查理·爱德华(1720—1788),人称"小王位觊觎者",因为他自称是合法的君王,尽管当时英国政权已经落到汉诺威王朝的手中。

分色彩和深度。

菲尔丁是绅士出身，他的父亲是索尔兹伯里的教士约翰·菲尔丁的第三个儿子，他的祖父是德斯蒙德伯爵的第五个儿子。德斯蒙德家族是登比家族中较年轻的分支，他们自称是哈布斯堡家族的后裔。《罗马帝国衰亡史》的作者爱德华·吉本在其自传中写道："查尔斯五世的继承人可能不承认他们的英格兰同胞，但《汤姆·琼斯》这部精准刻画了人类百态的传奇作品，会比埃斯科城堡以及奥地利王室的雄鹰徽章更能流芳百世。"这句话引起了很多人的共鸣，但遗憾的是，这些王室贵族的说法并无根据。关于菲尔丁这个姓氏，还有个著名的故事，当时有位伯爵问亨利·菲尔丁姓氏的来源，他回答说："我想大概是因为我的家族比您的家族更早学会写字吧。"

菲尔丁的父亲曾在马尔伯勒的军队中服役，他英勇善战，享有盛誉，后来娶了英国最高法院的法官亨利·古德尔爵士的女儿萨拉。1707年，亨利·菲尔丁出生了，两三年后菲尔丁的父亲又添了两个女儿。随后，一家人搬去了多塞特郡的东斯托尔，这是菲尔丁的父亲为女儿准备的房子。在那里，菲尔丁夫妇又有了三个孩子。1718年，菲尔丁夫人去世，次年，亨利·菲尔丁进入伊顿公学学习，并在那里交到了几个珍贵的朋友。正如阿瑟·墨菲所说，如果菲尔丁一直在这里学习，这位"精通希腊文学和早期拉丁古典文学的大师"必然会对古典文学产生热爱的情感。晚年的菲尔丁在病入膏肓、穷困潦倒的时候，在阅读西塞罗的《安慰》中获得精神慰藉。临终前，在乘船去往里斯本的旅途中，他还随身带着一本柏拉图的书。

离开伊顿公学后，菲尔丁没有上大学，而是和祖母古尔德夫人一起，在索尔兹伯里住了一段时间。菲尔丁那时读了一些法律书籍和大量的杂文。那时的菲尔丁英俊潇洒，身长六尺；身强体壮，性格开朗；眼睛深邃，鼻梁高挺。他的上唇很薄，微微卷曲，显得有些冷酷；他的下巴突出，看起来有几分执拗。菲尔丁爱上了一位名为莎拉·安德鲁斯的小姐，其优渥的家境更为这位小姐增添了几分魅力。于是菲尔丁便策划了一场私奔，宁可不惜一切，也要娶这位小姐为妻。但最终事情败露，这位年轻的女子匆匆逃走，嫁给了一位门当户对的追求者。在接下来的两三年里，菲尔丁在祖母的资助下，同其他相貌英俊、风度翩翩的年轻人一样，在伦敦尽情地寻欢作乐。1728年，在表妹玛丽·沃特利和一个美丽但并不纯洁的女演员安妮·奥尔菲尔德的帮助下，菲尔丁的第一部戏剧《歌舞会上的恋爱》由科雷·西伯搬上了德鲁里巷的剧院，总共演出了四场。不久之后，他凭着父亲给的每年二百英镑生活费进入莱顿大学学习。但一年后他父亲再婚了，无法继续为他提供生活费，于是菲尔丁回到了英格兰，他当时的处境十分窘迫，但仍乐观地自嘲，说自己要么成为一名马车夫，要么只能做穷困的文人。

在《英国文人》系列图书中，奥斯汀·多布森为菲尔丁作了一部传记，里面提到，菲尔丁的爱好和机遇引领他走上了舞台。"爱好"指的是菲尔丁乐于替别人表达意见，这是成为剧作家的必要因素；而"机遇"也许是在委婉地说菲尔丁长相英俊，充满男子气概，还赢得了一位年轻女演员的爱慕——取悦女主角是年轻剧作家让自己的戏剧得以上演的最好办法。除此之外，他还有高昂的情绪、幽默风趣的性格、对时代场景敏锐的观察能力，并且独具匠心，文章结构巧妙。1729年至1737年，菲尔丁创作和改编了二十六部戏剧，其中至少有三部给全镇人民带来了巨大的欢乐。其中一部戏剧让斯威夫特捧腹大笑，据这位主教回忆，他有生以来只看过两次如此有趣的戏剧。在尝试纯喜剧时，菲尔丁的表现欠佳。但他自创了一种表演方式，取得了伟大的成功。他设计的这种表演中包括了歌曲、舞蹈、专题小品以及对社会名流的模仿和影射，其中很多内容和我们现在流行的时事讽刺剧没有多大差别。据阿瑟·墨菲所说，菲尔丁的写作能力非常强，他的滑稽剧大多只需两三个上午就能写完。杜登认为这种说法太夸张了。但我认为不见得，因为其中有些作品的篇幅很短，我本人也听说过只用一个周末来创作轻喜剧的事，而且剧也没差到哪儿去。菲尔丁写的最后两部戏剧抨击了政治的腐败，使得内阁通过一项授权法案，要求剧院经理只有获得了张伯伦勋爵的授权才能制作戏剧。这项法令至今还在折磨着英国戏剧创作者。在此之后，菲尔丁就很少再为剧院创作剧本了，就算写了也只是因为缺钱。

我翻过几页他的戏剧，读到了几个场景，其中的对话自然又活泼，最有趣的部分是菲尔丁仿照当时流行的风格，在《悲剧中的悲剧》中对人物的描述："她是个完美的女人，就是有点爱喝酒。"这些剧本不像康格里夫的作品那样具有文学性，但剧本写作的目的是供人表演，而非让人阅读。剧本有文学性当然再好不过，但这不是成为优秀剧本的必要条件，反而可能让作品更难被演绎出来。菲尔丁的戏剧在很大程度上取材于现实，所以它的生命也就像报纸一样短暂，但必然有其优点，因为光凭他的一腔热血或人气女演员的推崇，绝对无法让剧院经理把这位年轻人的作品搬上舞台。观众是最好的裁判，剧院经理要是猜不透观众的品位，那就只能等着破产。菲尔丁的戏剧至少能吸引观众去看，《悲剧中的悲剧》演了至少有四十场，《巴斯昆》演了六十场，都快赶得上《乞丐歌剧》[1]了。

菲尔丁对自己的戏剧并不抱有幻想，他说过，在本该开始的时候，他就放弃了为舞台而创作。他为了钱而写剧本，并不考虑观众是否理解。在排练一出名为《结婚日》的喜剧时，演员加里克对其中一个场景很不满，并要求菲尔丁将它删掉。菲尔丁却回答道："想都别想！如果这个场景不好，那就让观众们自己看看。"最终这一幕还是上演了，观众们大声表达了自己的反感。加里克回到休息室时，这位剧作者仍沉浸在自己的才华中，还给自己开了一瓶香槟。酩酊大醉的他抬眼看了看演员，嘴角还挂着几根烟丝，说道："怎么回事，加里克？外面在吵什么？"

"怎么回事？还不是因为我要你删掉的那幕戏！我早知道这样不行，现在的情况太吓人了，我整晚都没办法平静下来。"

"去他们的吧，"剧作者回答道，"给他们发现了？"

这个故事出自阿瑟·墨菲之口，我很怀疑其真实性。我认识一些像加里克一样的演员兼剧院经理，并和他们打过交道，如果一幕戏会破坏整场演出的话，他们必然不会同意让它上演。但这则传闻

---

[1] 由约翰·盖伊创作，1728年在伦敦首次制作演出，在英国获得了空前的成功。

也有可信之处，至少能说明菲尔丁的朋友是这样看他的。

创作剧本只是菲尔丁职业生涯中的一个插曲，如果我在这个方面说得过多，那也是因为这段经历对他将来成为小说家来说有着重要的意义。许多有名的小说家都尝试过剧本创作，但少有人在这方面大放异彩。小说写作和剧本创作的技巧完全不同，会写小说并不意味着能把剧本写好。小说家写作时永远都在围绕文章的主题，他可以详细地描绘人物，通过表述动机让读者了解行为。倘若他技巧娴熟，便能早早埋下伏笔，逐渐引人入胜，将故事推向高潮（克拉丽莎在信中坦白自己遭到诱奸，就是一个最好的例子），甚至能把不可能发生的事情变成现实。作者不用展现人物的具体行动，可以只做描述，或让人物相互对话，篇幅由人物说了算。而戏剧就不一样了，它不仅由行动构成，还由行动展现。当然，我说的并不是从悬崖坠落或是被汽车碾过这样的暴力行为；在戏剧中，给人递一杯水这个简单的动作，也可能蕴含着强烈的戏剧冲突。

观众的注意力是有限的，只有连贯的情节才能持续地吸引他们，所以戏剧要开门见山，并且有连贯的新鲜内容。主题的发展也必须有迹可循，对话必须言简意赅、一语中的，让观众不用费时思考就能理解。人物形象必须要完整，能抓住观众的眼球，他们的性格可以复杂，但必须要符合现实。另外，情节不明晰是戏剧的大忌，不管是多么不起眼的情节都要有根据，确保结构完整。

如果一位作者具备了这些条件，创作的剧本也获得了观众的喜爱，那么他写小说时就占有优势。他知道文章应该简明扼要，知道突发事件对情节的帮助；他不会在无关的内容上浪费时间，而是紧跟主题，让人物通过自身的言行来展示自己。在创作长篇小说时，他能发挥自己作为剧作家的特长，让作品更加栩栩如生，令人动容，富有戏剧性。所以，写剧本的经验对菲尔丁创作小说是很有帮助的。

1734年，菲尔丁娶了夏洛特·克拉多克为妻，她的母亲是索尔兹伯里的一位寡妇，有两个女儿。除了她的美丽与迷人，人们对克拉多克夫人所知甚少。克拉多克夫人是一个有些世故、意志坚强的女人，由于菲尔丁没有稳定的工作，她对这门婚姻很不放心。尽管克拉多克夫人极力制止，但她还是没能阻止他们的婚姻——最终这对恋人私奔了。在《汤姆·琼斯》中，菲尔丁把夏洛特刻画成了索菲娅，《阿米莉亚》中的同名女主角也是以她为原型，这样一来，读者就能准确地了解她在菲尔丁眼中的样子。一年后，克拉多克夫人去世，给夏洛特留下了一千五百英镑。这笔钱来得正是时候，因为菲尔丁年初写的一部剧本遭到惨败，此时他非常缺钱。

菲尔丁过去常常去母亲曾经的庄园小住，如今，他带着新婚妻子在那里住了九个月，他大方地宴请朋友，享受乡村带来的种种乐趣。回到伦敦时，他用夏洛特剩下的遗产，租下了草市街的小剧院，并在那里上演了自己最成功的戏剧之一——《帕斯昆，时代的讽刺》。

剧院检查法案开始生效时，菲尔丁的戏剧生涯也随之结束了。他这时已经有两个孩子，但口袋里的钱不多了，他必须想办法谋生。三十一岁时，菲尔丁进入中殿律师学院学习法律，他工作很努力，即使考取了律师资格证，却很少接到辩护案，大概是因为当事人们对一个以轻喜剧和政治讽刺剧作家著称的人持怀疑态度吧。在做了三年律师后,他频频遭受痛风的困扰,这就害他经常无法出庭。为了赚钱,他不得不为报纸写稿;与此同时,他也开始了自己第一部小说《约瑟夫·安德鲁传》的创作。两年后,妻子去世了,菲尔丁十分悲痛,路易莎·斯图尔特夫人写道:"菲尔丁热烈地爱着妻子,妻子也以同样的爱回应他。但由于生活总是穷困潦倒,很难过上安稳的日子,他们并不幸福。人人都知道菲尔丁挥金如土,如果他手里有点小钱,必定留不到第二天。他们时而住在舒适体面的房子里,时而藏身于简陋的阁楼。有时人们甚至还能在债务人拘留所和其他藏身之处发现他们。菲尔丁乐观的情绪帮助他渡过了这一切。但与此同时,担忧和焦虑不断折磨着夏洛特脆弱的心灵,她日渐衰弱,患上风寒之后,在菲尔丁的怀中离世了。"这个说法有一定的真实性,并一定程度上在菲尔丁的小说《阿米莉亚》中得到了佐证。小说家们都会习惯性地在生活中找灵感,菲尔丁在创造比利·布斯这个角色时,不仅以自己和妻子作为人物的原型,还把自己婚姻中发生的事情套用到小说里。在妻子死后四年,菲尔丁又娶了女仆玛丽·丹尼尔,当时她已经怀孕三个月了,菲尔丁的朋友都对这场婚姻感到震惊。夏洛特死后,一直同菲尔丁住在一起的妹妹此时也离家而去。菲尔丁的表妹玛丽·沃特利,也就是蒙塔古夫人,对他"欢天喜地地和女佣结婚"感到不屑一顾。玛丽·丹尼尔不算妩媚动人,却十分优秀。虽然菲尔丁从不提起她,但对她充满尊敬和爱意。她是一位得体的女性,无微不至地照顾着菲尔丁,既是一个好妻子又是一位好母亲,她为菲尔丁生了两子一女。

菲尔丁还在努力创作剧本时,就已向有权有势的罗伯特·沃波尔爵士示好了。但尽管菲尔丁热情地恭维他，并献上自己的剧本《摩登丈夫》，这位不领情的大人也并不愿意帮他。于是，菲尔丁决定转头投靠沃波尔的反对党，向一位领袖切斯特菲尔德勋爵示好。如杜登博士所言："只要这个党派愿意雇用他，他随时准备着发挥自己的幽默和聪明才智。他的暗示再明显不过了。"最终，他们让菲尔丁担任《胜利者》的编辑，这份报纸是为攻击和嘲笑罗伯特爵士及其部下而创办的。沃波尔在1742年倒台了，接替他的是亨利·佩勒姆。菲尔丁所效力的政党现在已经掌权。几年来，他为支持和捍卫政府的报纸做着编辑和写作的工作，自然希望自己的贡献能得到回报。在伊顿公学结交的朋友中，菲尔丁还和乔治·莱特尔顿保持着联系，后者出身于一个显赫的政治世家，也是一位慷慨的文学赞助人。莱特尔顿在亨利·佩勒姆的政党中担任财政大臣。1748年，菲尔丁在他的帮助下成为威斯敏斯特的治安法官，不久后，他的管辖权扩大到了米德尔塞克斯，于是他就和家人在鲍尔街的官邸安顿下来。由于以前接受过律师培训，还拥有智慧和天赋，菲尔丁很适合这份工作。他还说，在自己上任之前，这个职位每年能贪污五百英镑，而他只拿三百英镑的合法收入。通过贝德福德公爵，菲尔丁从公共服务经费中获得了一笔养老金，每年大概一两百英镑。1749年，菲尔丁出版了《汤姆·琼斯》，这本书是他在为政府编辑报纸时写的。菲尔丁总共得到了七百英镑，当时等额的钱的购买力至少是现在的五倍，这些钱大约相当于现在的四千英镑。

此时菲尔丁的健康状况很差，他的痛风频繁发作，必须经常去巴斯疗养，或者住进他在伦敦附近的小别墅，但他并没有因此放弃写作，他写了几本和自己工作相关的小册子。其中，《对近期抢匪猖獗原因的调查》还促成了金酒法令[1]的顺利颁布。这段时间他还创作了《阿米莉亚》，编辑另一份报纸《考文特花园报》。他的身体也一天不如一天，无法在鲍尔街任职了。1754年，他将自己的职位让给了同父异母的弟弟约翰·菲尔丁后，就乘坐"葡萄牙女王号"离开了自己的祖国，去往里斯本。他在八月份到达，很快就去世了，享年四十八岁。

2

当我通过自己搜寻到的为数不多的材料，回顾菲尔丁的一生时，一种奇特的情感油然而生。很少有小说家会像他一样在书中倾注这样多的心血。我在阅读他的书的过程中，感觉就像是遇见了一位多年的旧友。菲尔丁身上有些现代气质，这种气质在当代的英国人身上都很难见到。菲尔丁是一位很有礼貌的绅士，他长相俊美，本性善良，待人和蔼可亲，很容易相处。他虽并不是特别有教养，但很尊重有教养的人。他喜欢女人，常常因此被传上法庭。菲尔丁并不是劳苦大众，也没必要成为这样的人。尽管他整天无所事事，但绝非游手好闲。他有充足的收入，足够自由支配。要是战争爆发了，菲尔丁一定会加入，他的英勇是有目共睹的。他为人善良，人人都喜欢他。随着岁月流逝，他不像以前那么富裕了，生活也没有

---

[1] 由于人们大量饮用金酒造成的社会问题越发严重，英国政府开始于1729年实施一连串金酒法令（Gin Act）。

那么轻松了。他放弃了狩猎,但仍旧是打高尔夫球的好手,人们还常常能在俱乐部的棋牌室里看到他。中年时菲尔丁娶了一位旧情人,是一位有钱的寡妇,他成为一位好丈夫,安定了下来。如今的世界已经没有他的生存空间了,我想菲尔丁就是这样一个人,他碰巧有成为作家的天赋,只要辛勤创作就能成为作家。菲尔丁喜好喝酒,也喜欢女人。谈到美德时,人们经常会想到性,但贞操不过是美德中的一种,或许算不上是主要的美德。菲尔丁听从自己的激情,他能温柔地爱人,但爱和性不是同一回事,虽然爱情植根于性,但就算没有爱情,性欲也依然存在。否认这一点是虚伪和无知的。性欲是动物的本能,并不比口渴或饥饿更羞耻,也没有理由不去满足它。如果菲尔丁在这方面有些不检点的话,他也只是犯了男性的通病。和大多数人一样,他后悔自己犯下的"罪行",不过只要一有机会,他还会这么做。菲尔丁脾气暴躁,但心地善良,慷慨大方;在那个虚伪的时代,他能保持诚实正直,还是一位温柔的丈夫和慈爱的父亲。他勇敢诚实,是一位好朋友,他的朋友们对菲尔丁忠贞不渝,直到他去世。虽然他能容忍其他人的过失,但他讨厌暴力和两面派。他并不因成功而自负,只要有鸡肉和葡萄酒,就算是逆境他也能顽强渡过。他怀着乐观和幽默的态度尽情享受生活。他和自己笔下的汤姆·琼斯很像,也有点像比利·布斯。他是个很正派的人。

尽管我经常引用彭布罗克院长——杜登博士的成果,但我所描绘的亨利·菲尔丁的形象与他在我提到的很多巨著中所说的并不完全一致。他写道:"直到最近,大众中流行的说法是,菲尔丁是一个天才，他有一颗善良的心和许多友好的品质，但同时放荡且不负责任，干了些令人遗憾的蠢事，甚至还有些严重的恶习。"他极力地说服读者，这是对菲尔丁严重的诽谤。

然而，杜登博士极力驳斥的这一观点，却正是菲尔丁同时代的人对菲尔丁的普遍看法。熟悉他的人都是这么看待他的。他在自己的时代确实遭到了政治和文学上的仇敌的猛烈抨击，这些指控很可能是夸大的，但并非没有可信度。举个例子，已故的斯塔福德·克里普斯爵士有许多仇敌急切地想要破坏他的名声，于是说他背叛了自己的阶级。但他们绝不会用沉迷酒色这样的罪名诽谤他，因为大家都知道他是一个品德高尚、极其节制的人，这样的指控只会让人觉得荒唐。一个名人的传言也许并不属实，但人们之所以会相信，是因为它有合理性。阿瑟·墨菲说，有一次菲尔丁为了交税，提前向出版商领取稿费，在回家路上遇到了一位情况更糟的朋友，于是就把钱给了他。税务员来的时候，他说："友谊已经提前取走了钱，请税务员下次再来。"杜登博士认为这则传闻并不可信；但大家认为菲尔丁挥霍无度正是源于他一贯的漫不经心、情绪高涨、乐于交际和不在乎金钱。他经常负债累累，常常被讨债人和法警缠上；在经济上走投无路时，他只能向朋友们求助，朋友们也乐于帮助他。高尚的埃德蒙·伯克也是其中之一。

作为一名剧作家，菲尔丁在戏剧界混了很多年。不论过去还是现在，剧院在任何一个国家都不是一个教年轻人自制的好地方。在安妮·奥德菲尔德的帮助下，菲尔丁的第一部戏剧才得以上演，如今她被安葬在威斯敏斯特大教堂；但由于她曾被两位绅士包养，还有两个私生子，因此不允许为她建纪念碑。如果她不偏爱菲尔丁这样一位英俊的年轻人，那才奇怪呢。那时的菲尔丁身无分文，就算她拿自己的赞助者给的钱帮助菲尔丁也不足为奇。也许并非心甘情愿，但是出于贫穷，菲尔丁还是接受了。

如果说青年时期的菲尔丁常常寻花问柳，那他也只是和很多年轻人一样。他经常在晚上喝得烂醉，但这无可厚非。随着生活状态的改变和年龄的增长，道德观也会发生变化。如果作为神学博士，轻佻淫乱是不可容忍的，但若是普通年轻人，就再正常不过了；大学校长喝得烂醉可是大忌，但换成是学生，就在意料之中了。

菲尔丁的反对者指责他是政治上的走卒，倒也没错。他随时准备发挥自己的聪明才智为罗伯特·沃波尔爵士鞠躬尽瘁，但发现自己的天赋不受重视后，他也同样准备好了为敌对党效劳。这并不需要特别牺牲自己的原则，因为那时当权者和反对党的区别仅在于是否享有公职薪酬。腐败是普遍存在的现象，面对利益时，连大领主们也愿意改变立场。值得称赞的是，当沃波尔发现自己处于险境，给菲尔丁开条件，希望他能背弃反对党，重新加入自己的阵营时，菲尔丁拒绝了。他很聪明，沃波尔不久后就倒台了。菲尔丁在上层社会和艺术界有很多朋友，但从他的作品来看，他很喜欢与那些地位低下、声名狼藉的人做伴，为此他还遭到了严厉的责难；但若不是这样，他便不可能将底层生活描写得如此生动鲜活。当时，人们普遍认为菲尔丁行为放荡、挥霍无度。虽然这是事实，但如果他像杜登博士说的那样，是个简朴、节制、忠贞的人，那他就不太可能写出《汤姆·琼斯》这样的作品。我认为，杜登博士之所以会为菲尔丁粉饰，是因为他没有想到，互相矛盾的品质可以在一个人身上和谐共存。对于一个一门心思做学问的人来说，忽略这个事实再自然不过了。在这位院长看来，由于菲尔丁慷慨善良、诚实正直、情深义重，所以他不可能挥霍无度，不可能向有钱的朋友索取一顿晚餐或几块钱，也不可能酗酒伤身或是一有机会就去寻欢作乐。杜登博士说，第一任妻子在世时，菲尔丁对她绝对忠诚。可他又是怎么知道的？菲尔丁当然爱她，全身心地爱着她。然而，如果情况允许，他也不会是第一个一面寻花问柳一面深爱妻子的丈夫，他很可能像自己笔下的布斯上尉一样，犯下错误时懊悔不已，但一有机会还会再次越轨。

蒙塔古夫人在一封信中写道："我为菲尔丁的死感到遗憾，不仅是因为再也读不到他的作品了，而且我相信他比其他人失去得更多。没有人比他更会享受生活，尽管很少人有理由这样做。他最大的爱好就是放纵在罪恶和苦难的深渊。相比起来，组织夜间婚礼都成了一项更为高尚、不那么恶心的工作。他性格乐观（即使他煞费苦心地毁掉了一半），只要有一桌好肉或一壶好酒，他就能把一切都抛到九霄云外。我敢说，他比世上的任何一位王子都更懂得快乐的滋味。"

3

有些人读不了《汤姆·琼斯》，我指的是那些乐意被人称作知识分子的人，那些乐于一遍一遍地读《傲慢与偏见》，沾沾自喜地看着《米德尔马契》,怀着崇敬的心情阅读《金碗》的人,他们可能从来没想过要看一看《汤姆·琼斯》。也许这些人试着读过,却没能读下去。这本书让他们厌烦,因此也没必要说他们应该喜欢这本书。读书没有"应该"或"不应该"。我再强调一遍,对普通读者来说,读小说是为了消遣,如果从中无法获得快乐,那就没有任何意义。即便你不觉得阅读有趣,也没人有权责怪你,这和没有人可以因为你不喜欢牡蛎而责怪你一样。然而,我不禁想要扪心自问,到底是什么让读者对这样一本书扫了兴。吉本称这本书是人类百态的精美图画;沃尔特称赞这部作品本身就是真理和人性本身的展现;这本小说受到狄更斯的钦佩,并令他受益良多。让·萨克雷写道:"《汤姆·琼斯》在内容上是一部极其精美的小说,在文章结构上堪称奇迹。穿插在其中的智慧、观察力以及巧妙的转折和思考……这部小说体现了伟大戏剧史诗的多样性,让读者永远感到钦佩和好奇。"是读者对两百年前的生活方式和风俗习惯不感兴趣,还是对这本小说的写作风格不感兴趣呢?这本小说的语言朴实自然,曾经有人说过——我已经忘了是谁,也许是菲尔丁的朋友切斯特菲尔德勋爵——好的写作风格应该像有教养的人的谈吐,菲尔丁的写作风格正是如此,他为读者讲述汤姆·琼斯的故事,就像是他坐在餐桌旁,一边喝着酒,一边给朋友们讲故事一样。他不忌讳自己的语言,美丽善良的索菲娅显然已经听惯了像"妓女""混蛋""淫妇"之类的词,出于某种原因,菲尔丁把它们一律写成"婊子"。事实上,索菲娅的父亲——乡绅韦斯顿,也常常随意地把这些词用在女儿身上。

在运用对话的方式创作小说时，作者为取得读者的信任，把自己对人物和情景的真实想法告诉读者，这种写作手法存在风险：作者总是陪在读者左右，这样一来就妨碍了读者与人物直接交流，读者只想继续看故事，厌烦那些关于道德或社会问题的长篇大论，而且一旦脱离主题，文章就会变得乏味冗长。但菲尔丁的偏题往往合理且有趣，不光内容很简短，还会礼貌地向读者道歉，从这一点可以看出他品性温和。萨克雷曾不明智地效仿此举，但由于过于正经、故作清高，不得不令人怀疑他的真诚。

菲尔丁把《汤姆·琼斯》分成了好几卷，在每一卷的开头都写了一篇序言。一些评论家对此十分钦佩，认为这些序言为小说增色不少，而在我看来，这样想是因为他们对小说本身并不感兴趣。散文作家在写作时会选择一个主题，如果这对读者来说是个崭新的主题，他就会说一些新的内容。然而，找到一个新的主题是很难的，作者通常希望用独特的观点和立场来吸引读者，他希望读者对自己感兴趣。但小说却不是这样，小说的读者在意的是他感兴趣的角色，而作者只是在介绍角色，在讲故事。我再三强调过，小说不应被视为一种教化或启迪心智的手段，而应作为一种消遣的方式。在完成了《汤姆·琼斯》的写作后，菲尔丁写了几篇文章介绍小说。但这些文章和他想要介绍的小说并没有什么联系，菲尔丁承认，这些文章给自己带来了很多麻烦。人们对他当初的写作目的也十分好奇，许多读者会认为菲尔丁的小说不太道德，甚至有些下流低俗。菲尔丁不可能不清楚这一点，也许正是这个原因，他才想通过这些文章来给小说添点彩。这些文章写得很明智，有时也十分精巧。要是你十分了解这本小说，读的时候便能找到乐趣。但对于那些第一次读《汤姆·琼斯》的人，最好还是跳过这些内容。

《汤姆·琼斯》的情节一直以来备受赞赏。我从杜登博士那里得知，柯尔律治曾发出感叹："菲尔丁是一位多么厉害的创作大师啊！"斯科特和萨克雷对此也同样狂热。杜登博士引用了萨克雷的话："不论其道德与否，只要把这部传奇当成一件艺术品看待，它就是人类最惊人的产物。这部小说中没有哪个事件是无关紧要的，所有情节都是连贯的，并且与主题相联系。这样的'文学技巧'（如果可以用这个词来表示的话），在任何其他的小说中都是看不到的。你大可以删减掉《堂吉诃德》一半的内容，也可以对沃尔特·斯科特笔下的传奇故事进行增补、改换顺序或修改，它们都不会受到损害。罗德里克·兰登以及类似的英雄们经历了一系列冒险，揭开骗局，最终与心爱的姑娘缔结良缘。但《汤姆·琼斯》却首尾呼应，作者在下笔之前，一定已经在脑海中完成了整体构思，这样想来简直不可思议。"

这么说有些夸张，《汤姆·琼斯》是以西班牙流浪汉小说和《吉尔·布拉斯》为原型创作的，简洁的构造是该题材小说的特性：主人公由于某些原因离家出走，旅途中经历了一系列冒险，同各种各样的人打交道，历经命运的起伏，最终获得了财富，并与一位迷人的女子完婚。菲尔丁效仿这一模式，但在其中插入了许多不相关的故事。这样安排的原因不仅是已经说过的——作者必须写出足够字数来向书商交代，拿一两个故事来打发读者；还有可能是因为他们担心一长串的冒险故事会让读者感到乏味，也许把故事讲得零散一点能时不时地刺激一下读者；还有部分原因是，如果作者有意写一部短篇小说，那么这就是让它公之于众的最好办法了。评论家对此加以驳斥，但这种做法依旧十分常见，据我们所知，狄更斯在《匹克威克外传》中就采用了这种做法。《汤姆·琼斯》的读者可以跳过书中"山中人"和菲茨伯特太太讲述的部分，这并不会影响阅读。萨克雷说，小说里任何一个事件都是由之前的事件引发起来，推动情节的发展，这种说法并非十分准确。汤姆·琼斯和吉卜赛人相遇后便没有下文了，对亨特太太的介绍以及描写她向汤姆求婚的情节是没有必要的，文中一百英镑支票的事件也是十分多余的，而且不太可能发生。萨克雷赞叹菲尔丁在小说动笔之前就在脑海里构思好了小说的整个结构，我对此表示怀疑。我不相信菲尔丁这样做过，他花的工夫大概也不比萨克雷在写《名利场》时多。我认为更有可能的情况是，菲尔丁只是想好了小说的主线，再设计接下来发生的情节。其中的大部分情节都设计得很巧妙，和写流浪汉小说的前辈们一样，菲尔丁并不关心事件发生的概率，让最不可思议的事情发生了，让人物在最惊奇的巧合下相遇了，但他总是满怀热情地催着你往下看，以至于你来不及也懒得抱怨。小说中的角色用最朴素的色彩草草描绘而成，也许这样的描写不够精巧细腻，但真实生动足以弥补这一缺点。他们性格鲜明，即便这样的描绘有些夸张，那也是因为当时流行这种写作风格，夸张的程度大概也在喜剧接受的范围内。奥尔华绥先生这个人物善良得不真实，这里菲尔丁犯下了一个很多小说家都犯过的错误：他们都想描绘一个十全十美的人物。但经验表明，这样的老好人或多或少会显得有点蠢，因为他能忍受一切，读者对此是很难容忍的。据说奥尔华绥先生的原型是普利奥庄园的拉尔夫·艾伦[1]，如果事实真是这样，对他的描绘也是准确的话，那就只能说明，直接从现实中取材的人物形象在小说中不完全具有说服力吧。

另外，布力菲这个人物又因为过于邪恶而显得不真实。菲尔丁痛恨欺骗和虚伪，他如此憎恶布力菲，以至于描写他的时候下手太重了。世间少有像布力菲这样卑鄙无耻、鬼鬼祟祟、贪名逐利、冷血无情的人。若不是怕被人发现，他必然会成为一个彻头彻尾的恶棍。如果他坏得不那么明显的话，我们则更容易相信他真的存在。他太令人反感了，没有尤利亚·希普[2]那么鲜活。我不禁想问自己，菲尔丁是不是出于本能故意减少了对布力菲的描写，倘若他描写得更加生动突出的话，很可能创造出一个强大、阴险的形象，甚至让小说的主人公都黯然失色。

《汤姆·琼斯》一经问世，立即获得了大众的好评，但评论家大都十分严苛，其中一些反对意见十分荒谬。卢森堡夫人抱怨小说中的人物太像"现实生活中遇见的人"了。不过，人们谴责这部小说是因为觉得此书有伤风化。

汉娜·莫尔曾在自己回忆录里说过，从没见约翰逊博士发过那么大火，除了那次她提了《汤姆·琼斯》中几段有趣的内容。"真是令我震惊，你居然引用了这样一本邪恶的书，"他说，"你读了这样一本书，我感到很悲哀，任何一位端庄的女性都不应该读这本

---

1 英国慈善家，菲尔丁的文坛保护者及赞助人。
2 《大卫·科波菲尔》中的人物，是一位阳奉阴违、曲意逢迎的反面人物。

书。没有比它更伤风败俗的作品了。"现在我想说的是，一位端庄的女性最好在婚前读一读这本书，它能告诉你很多生活的真相，让你在结婚前对男人有更深的了解。大家都知道约翰逊博士的看法有些偏激。他不承认菲尔丁的任何文学价值，把他说成是一个傻子，还在鲍斯韦尔提出异议时说："我说菲尔丁是个傻子，是在说他是个思想空洞的流氓。"鲍斯韦尔反问道："先生，难道您不觉得他对人物的刻画十分生动吗？""先生，您为什么会这样觉得呢？他刻画的都是下层人的生活。理查逊曾说，要是自己不认识菲尔丁的话，还会以为他是个马夫呢。"

如今，我们已经对小说中的底层人物司空见惯了，《汤姆·琼斯》的内容已经屡见不鲜。约翰逊博士或许知道，菲尔丁将苏菲娅·韦斯顿描绘得温柔迷人，深深地吸引着读者。她单纯而不愚昧，端庄却不迂腐。她个性鲜明，为人善良，长相迷人，有决心和勇气。玛丽·沃特利·蒙塔古夫人承认《汤姆·琼斯》是菲尔丁的代表作，但她对菲尔丁无意间把小说主人公写成无赖而感到十分遗憾。我猜她指的是琼斯先生最应受谴责的事：贝拉斯顿夫人看上了他，他也准备好要满足她的欲望了。在他看来，给一个发出求爱信号的异性献殷勤是有教养的表现。虽然他口袋里一分钱都没有，甚至连坐车去她家的钱都拿不出，但贝拉斯顿夫人很富有，而且慷慨大方，这对女人来说是很不寻常的，她们往往挥霍着别人的钱，却对自己的钱格外谨慎。贝拉斯顿夫人大方地满足了他的生活需要。不过，对一个男人来说，花女人的钱总不是件好事。再说，这也未必有利可图，因为阔太太们想要的回报很可能比金钱更有价值。从道德上讲，这并不比女人从男人那里得到钱更糟，这是世人普遍的愚蠢看法。现在我们还发明了"小白脸"这个词来形容那些用自己的相貌来换取钱财的男人。因此，虽然汤姆粗俗的行为为人所不齿，但也绝非个例。在乔治二世统治时期，"小白脸"的人数绝不比在乔治五世统治时期少，对此我深信不疑。值得称赞的是，其中还有个特别的小故事，在贝拉斯顿夫人给他五十英镑要他陪自己过夜的那天晚上，汤姆·琼斯被房东太太讲的一个发生在自己亲戚身上的悲惨故事打动了，把自己的钱包给了她，告诉她需要多少钱都可以拿。汤姆·琼斯忠实诚恳，深深地爱着美丽的苏菲娅，但他与任何一位迷人轻率的女子都能陷入肉体上的欢愉，并对此毫无罪恶感。菲尔丁很理智，没有让自己的小说主人公比平常人更克制。他知道，如果每个人在晚上都像白天一样谨慎，那大家都会变得更加高尚了。在得知汤姆的风流韵事后，苏菲娅并没有无理取闹，而是表现出了与女性所持的固有观念不同的看法，这无疑是她特别吸引人的地方之一。奥斯汀·多布森说得不错，菲尔丁对刻画完美的形象丝毫不感兴趣，他更乐于描绘一般人性，比起精细描绘，他更爱粗糙朴素；比起刻意安排，他更爱顺其自然。他希望这部作品是完全真实的，决不找借口粉饰或掩盖缺点和不足。这一点正是现实主义者努力想要达到的。纵观历史，很多现实主义作家都因此受到批评。

其中主要有两个原因，有很多人（尤其是年长者、富人以及享受特权的阶级）持有这样的看法："我们当然知道世上发生过许多犯罪和不道德的行为，有很多穷苦和不幸的人，但我们不想在小说里看到这些东西。为什么要给自己找不痛快呢？我们对此也无能为力，毕竟世上总是有贫富之分。"还有些人依据其他的理由而谴责现实主义者，他们承认世上阴险、罪恶、残忍、压迫的存在，可他们质疑：这些事适合写进小说吗？年轻人真的应该通过阅读而知道那些他们长辈虽然了解但加以谴责的事情吗？他们会因为读到了那些并不真正淫秽但让人浮想联翩的故事而堕落吗？小说难道不是更适合用来描绘世界有多美好，人们的善良、舍己为人、乐善好施和英雄事迹吗？现实主义者给出的答案是，他只想说出自己看到的真相。他并不相信人性是纯粹善良的，他认为人性是善和恶的结合体，他包容为传统道德观念所不齿的人性特质，他接受并认为这些特质是符合人性的，是自然的，应该被理解。他希望能把作品中的好人和坏人一样忠实地描写出来，如果读者更感兴趣的是这些人物的邪恶而不是美德，那也是人类的猎奇心理导致的，和作者无关。如果他足够诚实的话就一定会承认，刻画邪恶部分过于浓墨重彩，美德却黯然失色。如果你问他怎样才能免受荼毒年轻人的指控，他会答道，年轻人清楚地知道自己将要面对怎样的世界，如果期望太高，结局可能会很糟糕。如果现实主义者能教会年轻人不要对别人抱太大的期望，从一开始就让他们知道每个人都只关心他们自己；教会他们想得到任何东西都要付出代价，无论是地位、财富、尊严、爱情或是名誉；教会他们智慧在很大程度上体现为不要为任何东西付出超出其价值的代价：那他的贡献就会超过所有的教育家和传教士，因为他让人们学会要如何经营这艰难的一生。不过，他还会加上一句：自己不是什么教育家或传教士，而是一位艺术家。

简·奥斯汀和《傲慢与偏见》

1

用简短的文字就能概括出简·奥斯汀的生平。奥斯汀家族是一个古老的家族,和英国许多最伟大的家族一样,他们的家业建立在羊毛贸易上,羊毛贸易曾是英国的主要产业。他们在挣到钱后购置土地,慢慢成了地主阶级。不过,简·奥斯汀所在的这个分支继承到的财产不是很多。后来他们的家庭败落了。简的父亲乔治·奥斯汀是汤布里奇的一位外科医生威廉·奥斯汀的儿子。18世纪初,医生的社会地位并不比律师高,我们可以从《劝导》中了解到,即便是在简·奥斯汀所处的那个时代,律师也没有什么社会地位。书中的拉塞尔夫人是一位骑士的遗孀,她在得知男爵的女儿埃利奥特小姐与律师的女儿克莱太太有交往时感到十分震惊,她认为除了说些客套话,不该与此人再有其他交集。外科医生威廉·奥斯汀很早就去世了，他的兄弟弗朗西斯·奥斯汀把成为孤儿的乔治送到了汤布里奇学校，后来又送去了牛津的圣约翰学院。这些情况都是我从罗伯特·威廉·查普曼的克拉克讲座中了解到的，他以"关于简·奥斯汀的事实与疑问"为题出版了此书。我要感谢这部杰作对以下内容的写作所提供的帮助。

乔治·奥斯汀成了所在学院的院士，上任后便由住在哥德玛夏姆的亲戚托马斯·奈特介绍去汉普郡史蒂文顿做了牧师。两年后，他的叔叔就为他买下了附近迪恩镇的牧师一职。我们对这位慷慨的先生一无所知，只能推测他与《傲慢与偏见》里的加德纳先生一样是做生意的。

成为牧师的乔治·奥斯汀娶了卡桑德拉·利，她的父亲托马斯·利是万灵会的成员，在亨利镇附近的哈普斯登担任牧师。她和地主权贵都能攀得上亲戚，比如赫斯特蒙苏的黑尔斯家族。对于一个外科医生的儿子来说，这可是往上爬了一个等级。婚后他们生了八个孩子，他们的两个女儿卡桑德拉和简，另外还有六个儿子。为了增加收入，他还兼任教师。几个儿子都是在家受的教育，其中有两人去了牛津的圣约翰学院上大学，因为他们的母亲和学院的创始人是亲戚。有一个叫乔治的，我们对他知之甚少，查普曼博士说他是个聋哑人。还有两个儿子加入了海军，取得了很大成就。其中爱德华是最幸运的一个，他被托马斯·奈特收养，继承了他在肯特和汉普郡的遗产。

简是奥斯汀夫人的小女儿，生于1775年。在她二十六岁时，父亲把牧师一职让给了自己的大儿子，随后便搬到巴斯去了。乔治于1805年去世。几个月后,他的遗孀和女儿们定居在了南安普顿。简与母亲在一次串门后给姐姐卡桑德拉写了一封信:"我们发现只有兰斯太太在家,她曾引以为傲的子女都不在身边,家里除了一架大钢琴什么都没有……他们住在富丽堂皇的房子里,过着富裕的生活,兰斯太太对此十分满意。我们把咱们家说得过于阔绰,过不了多久她就会后悔交了我们这样的朋友。"

奥斯汀太太的确生活贫寒,但儿子们给了她足够的收入,让她的日子过得还算舒服。在欧洲游学后,爱德华和古德内斯通的布鲁克·布里奇斯男爵的女儿伊丽莎白结婚了。1794年,也就是托马斯·奈特去世的三年后,他的遗孀把哥德玛夏姆和查顿的房产转赠给了爱德华,带着养老金搬去了坎特伯雷。多年后,爱德华让母亲在这两处房产中挑选一处,她选了查顿的。于是在此之后,除了偶尔的走亲访友(有时一去就是好几个礼拜),简一直住在这里。后来她生病了,只好去温彻斯特治病。1817年,她在温彻斯特去世,遗体安葬在大教堂。

2

据说简·奥斯汀本人很有魅力,她身材高挑、体形苗条、脚步轻盈、步伐坚定,整个人都散发着活力。她的肤色有些深,脸颊圆润,嘴巴和鼻子小巧秀气,眼睛是明亮的浅褐色,棕色的秀发在脸颊周围自然卷曲。我见过一张她的画像,画像上的她是一位脸颊圆胖的年轻女子,五官平平,眼睛又大又圆,也许是画师有失公正。

简和姐姐很要好，她们从小到大都住在同一个房间，形影不离。卡桑德拉去上学时简也跟着一起去，虽然她还太小，听不懂学校的课程，但她无法和姐姐分离。"就算姐姐要被拉去斩首，"她母亲说道，"简也坚持要和她同生共死。"卡桑德拉比简俊俏一些，她更为理智、冷静，不爱表露情感，个性也不那么阳光，但她的优点是能控制好自己的脾气。不过简很幸运，她不用控制自己的脾气。简留存下来的大部分信件都是两人分开时她写给姐姐的。简·奥斯汀的很多狂热崇拜者都觉得这些信没有太大价值，这些信显得她有些冷酷无情，并且关心的都是一些鸡毛蒜皮的小事。但我觉得这再自然不过了，简·奥斯汀从没想过除卡桑德拉外还会有别人读到这些信，信中写的都是姐妹之间感兴趣的东西。她告诉姐姐人们穿什么样的衣服，买花布用了多少钱，交到了哪些朋友，以及遇见的熟人和听到的八卦。

近年来，一些著名作家的书信集已经出版。我在阅读这些信件时常想：作者是不是一开始就预料到它们将来会被出版？后来我得知他们还留有这些信件的副本，我的猜测似乎就得以证实。安德烈·纪德曾想出版自己与克劳德尔的信件，但克劳德尔似乎并不想这么做，于是说信件已经被销毁了。可纪德却回答说没关系，他已经保留了信件的副本。安德烈·纪德曾告诉我们，得知妻子把自己写给她的情书烧毁时，他痛哭了一个礼拜。他把这些情书视为自己文学成就的顶峰，是他吸引后代关注的主要手段。狄更斯每次外出旅行都会给自己的朋友写长长的信，滔滔不绝地描绘自己在旅途中看到的风景。第一位为他写传记的作者约翰·福斯特公正地表示，这些信件可以原封不动地拿去出版。以前的人更加有耐心，不过，要是原本期待着朋友给自己讲讲旅途中交到的朋友、参加过的派对，为自己捎回一本书、领带或手帕，可收到的却是一封对山岳古迹大加描绘的信件，或多或少都会有些失望吧。

简在给卡桑德拉的一封信中写道："我现在已经掌握了写信的真正艺术，那就是把对一个人想说的话原封不动地写在纸上，我给你写信的速度和与你说话的速度一样快。"她说得对，这就是写信的艺术。她很轻易就做到了。她写信和说话一模一样，净是连珠妙语，以及讽刺毒辣的评论，可见她说话也十分风趣。她的所有信件都充满欢声笑语，下面我选出几句来博诸君一乐。

"单身女子总是很容易变穷，这是她们想要结婚的主要原因之一。"

"霍尔德太太去世了！可怜的女人，这是她在世上做的唯一一件让人无法指责的事了。"

"昨天谢伯恩的黑尔太太受到惊吓早产了，生下了一个死婴。我猜她肯定是无意中瞧了自己丈夫一眼。"

"我们参加了M.K太太的葬礼，我想不到有谁会喜欢她，所以对她的家属也没什么好同情的。不过我现在倒是有点为她的丈夫感到难过，他应该和夏普小姐结婚。"

"我挺欣赏张伯伦太太的发型，不过除此之外对她就没别的好感了。兰利小姐身材矮小，有一个宽鼻子和大嘴巴，和她长得差不多的女孩都喜欢穿时髦的衣服，袒露胸脯。斯坦霍普上将很有绅士风度，但他的腿太短，燕尾服又太长。"

"伊丽莎在巴顿见过克雷文勋爵一次,这次他们可能会在坎特伯雷约会,预计这周他要在那儿待上一天。她对其行为举止十分满意,唯一的不足之处就是他有个和他一起住在阿什当公园的情妇。"

"W先生二十五六岁,长得不赖,但性格却不讨喜。他不是外地人,为人很冷静,有绅士风度,但有些寡言少语。他们说他的名字叫亨利,上天太不公平了,我认识的很多叫约翰和托马斯的人就和蔼得多。"

"理查德·哈维太太要结婚了,但这是一个大秘密,只有一半的邻居知道,你千万别说出去。"

"黑尔医生穿着一身丧服,可能是他母亲或者妻子死了,也可能是他自己死了。"

奥斯汀小姐喜欢跳舞,她在信中给卡桑德拉讲了她去舞会的经过:

"舞会一共有十二支舞,我跳了九支,另外几支没跳是因为缺少舞伴。"

"柴郡有一位军官,为人绅士,长相英俊,听说他很想认识我,但这个愿望没有强烈到让他行动起来,所以我们至今还不认识。"

"世上的美人不多,已有的几个也不是非常漂亮。艾尔芒格小姐脸色太差,布兰特太太是唯一一位看上去还不错的。她还和九月份见到的时候一模一样,一张宽宽的脸,别着钻石发带,穿着白色的鞋子,有一个面色红润的丈夫和又肥又粗的脖子。"

"查尔斯·波利特在星期四举办了一场舞会,在邻里之间引起了一阵骚动。邻居们对他的财政状况十分感兴趣,巴不得他早点儿破产。而他的妻子有着邻居们所希望的一切特质:愚蠢、易怒、铺张浪费。"

曼特博士是奥斯汀的亲戚,因为他的原因,妻子回娘家后招来了一些闲话。简在信中写道:"曼特博士是一位牧师,不管他的行为多么放荡,都给人一种高雅的感觉。"

奥斯汀小姐牙尖嘴利,幽默感十足,她很爱笑,也很爱逗别人笑。让一位幽默大师把趣事憋在心里是很过分的。而且一旦幽默就得带点毒舌,因为在人性的善良中很难找到乐子。简对人们的荒谬、虚伪、自命不凡、矫揉造作有着敏锐的鉴赏力,但这些在她眼里只是滑稽,而非邪恶。她很友好,不会说伤害别人的话,不过拿这些同姐姐说笑也没什么坏处,即便在最尖刻的评论中也看不出恶意。她的幽默来源于天生的观察力,这也是幽默本该有的样子,因此,在特定场合中奥斯汀小姐也可以很严肃。

虽然爱德华继承了托马斯·奈特在肯特郡和汉普郡的房产,但他大部分时间都住在坎特伯雷附近的哥德玛夏姆,卡桑德拉和简轮流来这里住,有时长达三个月。他的大女儿范妮是简最喜欢的侄女,范妮最终嫁给了爱德华·纳齐布尔爵士,他们的儿子被封为贵族,还成了布雷博恩勋爵,是他首次出版了简·奥斯汀的信件,其中有两封信是简写给范妮的。那时这位女子正想着要如何面对向自己求婚的年轻人。这两封信理智又不失柔情,令人叹服。

简的许多崇拜者惊讶地发现,彼得·昆内尔先生几年前在《康希尔杂志》上刊登了范妮(那时她已经是纳齐布尔夫人了)写给她妹妹莱斯夫人的信,信中谈到了自己那位有名的姑妈。这封信非常令人吃惊,同时也极具那个时代的特色。我在得到布雷伯恩勋爵的许可下在此转载。斜体字是作者强调的部分。由于爱德华·奥斯汀在1812年改名为奈特,在这里有必要指出,纳齐布尔夫人信中提到的奈特夫人指的就是托马斯·奈特的遗孀。我们在信的开头就可以看出,莱斯夫人对信中提到的关于简姑妈的修养问题感到不安,因此特意写信询问是否确有其事。纳齐布尔夫人的回答如下:

是的,亲爱的,简姑妈在很多方面的修养都与其才华不相称。倘若她多活五十年,那么她在许多方面就会更符合我们高雅的品位。她的生活并不富裕,身边都是些普通人,谈不上高雅。虽然她非常聪明,且富有涵养,但行为举止和普通人差不多——不过在后来与奈特夫人(她为人也十分友善)的交往中得到了很大提高。简姑妈很好地隐藏了自己"普通人"(如果这么说合适的话)的特质,至少与普通人交往时学会了要更加优雅。在两位姑妈(卡桑德拉和简)的成长过程中,她们对这个世界的规则(我指的是流行时尚)一无所知。要不是因为父亲结婚,她们有机会到肯特郡来,再加上奈特夫人的好意常常让两位姑姑轮流和自己住,尽管她们生来头脑聪明,性格讨喜,也还是会远低于上流社会的标准。抱歉,我说的话你可能不爱听,但我感觉真相就在笔下呼之欲出了。快到更衣时间了……

你永远最亲爱的姐姐
范妮·C.纳齐布尔

这封信让简的崇拜者们感到愤慨，他们说纳齐布尔太太写这封信的时候已经老糊涂了。但信中并没有迹象能证明这一点，何况如果莱斯夫人觉得姐姐回答不了这个问题，也不会写信去问。在崇拜者们看来，备受简宠爱的范妮用这样的词汇来描述她实在太忘恩负义了。事实上，父母或其他长辈对孩子们的感情总要比孩子们对他们的感情多，这是个令人遗憾的事实，父母等长辈期望晚辈平等的感情回应是很不明智的。简一生未嫁，她在对范妮的感情中表现出了母爱的成分。简很喜欢孩子，孩子也喜欢她，喜欢她说笑的方式，也喜欢她讲的长故事。范妮的父亲一直忙着乡绅的工作，母亲一直在生儿育女，所以范妮和简很快就成了好朋友，她们还会聊一些对父母都不能说的事。不过孩子们看问题很尖锐，容易说出犀利的话。

爱德华·奥斯汀继承哥德玛夏姆和查顿的房产后社会地位就提高了，他的婚姻也让他和郡里几个最好的家庭攀上了关系。我们无从得知简和卡桑德拉对他妻子的看法，查普曼博士曾遗憾地表明，妻子的去世让丈夫觉得自己应该为母亲和妹妹们多做点事，并且还给她们提供了一处房产。爱德华拥有这些房产已经十二年了。我想，妻子认为让丈夫的家人偶尔做客已经仁至义尽了，她并不希望她们住在自己家不走。直到妻子去世，爱德华才能自由支配自己的房产。如果事实真是这样，那一定逃不过简的双眼。从简在《理智与情感》中描写达什伍德对待继母和女儿的方式可以推测出，对于简和卡桑德拉这样的穷亲戚，有钱的哥哥和嫂子、奈特夫人、伊丽莎白·奈特的母亲布里奇斯夫人在邀请她们过去长住时意识不到这是一种恩惠。很少有人能做到在不求任何回报的前提下善待他人。奈特夫人总会在简走之前给她一些零钱，简也欣然接受了。简在写给卡桑德拉的一封信中提到，自己的哥哥爱德华给了范妮和自己一份五英镑的礼物，这对一个小女孩或一位家庭教师来说是挺不错的，但对于自己的妹妹来说，只能算是施舍。

我相信奈特夫人、布里奇斯夫人、爱德华和他的妻子对简都十分友善，也很喜爱她，但他们认为姐妹俩不符合上流社会的标准也不是没有道理。她们来自乡村，在18世纪，一年中至少有一部分时间住在伦敦的人和从来没离开乡村来到过伦敦的人差别相当大。这种差异为喜剧作者提供了丰富的素材。在《傲慢与偏见》中，宾利的妹妹看不起班纳特姐妹，觉得她们缺乏品位，而班纳特姐妹也无法容忍宾利姐妹装腔作势。班纳特姐妹的社会地位要比奥斯汀高上许多，虽然班纳特先生并不富裕，但他是地主，起码比乔治·奥斯汀这位贫穷的乡村牧师强。

由于简的出身，其举止缺乏优雅并不奇怪，但肯特郡的太太对此却很在意。不过如果简真如她们所说那样缺乏教养，即便能逃过范妮敏锐的双眼，范妮的母亲也会发表看法的。简说话坦率幽默，很多女性无法欣赏这种幽默，她在写给卡桑德拉的信中说，自己一眼就能分辨出荡妇，要是把这话说给那些女人听，可以想象会有多尴尬。她生于1775年，离《汤姆·琼斯》出版才过去二十五年，可想而知这个国家的风气不会有什么大的变化。也许正如纳齐布尔夫人在五十年后所说，简的行为举止"远低于上流社会的标准"。在去坎特伯雷拜访奈特夫人时也可能如纳齐布尔夫人所说，这位老夫人给了她一点建议，让她变得更加优雅。也许正是因为这个，简才在小说里强调良好的教养。现在的小说家在描写上层阶级时是不会下那么大功夫的，所以纳齐布尔的信无可非议，她笔下的真相已经呼之欲出了。这又怎样呢？也许简有汉普郡口音，也许她的举止不那么优雅，手工缝制的衣服不够时尚，可这一点也不要紧。我们从卡洛琳·奥斯汀的回忆录中得知，家人们觉得姐妹俩对服饰很感兴趣，但穿着并不考究，不过并没有说过她们穿着邋遢或不合时宜。奥斯汀的家庭成员在写到简时煞费苦心地提高她的社会地位，这么做是多余的。奥斯汀家族的成员十分善良、诚实、值得尊敬，处于中上层阶级的边缘，他们对此也许比以前更有自知之明。据纳齐布尔夫人观察，姐妹俩同身边出身不高的人交往时感到很自在，但遇到地位更高的人时她们就会持批判态度，以此来保护自己，如同《傲慢与偏见》里时髦的宾利小姐。

我们对乔治·奥斯汀的妻子一无所知，她似乎是一个善良但愚蠢的人，常会生个小病，女儿们在尽心照顾她时也不忘挖苦她。她活了将近九十岁。家里的男孩们在出去闯荡前大都沉迷于乡村能享受到的乐趣，如果借到了马，他们就会骑马去打猎。

奥斯汀·利写了第一本关于简的传记，书中有这样一段，我们可以想象简在汉普郡平静漫长的生活。书中写道："人们都断定，这家仆人管的事很少，大部分工作都由主人亲力亲为。女主人亲自烹饪高端料理，酿造葡萄酒，熬制草药，纺织家用的亚麻布，有的女士用过早茶后喜欢亲手把自己挑选的瓷器洗干净。"我们大概可以知道，有时奥斯汀家里没有一个仆人，有时将就找个对家务一窍不通的姑娘来帮忙。卡桑德拉做饭不是因为"仆人很少管事",而是因为家里没有仆人。奥斯汀一家并不贫穷,也不算富裕。奥斯汀太太和女儿自己做衣服,自己酿酒,女孩们负责为自己的兄弟缝制衬衫,奥斯汀太太还会熏火腿。快乐来得很简单。要是哪个富裕的邻居举办舞会,就更让人激动了。在很长的时间里,许多英国家庭都是这样宁静而体面的。其中有一个家庭中却出现了一位天赋异禀的小说家,这难道不奇怪吗?

3

简和普通人没什么区别。她年轻时喜欢跳舞、调情和看戏。她喜欢英俊的年轻人,还对礼服、帽子、围巾颇感兴趣。她擅长针线活儿,缝制出来的东西"虽然朴素,但很具装饰性"。在她翻新旧礼服或用旧裙子做帽子时,这门手艺就派上用场了。哥哥亨利曾在自己的回忆录中写道:"需要用到手上功夫的事,简·奥斯汀都做得很成功,只有她能将挑棒投出一个完美的圆,或是平稳地抽出一块积木。她精通杯球[1]游戏。在查顿玩的那次还算简单,据说她连续接了一百次球,直到自己手臂都酸了。有时她阅读和写作,眼睛感到酸痛时,便会通过这个简单的游戏来恢复精力。"

这真是一个可爱的画面。

简·奥斯汀绝不是一位女学究,她对这种人毫无好感,但她显

---

[1] 一种抛接玩具,木棍下面连着杯子,杯子下面用绳子连接小球。玩时将小球抛起,用杯子去接。

然也不是一位没受过教育的女人，她受到了和相同身份的女子一样的良好教育。研究奥斯汀小说的权威学者查普曼博士曾列出了一份书单，据说列的是简·奥斯汀看过的书。这张书单给人的印象十分深刻。她当然也读小说，其中有范妮·伯妮、埃奇沃斯小姐和德拉克利夫夫人的作品（《奥多芙的神秘》）。她还阅读了从法语和德语翻译过来的作品（其中包括歌德的《少年维特之烦恼》），她还能从巴斯和南安普顿的流动图书馆中借来任何小说。她不仅对小说感兴趣，还很了解莎士比亚的作品；与其同时代的文人作品中，她还阅读斯科特和拜伦的作品，她最喜欢的诗人好像是科伯，他的诗句中透露着冷静、优雅和理智，难怪会吸引到简。她还读过约翰逊和鲍斯韦尔的作品，除了各种各样的杂文，她还阅读了很多历史作品。她喜欢朗读，据说她的声音很悦耳。

简·奥斯汀也读布道的书，她最喜欢的是17世纪一位叫作夏洛克的牧师的作品。其实这也不足为奇。我年轻时住在乡下一位牧师家里，书房里有好几个架子上摆满了装帧精美的布道集，既然这些书能出版，就肯定有人会读。奥斯汀十分虔诚，但不是那种狂热的教徒。她每周日都会去教堂参加圣餐会。不管在史蒂文顿还是哥德玛夏姆，人们早晚都要做家庭祷告。不过，奥斯汀履行了宗教职责之后，就像把一件暂时不穿的衣服收起来一样，把宗教抛到了脑后，全身心投入到俗世生活中。而"福音传道者却并非如此"，一位年轻人要是担任神职，就会获得一笔不少的收入，不用再从事其他职业。不过，担任神职就意味着要履行宗教义务。奥斯汀认为，牧师就应该"与教区居民生活在一起，不断关心爱护他们，并以此证明自己是他们的朋友,为他们祝福"。她的哥哥亨利就是这么做的。亨利机智有趣,是兄弟中最聪明的一个。他经商多年,赚了一大笔钱,不过最终却破产了。后来他担任了神职,成了教区的一位模范牧师。

简·奥斯汀有着那个时代普遍的想法,我们可以在其书信中看出,她对当时流行的状况十分满意。她并不质疑贫富差异,认为年轻人在权贵的朋友的帮助下提升官职是正当且合理的;婚姻就是女人的事业,不过能嫁个条件好的就再好不过了。没有迹象表明奥斯汀小姐对这种自然规则有什么不满。在写给卡桑德拉的一封信中她表示:"卡洛和妻子在普利茅斯过着可以想到的最'自力更生'的生活,家里连一个仆人都没有。在这么艰苦的条件下,这个人要有多么高尚的美德才能娶到老婆啊。"由于母亲轻率的婚姻,范妮·普莱斯一家都住在邋遢的环境里,这就是一个很好的例子,告诉年轻女子对婚姻要谨慎。

4

简·奥斯汀的小说纯粹是为了给读者提供娱乐。如果你也认为小说家的主要任务是娱乐读者,那么你就应该把她的作品单独归为一类。比她的小说更伟大的作品有很多,比如《战争与和平》和《卡拉马佐夫兄弟》,想从这些书中获益,读者必须认真、警觉地阅读。但即便在无精打采时,简·奥斯汀的小说都能让人着迷。

在那个年代,写作并不是淑女的行为。修道士刘易斯曾说:

"我厌恶、同情且蔑视那些写作的女人。缝衣针才是她们唯一能灵巧使用的工具。"小说这种体裁在当时很不受重视。奥斯汀小姐对于沃尔特·斯科特爵士一个诗人写小说这件事也感到十分不安。"她很担心自己的写作被仆人、客人或其他外人发现。她在一张小纸片上写作,这样就可以很容易地叠起来,或是用吸墨纸盖住。大门和她写作的房间之间有一扇弹簧门,一打开就咯吱作响。奥斯汀可不想把这个小麻烦修好,因为要是有人来的话,这扇门就会给她报个信。"她最大的哥哥詹姆斯甚至瞒着正在上学的儿子,自己看得津津有味的书是他的简姑姑写的。她的哥哥亨利在自己的回忆录中写道:"如果她还活着的话,就算再有名气,她也不会给作品署上自己的真名。"她出版第一部小说《理智与情感》时,封面上写着:"一位女士著。"

简的处女作是《第一印象》。她父亲写信给一家出版商,表示由作者自费出版也行,这是"一部小说的原稿,由三卷组成,篇幅和伯尼小姐的《伊芙琳娜》差不多",然而被出版商拒绝了。《第一印象》的创作从1796年冬天开始,于1797年8月完成。一般认为这本书的内容和十六年后出版的《傲慢与偏见》差不多。在完成这本书之后,奥斯汀紧接着又写了《理智与情感》和《诺桑觉寺》,这几本书的出版也费尽周折,尽管理查德·克罗斯比在五年后以十英镑买下了《诺桑觉寺》,并将其更名为《苏珊》,但他最终还是把这本书卖了。奥斯汀的小说都是匿名出版的,他根本不知道自己以如此低的价格卖出的小说同大获成功的《傲慢与偏见》出自同一位作者。从1798年写完《诺桑觉寺》后到1809年,奥斯汀只写了

《沃森之家》的一些片段。对于一个创造力惊人的小说家来说，这是一段很长的沉默期。有人认为，奥斯汀是因为恋爱没有精力关注其他事情，奥斯汀与母亲和姐姐在德文郡的一处海滨胜地度假时结识了一位绅士。他的魅力、思想和举止让卡桑德拉认为，这位绅士值得并很可能俘获妹妹的芳心。分别时他表现出想再次见面的意愿，卡桑德拉当然明白他说这话的动机。不过他们再也没联系过，不久之后就传来了他的死讯。亨利无法确定"她这种感情是否会影响到自己的幸福"。不过在我看来应该不会。我不觉得奥斯汀是那种痴情的人，否则她一定会让自己小说中的女主角带有更加热烈的情感。她们的爱情并不热烈，行为小心谨慎，受到理性制约，而真爱却不受这些品质的约束。以《劝导》为例，安妮·埃利奥特和温特沃思深深地相爱了，而我觉得她在此处欺骗了自己，也欺骗了读者。温特沃思的爱是司汤达所说的"无私的爱"，但安妮的爱是"有心计的爱"。他们订婚了，可安妮却听信小人拉塞尔夫人的劝说，认为嫁给一位可能战死的贫穷海军军官是不明智之举。如果她深爱着温特沃思，她一定会嫁给他，况且她在这桩婚姻中还能得到母亲留给她的三千镑，相当于现在[1]的一万二千多英镑。她本可以像本威克上校和哈格里夫斯小姐一样，在温特沃思获准结婚后嫁给他；可是安妮·埃利奥特却因为拉塞尔夫人的劝说取消了自己的婚约，认为可能会遇到更适合自己的人；直到发现根本没有合适的求婚者，她才意识到自己有多爱温特沃思。我们可以肯定，简·奥斯

---

[1] 指20世纪。

汀认为这样的行为是自然且合理的。

最能解释简·奥斯汀长时间沉默的理由也许是她找不到愿意同她合作的出版商。身边听她读书的好友都被她的小说深深吸引，但她知道也就只有自己的亲友和了解书中人物原型的人才喜欢看自己的小说。回忆录的作者认为小说中的人物没有现实原型，查普曼博士也同意这一点。但这种非凡的创造力是不存在的，所有伟大的小说家，包括司汤达和巴尔扎克，托尔斯泰和屠格涅夫，狄更斯和萨克雷，他们作品中的人物都有现实原型。简的确说过："我很为自己笔下的人物骄傲，甚至不愿意承认他们仅仅是A先生或B上校。"这句话里的关键字是"仅仅"。和每一位小说家一样，在描写人物时，这些形象是她创造的。她的想象力一旦作用于自己联想到的，能作为小说中的角色时，这个角色就几乎成了她自己的创作，但不能否认这些人物的原型是现实中的A先生或B上校。

1809年，简和母亲、姐姐在查顿过上了安静的生活，她开始修改自己的旧手稿。1811年，《理智与情感》终于出版了。那时人们已经不再对女作家抱有偏激的看法。斯伯金教授在英国皇家文学学会发表的一场关于简·奥斯汀的讲座中引用了伊丽莎·菲的作品《印度来信》的前言。1792年，有人督促简·奥斯汀出版这些作品，但由于公众舆论过激而没有实现。但她在1816年写道："自那时起，公众舆论逐渐发生了很大的变化。如今，我们不仅有许多为女性争光的女作家，还有许多质朴谦逊的女性，她们不惧危险，投身于这一事业中，在汪洋大海中冒险，发出自己微弱的声音，把愉悦和教导传递给广大读者。"

1813年，简·奥斯汀以一百一十英镑的价格出售了《傲慢与偏见》的版权。

除了前文提到的三部小说，简·奥斯汀还写了《曼斯菲尔德庄园》《爱玛》《劝导》。这几部小说巩固了她的名声。即使出版一本书需要等很久，但作品一经出版就得到大众的认可。很多知名人士都对她加以赞赏。我仅在此引用沃尔特·斯科特的一句话，这句话一如既往慷慨："这位女士十分有天赋，她对平常生活中的小事、情感以及人物的描写，我从未在其他作品里遇到。大场面谁都能写，但要用细腻的笔触描写平凡的人和事，用真实的情感来吸引读者，我的确做不到。"

奇怪的是，沃尔特竟没有提到这位女士最宝贵的才能：她的观察力十分敏锐，她的观点能启迪人，正由于她的幽默，幽默还为她的情感增添了活力。她的写作范围很小，小说中大多是同样的故事，人物类型也不多，角色几乎雷同，只是描写的角度有所不同。她有很强的判断力，没人比她更了解自己的局限。她的生活局限在乡村，她喜欢乡村题材，她也只写自己熟悉的东西。正如查普曼博士率先指出的，她从未尝试描写男人之间的对话，因为她从来没有听过。

人们注意到，虽然简·奥斯汀经历了历史上一系列最震撼人心的大事件，像法国大革命、恐怖统治、拿破仑的兴衰等，但她都没有在自己的小说中提到，为此还有人指责她过于冷漠。但我们要知道，在那个时代，女人关心政治是一件不礼貌的事。政治是男人的事，读报纸的女人寥寥无几。不过，我们并不能因为她没有在小说中提到这些内容就推断她没有受到这些事件的影响。奥斯汀很喜欢自己的家庭，她的两个哥哥在海军服役，处于危险之中，她在信中表达了自己的关心，但却没有把这些内容作为写作素材。这难道还体现不出她的理智吗？当然，她很谦虚，并不觉得自己的小说能在自己死后多年还被人传阅；但假如她这么考虑过，那她显然很明智。那些描写第二次世界大战的小说早已变得死气沉沉，它们的生命就像每日报道时事的报纸一样短暂。

大多数小说家都经历了起起落落，奥斯汀小姐是唯一一个例外，她证明了只有平庸的人才会一直保持在同一个水平——一个平庸的水平。她一直维持在最佳状态。即便《理智与情感》和《诺桑觉寺》这两本书有许多不足，但出彩的地方更多。她的其他作品也不乏忠诚且狂热的崇拜者：麦考利认为写出《曼斯菲尔德庄园》是她最大的成就；有一些同样杰出的读者更喜欢《爱玛》；迪斯雷利把《傲慢与偏见》读了十七遍。现在很多人认为《劝导》是她最好的作品。不过我相信绝大多数读者都认为《傲慢与偏见》是她的代表作，我们不妨接受他们的判断。经典作品之所以经典，不是因为评论家的褒奖和在学院中被讲授，而是因为一代又一代的读者通过阅读，获得了乐趣和价值。

我认为《傲慢与偏见》是最令人满意的一部小说。小说的首句就给人一种幽默感："一位有钱的单身汉总是想着娶位太太，这是一条举世公认的真理。"这句话给下文奠定了基调，幽默的笔调总能吸引你不断读下去，让你依依不舍地读到结尾。

《爱玛》是奥斯汀小说中唯一一本我觉得有些啰唆的。我对弗兰克·丘吉尔和简·费尔法克斯的风流韵事并不感兴趣。贝茨小姐十分有趣，可难道你不觉得她的出现频率过高了吗？女主人公很势利，她以高人一等的态度对待那些社会地位不如自己的人，十分令人反感。但我们不能因此责怪奥斯汀小姐。我们必须记住，今天的小说和那个时代的小说不一样，风俗习惯会改变我们的世界观，我们在某些地方比以前的人更狭隘，而在另一些地方则比他们更自由。把一百年以前的常理放到今天会招致人们的不满。我们难免会带着先入为主的观念，以自己的行为标准来阅读和评判一本书，但这很不公平。

《曼斯菲尔德庄园》里的男、女主人公——埃德蒙和范妮自命不凡、令人厌恶，我所有的好感都给了无所顾忌、活泼迷人的亨利和玛丽·克劳福德。我不明白为什么从海外归来的托马斯·伯特伦爵士发现家人去私营剧场观看演出后要大发雷霆，简本人十分喜欢民间戏剧，我们也不明白她为什么觉得这种愤怒有道理。

《劝说》有一种难得的魅力，尽管人们可能希望安妮不要那么现实，更无私一点，更冲动一些——不要那么古板拘谨（除了在莱姆里吉斯的科布旅馆发生的那件事），我还是要把它看作这六部作品中最好的一部。在为特别的人物设计情节这方面，简没有什么特别的天赋。以下这个故事就设计得不太高明：路易莎·穆斯格雷夫跑上陡峭的台阶，在她的爱慕者——温特沃思上校的保护下跳了下来。但他没接住她，她的头撞到地上，晕过去了。如果温特沃思伸出手来接住她（前文已经提到，他们经常在台阶上跳着玩），那即便当时科布旅馆的台阶有现在的两倍高,她离地也不会超过六英尺[1],不可能会撞到头,而是倒在那位强壮的水手身上,可能会受点惊吓,但绝不至于受伤。不管怎么说,她还是昏迷了。紧接着温特沃思上校的大惊小怪也让人难以置信。温特沃思上校身经百战,靠赏金发了财,却被吓得呆若木鸡。接下来发生的各种事情都是如此离谱,我很难相信奥斯汀小姐这样一个能平静、坚强地面对亲友的疾病和死亡的人,却看不出这个情节有多不合情理。

加罗德教授是一位博学而机智的评论家,他曾经说过,简·奥斯汀不能写好一个故事;他又解释道,自己指的是一连串的情节,不论是浪漫的还是离奇的。不过简·奥斯汀的天赋不在于此,这也不是她的追求。她太过幽默、敏感,不擅长描绘浪漫。她感兴趣的是普通小事,凭借敏锐的观察力、犀利的讽刺和机智的戏谑把事情描写得不同寻常。在大多数人的印象中,故事要有连贯的开头、中间和结尾。《傲慢与偏见》的开头非常好,两位年轻人的到来为他们爱上伊丽莎白·班纳特和姐姐铺垫了情节,最后以他们的婚姻结束。这样老套的大团圆结局会激起老练世故的人的蔑视,也许大多数人的婚姻都不幸福,况且婚姻不仅是结果,更是序章。因此,有些小说家以婚姻为开头展开叙述,这是他们的权利。对于把婚姻看作小说完美结局的普通人来说,他们本能地认为婚姻是一项通过男女交配繁衍后代的任务。人们自然而然地互相吸引,产生爱意,遇到阻碍,遭受误解,直到完成任务。他们繁衍后代,再由这些后辈

---

[1] 1英尺≈0.3米。

接替自己。对自然界来说，每对夫妻只是链条上的一环，链条唯一的重要性就在于它的下一环。这就是为小说家描写大团圆结局的最好辩护。在《傲慢与偏见》中，在了解到新郎收入殷实，婚后带新娘住进一幢有花园的洋房，屋子里装点着昂贵优雅的家具后，读者的满意度就大大提高了。

《傲慢与偏见》是一部结构精良、情节真实的小说。奇怪的是伊丽莎白和简·班纳特很有教养，举止得体，而她们的母亲和三个小妹妹却像纳齐布尔夫人所说的那样——行为举止远低于上流社会的标准。同时这一点对故事情节的发展十分重要，我不禁要问：奥斯汀小姐为什么不把伊丽莎白和简安排成第一任妻子的女儿，让剩下的三个女儿由继母生养，以此来避开这块绊脚石呢？在众多小说的女主人公里面，简·奥斯汀最喜欢伊丽莎白。有人说，简自己就是伊丽莎白的原型（她的确赋予了伊丽莎白欢快与活力，勇气和智慧，随时应对一切的态度，理智和情感这些优点），那我们便有理由猜测，她在描写平静、善良又美丽的简·班纳特时，想的是卡桑德拉。人们普遍认为达西极其傲慢无礼，他犯下的第一个错误是在一场公众舞会上拒绝和别人跳舞。这个错误还算不上十分恶劣，糟糕的是伊丽莎白无意中听见了他在对宾利先生说自己的坏话，他不知道她听到了，还辩称自己这样做，是因为他的朋友缠着他做自己不愿意做的事。达西向伊丽莎白求婚时的确带着一种令人难以容忍的傲慢，但这种傲慢的性格源于他的出身和地位，这构成了其性格的主要特点；如果他不傲慢，故事就讲不下去了。除此之外，他的求婚让简·奥斯汀写出了小说中最具有戏剧性的一幕。可以想象,如果简的写作经验更丰富,她就可以让达西的情感表现得更自然,既能够激怒伊丽莎白,又不至于让他说出令读者感到震惊的无礼的话。小说对凯瑟琳夫人和柯林斯先生的描写有些夸张,但在我看来,这是喜剧允许的。用喜剧的方式看待生活,会使生活变得平静、有趣。描绘一些稍显夸张的闹剧往往没有什么坏处。谨慎地添加滑稽的场面可以让喜剧更加富有趣味,就像给草莓撒上一些糖霜。关于凯瑟琳夫人,我们应该知道,在简所处的时代,地位高的人面对地位低的人时会产生极大的优越感,他们希望得到极高的尊重,事实上他们也得到了。我在年轻的时候认识过一些地位较高的女性,她们自视甚高的态度虽然表现得不那么明显,但与凯瑟琳夫人也相差不远。至于柯林斯先生,即便是今天,也还有像他一样谄媚、傲慢的人,尽管这些人已经学会做出温和善良的样子,但却只会更加令人讨厌。

简·奥斯汀没有鲜明的写作风格,她的文字朴素客观。我想,她的句子结构受到了约翰逊博士的影响。她更倾向于使用源于拉丁语的单词,而不是英文。因此她的句子稍显正式,这样做常常会给俏皮话增添几分严肃,给毒辣的评论增添几分庄重。文中的对话就像日常对话一样自然,但是对我们来说可能会稍显生硬。简·班纳特在谈到自己情人的妹妹时,说:"她们自然不赞成他同我要好,对此我一点都不奇怪,因为他大可以选择一个样样都比我强的人。"这有可能是简的原话,但我不太相信。现代小说家不会写出这样的对话,把人们口中说的话原封不动地搬到纸上显得很乏味,重新安排语句是很有必要的。直到最近几年,小说家们才尽量写得口语化，力求真实。我猜想，过去的传统要求受过教育的人在写作时要保持语法的正确，这是很难实现的，但读者已经接受了。

尽管小说对话稍显生硬，我们也必须承认，她总是让自己故事中人物说的话符合自己的性格。我只发现一个地方她没处理好——"安妮笑着说道：'埃利奥特先生，我理想的伴侣是聪明、消息灵通的人，他能与人侃侃而谈，这就是我所说的好伴侣。''你错了'，他温和地说道，'这不是最好的伴侣。'"

埃利奥特先生的性格有缺陷，但如果他能对安妮的话做出如此令人钦佩的答复，那他一定拥有一些作者不想让我们知道的优点。这句话让我深深着迷，我宁愿让安妮嫁给他，而不是嫁给那个古板的温特沃思上校。可埃利奥特先生为了钱娶了一个"地位低下"的女人，还对她漠不关心，对待史密斯太太也十分小气。毕竟我们只能从女性的角度了解他，要是我们有机会听听他说的话，也许就会觉得他是情有可原的。

简有一个优点，我差点忘记提了。她的作品的可读性极强，甚至超过一些更著名、更伟大的作品。正如沃尔特·斯科特所说，她写的是"平常生活中的小事、情感和人物"，她的小说中没有什么特别的事情，但你读完一页时，就急切地想知道接下来的故事。即便接下来的故事也没什么特别，可你依然会迫不及待地翻页。这正是小说家最宝贵的天赋。

司汤达和《红与黑》

1

1826年,一位品行端正、爱好文学的英国青年去往意大利,途中在巴黎逗留并展示了他随身携带的介绍信。他结识的一个朋友带他去拜访了一位著名剧作家的妻子——安瑟洛夫人,她在星期二举办了晚宴。宴会上,年轻人环顾四周,很快就注意到一个肥胖的小个子男人正兴致勃勃地和几位宾客谈话。他胡须浓密,戴着假发,穿着深绿色的燕尾服、淡紫色的马甲和褶边衬衫,戴着一条飘逸的大围巾;紧身的紫罗兰色长裤突出了他的肥胖。他的样子实在奇怪,年轻的英国人不禁询问此人是谁,他的同伴提到了一个名字,但这名字对他来说毫无意义。

"他害得我们心神不宁,"法国同伴接着说,"他是一个共和党人,但曾在波拿巴手下任职,照现在这个情况,听信他轻率的话是很危险的。他有段时间地位很高,还跟着拿破仑的军队参加了俄罗斯战役。他大概正在讲那时的事。他有很多故事,而且经常对别人讲。如果你感兴趣,我找机会把你介绍给他。"

机会来了,肥胖的小个子男人亲切地向这位陌生人打招呼。一番闲聊后,年轻人问他是否去过英国。

"去过两次。"他回答道。

他笑着说自己曾和两个朋友在伦敦的塔维斯托克酒店住,还要讲一讲那里的奇遇。他在伦敦的日子无聊至极,向自己雇来的男仆抱怨说连个找乐子的人都没有。男仆觉得他想找个女人,四处打听后,给了他一个在威斯敏斯特路的地址,并告诉他和朋友可以在第二天晚上去,包他们满意。他们发现威斯敏斯特路在一个贫穷的郊区,随时会遭遇抢劫和谋杀,其中一个人临阵退缩了。他和另一个人带上匕首和手枪,乘坐马车前往。他们在一处出租屋下车,三个脸色苍白的年轻妓女出来迎接他们。他们坐下来喝了茶,并在那里过夜。脱衣服前,他故意把手枪放在抽屉的柜子上,吓了女孩一跳。这位年轻的英国人听得很尴尬,他回来告诉同伴,他完全不认识这个人,却不得不听完这个人讲话,真让人难以忍受。

"一个字都别信,"他的朋友笑着说,"大家都知道他硬不起来。"

年轻人脸红了,为了转移话题,说起了这个胖男人说他曾经为《英语评论》撰稿。

"没错,他的确干过一些无聊的活儿。他还自费出版了一两本书,但是根本没有人看。"

"你刚刚说他的名字是什么？"

"贝尔，亨利·贝尔，他是个无足轻重的人，也没有天赋。"

我必须承认，这一幕是虚构的，但很可能发生过。它准确地反映了当时的人如何评价亨利·贝尔，也就是现在我们熟悉的司汤达。他那时才四十三岁，正在写自己的第一本小说。在大变革的时代里，他混迹于不同的人群和阶级中，最大限度地了解了人性，没几个小说家能获得他这么多的素材。在他的同辈中，即便是观察最敏锐的学者，也只能通过自己的个性来了解人性，但这并不能看到真实的人性，只能看到被自己独特性格扭曲的面貌。

亨利·贝尔在1783年出生于法国格勒诺布尔，父亲是一位有钱的律师，在这座城市有一定的地位；母亲是一位杰出而有教养的医生的女儿，在他七岁时去世了。我只能简要地叙述司汤达的生平，如果要讲清楚，就必须深入了解当时的社会和政治，这就需要一本书的篇幅了。幸运的是，已经有这样的一本书了。如果《红与黑》的读者对司汤达足够感兴趣，想了解作者更多信息，最好还是读一下马修·约瑟夫森先生的传记《司汤达：对幸福的追求》，这是一本生动有趣、言之有据的传记。

2

司汤达详细地描述过自己的童年和少年，研究起来很有趣，因为在这段时期，他开始有了一些偏见，并一直保持这些偏见直到生命尽头。据他所说，他对母亲"怀着恋人般的爱"，母亲去世后，父亲和姨妈照顾他。他的父亲严肃认真，而姨妈则恪守教规，信仰虔诚。司汤达憎恨他们。虽然属于中产阶级，但他接受的是贵族教育。1789年，法国大革命爆发后，司汤达整个家庭陷入惊惧之中。司汤达说自己的童年很悲惨，但从他的叙述来看，并没有什么可抱怨的。他很聪明，善于辩论，而且很难管教。当大革命的恐惧蔓延到格勒诺布尔时，司汤达的父亲贝尔先生被列入嫌疑犯名单，他认为这是自己的对手——阿马尔律师为了抢走他的饭碗从中作梗。这个聪明的小男孩说："阿马尔把你列入了不爱共和国的嫌疑名单上，可你本来就不爱啊。"话倒不假，但对一个快要失去理智的中年人来说，从自己独生子的嘴里听到这话总归是不太愉快的。最让司汤达抱怨的就是家人不让自己和其他孩子自由自在地混在一起，但他的生活没有他说的那么孤独。他有两个姐姐，其他的孩子也会和他一起玩，他的老师是耶稣会的教师。事实上，他和所有从小在富裕的中产家庭长大的孩子一样，把日常的约束看作无耻的暴政。在不得不做功课时，他就觉得自己遭到了虐待，这一点和大多数孩子很像，但大多数孩子长大后就忘记了自己的委屈，可司汤达到了五十三岁还记得昔日的仇恨。

司汤达痛恨耶稣会教师，所以极端地反对教会，他不相信信仰宗教的人是虔诚的。由于父亲和姑妈都是忠诚的保皇党成员，他就成了狂热的共和党人。他十一岁的时候曾在一个夜晚溜出家门，参加革命集会，但他后来说："简而言之，当时的我和现在一样。我爱人民，恨他们的压迫者，但和人民生活在一起对我来说将是一种永久的折磨……我曾经是——现在仍然是最有贵族品位的人，我愿意为了人民的幸福而做一切。但我宁愿每个月坐两个星期牢,也不想和小商贩生活在一起。"

司汤达小时候很聪明,算术也很好。十六岁的时候,他说服父亲让自己去巴黎综合理工学院读书,为参军做准备。但这只是一个逃离家庭的借口,他在入学考试那天逃走了。父亲把他介绍给一位亲戚——达鲁先生,他的两个儿子在陆军部。大儿子皮埃尔担任一个重要职位,应父亲达鲁先生的请求,他雇用了这个无所事事、必须找点事情做的年轻人作为自己的众多秘书之一。那时,拿破仑第二次出征意大利,达鲁兄弟也参与了战争,司汤达在米兰为他们干了几个月的文书工作。后来皮埃尔·达鲁想把他调去龙骑兵团,但他在米兰享受着欢乐的生活,根本不想加入,还趁皮埃尔不在时哄骗了一位将军当自己的副官。皮埃尔回来后命令司汤达加入自己的军团。司汤达找了各种各样的借口拖延了六个月,加入之后又觉得无聊,以生病为由辞去了职务,请假去格勒诺布尔。尽管没参加过一场战斗,但这并不妨碍他在日后夸耀自己英勇善战。1804年找工作时,他为自己写了一封推荐信,米肖德将军在上面签了名。信里表明,司汤达在各种战役中表现英勇,但事实证明他不可能参加过这些战役。

在家待了三个月后,司汤达搬去了巴黎,父亲给的生活费虽然不多,但也够用。他有两个目标,一是成为这个时代最伟大的戏剧诗人,为此,他抱着戏剧手册学习,还孜孜不倦地跑去剧院。然而他并没有什么创造力,人们多次发现,他在日记里肆无忌惮地写自己如何把刚刚看过的一部戏剧改成自己的作品。他的另一个目标是成为一个伟大的爱人，但他身材矮小，肥胖丑陋，双腿很短。他的头很大，有一头乌黑的鬓发；他的嘴唇很薄，鼻子肥厚突出；他有一双棕色的眼睛，带着渴望的眼神；他的手脚都很小，皮肤和女性一样娇嫩。他很自豪地表示，光是拿着剑都能把自己的手磨出水疱。

通过他的表兄——皮埃尔的弟弟马夏尔·达鲁，他得以经常参加一些女士的沙龙，她们的丈夫在大革命中发了财。可遗憾的是，只要和别人在一起，他说话就结结巴巴的。他能想到一些隽词妙语，但是没有勇气说出口。他永远不知道自己的手该放在哪里，于是他买了一根手杖，这样他就可以通过玩手杖来好好利用自己的手。他知道自己口音很重，所以他去了一所戏剧学校。他在那里遇见了一个演小配角的女演员，名叫梅兰妮·吉尔伯特，比他大两三岁。司汤达在犹豫了一会儿后，决定要爱上她。他之所以犹豫，一方面是因为不确定她的灵魂是否和自己一样伟大，另一方面是因为怀疑她有性病。消除疑虑后，他跟着梅兰妮去了马赛，梅兰妮在那里参加演出，而他在一家杂货批发店里工作了几个月。最后他得出结论：无论从精神上还是从智力上看，梅兰妮都不是自己想要的女人。不过让司汤达松了口气的是，合约结束后，身无分文的她不得不回到了巴黎。

司汤达性欲很强，但算不上风流。直到他情妇写的几封露骨的信被公开，人们才开始普遍怀疑他阳痿，他的第一部小说《阿尔芒斯》的男主人公就是这样。这本小说不是很完美，但安德烈·纪德对它非常钦佩。原因很简单，这部小说中的一个观点和纪德相符——在没有性的情况下也能深陷爱河。但是爱情和恋爱是完全不同的,世上可能存在没有欲望的爱情,但不可能存在没有欲望的恋爱。司汤达当然不是阳痿,他在《论爱情》里名为"惨败"的一章中,清楚地说明了自己的情况。他担心自己无法满足对方,所以表现才不尽如人意,因此就有了那些令他蒙羞的谣言。他的激情是理智的,拥有一个女人是为了满足自己的虚荣心,这让他对自己的男性气概深信不疑。尽管他对此大加吹嘘,但并没有迹象能表明他能温柔待人。司汤达坦言自己的恋爱大多以失败告终,这也不难理解。他很怯懦,曾在意大利向一位军官请教如何赢得一个女人的好感,还郑重其事地把听到的建议记录下来。他按照这些建议向女性发起攻势,就像他按照规则编写剧本一样。得知女人们认为他虚伪可笑后,他觉得丢脸,并感到惊讶。他似乎从没想过,女人所能理解的是心灵的语言,策略性的言语只会让她们感到寒冷。明明通过感情才能达到目的,他却要使用计谋。

在和梅兰妮分手几个月后,他又来到了巴黎。这一年是1806年,皮埃尔·达鲁已经有了爵位。皮埃尔对这个表弟的印象不是很好,在妻子的劝说下才同意再给司汤达一次机会。耶拿战役结束后,皮埃尔的弟弟马夏尔被派往不伦瑞克服役,司汤达作为军需部副指挥一同前往。这一次,他出色地履行了职责。后来马夏尔调职离开,司汤达放弃了成为一名伟大剧作家的想法,接任了职务,决定在官场中开辟事业。他把自己看作帝国的男爵、荣誉军团的骑士、津贴丰厚的部门长官。尽管他是个狂热的共和党人,把拿破仑看作是一位剥夺了法国自由的暴君,但他还是写信给父亲,请他给自己买一个头衔。他还给自己的名字加了一个词，自称亨利·德·贝尔。尽管做了这些蠢事，他依然是一位精明能干、足智多谋的长官。1810年，升职后的司汤达再次来到巴黎，他在荣军院的豪华套房里有一间办公室，薪水也十分可观。他还拥有一辆敞篷马车、两匹马、一名车夫和一位男仆。他和一个合唱队的女歌手同居，但他觉得还缺一名能增添自己声望的情妇。他认为皮埃尔·达鲁的妻子亚历山大·达鲁是符合要求的人选，她是个俊俏的女子，比丈夫年轻好几岁，还给他生了四个孩子。司汤达不知道感恩，没考虑过达鲁伯爵对他的仁慈和宽容，也没有想过自己的晋升和事业都归功于他，勾引他的妻子既不明智，也不得体。

司汤达准备了一些花招来实施自己的计谋，他时而欢喜，时而悲伤；时而挑逗，时而疏远；时而热情，时而冷漠……这些花招无法让他知道伯爵夫人是否在意自己。他怀疑夫人在背地里取笑自己，感到十分耻辱。他向一位朋友诉说了自己的困境，询问该采取什么策略，这位朋友问了一些相关问题，并写下了司汤达的回答。以下就是马修·约瑟夫森总结的对话："引诱B夫人有什么好处？"（他们把达鲁伯爵的夫人称为B夫人。）司汤达说："有以下好处：性格相符，赢得社交优势，能进一步地研究人类的激情、荣誉和骄傲。"他还为此记录写了脚注："最好的建议就是进攻！进攻！进攻！"这的确是个好建议，但对于一个羞怯的人来说，这个建议很难实施。几周后，司汤达受邀住进达鲁一家在贝切维尔的乡间别墅。经过了一个不眠之夜，司汤达在第二天早上还是决心冒险一试。他穿上自己最好的条纹裤子，达鲁夫人夸他穿着很不错。

他们在花园里散步,达鲁夫人的朋友和她母亲、孩子跟在后面,隔了大概二十码距离。司汤达十分紧张,他选定了一个点,称之为B点。在离他们经过的另一个点——A点还有些距离时,他发誓,如果走到B点还不表白,就杀了自己。

他终于说出口了,还紧紧抓住夫人的手,想要亲吻它。他告诉她,自己对她的爱已经持续了十八个月;他尽力掩饰、隐瞒,甚至回避她,但无法忍受痛苦。夫人却说只把他看作朋友,不想对丈夫不忠。说完之后,就叫其他人过来了。司汤达输了这一场他称为"贝切维尔之战"的战役。我们可以推测,比起他的感情,他的虚荣心受到了更大的伤害。

两个月后,司汤达仍然痛苦不堪,他申请休假,去了米兰。十年前,他在这里爱上了一位军官同事的情妇,她叫吉娜·皮特拉格鲁亚。但那时他只是一个贫穷的海军中尉,吉娜根本不在意他。重返米兰后,司汤达立马找到了这位女子。她现在三十四岁,儿子已经十六岁了。再次见到她的时候,司汤达觉得她"身材高挑,是个不错的女人。她的眼睛、眉毛、鼻子和表情中仍透露着魅力,虽然少了几分性感,但更加聪明端庄"。她足够聪明,仅靠丈夫微薄的收入,就能在米兰拥有一套公寓、一套乡下的房子、几个仆人、斯卡拉歌剧院的一个包厢和一辆马车。

司汤达很清楚自己的长相,所以他刻意打扮得很时尚。他口袋里有钱,又穿着好衣服,他一定认为会有更多机会来取悦这位女士。他决定趁着在米兰这段时间和这位女士一起找点乐子,但她并不像司汤达想的那样容易相处,她只带着他跳了一支舞。直到司汤达动身回罗马的前夜,她才在一个上午把他带回自己的公寓。他在日记上写道:"9月21日,11点半,我赢得了渴望已久的胜利。"他还把这句话写在裤子的背带上——那天他穿着和伯爵夫人表白那天穿的同一条裤子。

假期结束后他回到了巴黎。令他有些沮丧的是,伯爵亲眼看见了他对自己妻子的想法,因此对他也很冷淡。在拿破仑开始远征俄国时,司汤达费了很大的劲说服达鲁伯爵让自己到军需处服役。他跟随军队来到了俄国莫斯科,在大撤退中,他再次显示出冷静、进取和勇敢的特征。在情况最糟糕的一个早晨,他出现在达鲁的指挥部,那天他仔细地刮了胡子,特意穿上了自己唯一的一套制服。在别列津纳河战役中,司汤达凭借自己的冷静和理智救了达鲁的命,还把一位受重伤的军官带上自己的马车。他最终抵达了哥尼斯堡,不仅饿得半死,而且除了身上穿的这套衣服,所有东西都弄丢了。

"我凭意志力救了自己,"他写道,"因为我看见身边的很多人都放弃了希望,最终死去了。"一个月之后,他回到了巴黎。

3

1814年,拿破仑退位,司汤达的仕途也随之结束。他声称宁可被流放也不愿意为波旁王朝效力。但事实并非如此,他宣誓效忠国王,企图重返公职,但都以失败告终,于是回到了米兰。他仍然可以住在一间舒适的公寓里,随心所欲地去看歌剧,但他的地位和威望都大不如前,也没有以前那么多财富。吉娜也很冷淡,她告诉司汤达，她的丈夫十分忌妒他的到来，其他仰慕她的人也开始起了疑心。司汤达知道自己对她已经没有任何用处，而她的冷漠却只会让自己更加爱她。最后他想到一个办法：司汤达为她筹了三千法郎，在她母亲和儿子以及一位中年银行家的陪伴下，他们去了威尼斯。她坚持让司汤达住在另一家旅馆，令司汤达十分恼怒的是，他和吉娜一同用餐时，银行家也跟过来和他们一起。他在日记里写道："她说，她做出了很大的牺牲才陪我来威尼斯。我真是蠢到家了，居然给了她三千法郎来付这次旅行的费用。"十天后他又写道："我得到她了……但她说到了钱的问题。昨天一大早，我的幻想全都破灭了，这些东西扼杀了我所有的欲望，我所有的血液都流回大脑了。"

尽管如此，1815年6月18日——拿破仑在滑铁卢被打败的那一天，司汤达仍在"高贵的"吉娜的怀抱中度过。

到了秋天，一群人又回到了米兰。她坚持要司汤达把房间定在偏僻的郊区。她在深夜通知司汤达去幽会。为了甩掉跟踪的人，司汤达乔装打扮，换了几辆马车，最终由一位女仆领进公寓。也许是因为和女主人吵架了，或是被司汤达的赏钱收买了，这位女仆突然向司汤达披露：女主人的丈夫其实一点都不忌妒，之所以搞得这么神秘，是为了防止贝尔先生您遇到情敌（情敌还不少）。第二天，女仆把司汤达藏在吉娜房间旁边的一个小橱柜里。透过墙上的小洞，他亲眼看到吉娜背叛了自己。他在几年后同梅里美提到这件事的时候说："你也许会以为我冲出柜子给他们几刀，其实不是……我悄悄地离开了这个黑暗的壁橱，就像我进去的时候一样。我想的只是这桩情事荒唐可笑的一面，以此来自嘲；当然也很鄙视这位女士，不过我也挺开心的，毕竟我重新获得了自由。"

但司汤达感到十分屈辱。他说自己十八个月以来一直无法写作、思考和说话。吉娜想重新赢回他的心，她在布雷拉画廊拦下了司汤达，跪下乞求他的原谅。"这种自尊心说来也可笑，"他对梅里美说，"我轻蔑地拒绝了她的要求，我似乎能看见她追着我跑，紧抓着我大衣的后摆，跪在画廊里。这样我都没原谅她，真是傻，她从来没有像那天一样那么爱过我。"

然而，1818年，司汤达遇见了美丽的登布罗夫斯基伯爵夫人，并迅速地爱上了她。那时司汤达三十六岁，她比他小十岁。这是他第一次对一位声名显赫的女性动心。狂热地仰慕了她五个月，司汤达才敢表达自己的爱意，但立刻被赶出了她的家门。司汤达谦恭地写了一封道歉信，最终，她做出了让步，允许司汤达两周来一次。她对司汤达非常反感，但司汤达坚持要这么做。司汤达是个很奇怪的人，尽管他一直警惕别人愚弄自己，但是却总是让自己出丑。有一次，伯爵夫人去沃特拉城看望正在上学的两个儿子，司汤达也跟着一起去了。他知道这样会让伯爵夫人生气，就戴着绿色的眼镜来伪装自己。晚上去散步时，他摘下眼镜，碰巧撞见伯爵夫人，她假装没有看见司汤达。第二天早上，伯爵夫人给他寄了一张纸条，斥责他跟踪自己，还在自己每天散步的公园闲逛，严重损害了自己的名声。司汤达在回信中乞求她的原谅，还说一两天后会上门道歉，可她却冷漠地把司汤达打发走了。司汤达去了佛罗伦萨，给她写了很多令人不愉快的信件，她原封不动地把信寄还给他，并写道：

"先生，我不想再收到你的来信，也不会再写信给你，我非常尊敬你……"

司汤达沮丧地回到米兰，却得知父亲去世的消息，于是他立刻动身去格勒诺布尔。但他发现他不仅没能继承期待中的财产，还要偿还债务。他匆匆回到了米兰，不知怎的，他成功地说服了伯爵夫人允许自己隔一段时间前去拜访一次。司汤达的虚荣心就是这样，他不相信伯爵夫人对自己毫不在意。后来他写道："经历了三年的亲密关系之后，我离开了一个我爱的、同时也爱着我的女人，但她从来没把自己的身体交给我。"

1821年，司汤达和一些意大利爱国主义者交往过密，警方要求他离开米兰。于是司汤达来到巴黎生活了九年。司汤达经常参加那些崇尚智慧的沙龙，这使他变得风趣犀利，不再张口结舌，状态好的时候能和八到十个人侃侃而谈。他也和那些健谈的人一样，常常掌控整个对话；对那些不同意自己观点的人，他毫不掩饰自己的蔑视。为了博取关注，他肆意地说一些淫秽和世俗的话题。他无法忍受无聊的东西，还觉得所有人都是无赖。

在这段时间里，他与德·屈里亚尔伯爵夫人情投意合。她是一位三十六岁的俊俏女子，原名是克莱茫娜蒂·布吉奥特，当时她与不忠的丈夫分开了。司汤达这时已经四十多岁了，他又矮又胖，鼻子通红，大腹便便。他尽可能打扮得华丽，戴着一顶红棕色的假发，还把自己的大胡子染成红色。屈里亚尔伯爵夫人被司汤达的机智和风趣吸引，接受了他的求爱。两年中她给司汤达写了二百一十五封信，司汤达也多次暗地里拜访她，一切都如同想象中的那样浪漫。我在此引用马修·约瑟夫森的话："他会乔装打扮，会在夜晚从巴黎乘坐马车，以最快的速度驶向她的住处，到的时候已经是午夜了。而德·屈里亚尔夫人证明了自己和司汤达小说中的女主人公一样大胆。有一次，一位不速之客——也许是她的丈夫打断了他们的幽会，她急忙把司汤达带到地下室，并移走了通往地下室的梯子。司汤达被关在这个昏暗而浪漫的地窖里整整三天，简直就像待在坟墓里。在这三天里，克莱茫蒂娜爬下梯子来见他，为他准备食物，给他准备了马桶，甚至还帮他倒马桶。"司汤达后来写道："她晚上来地窖的时候，我觉得她十分高尚。"但这对恋人在不久之后就开始争吵，他们爱得有多热烈，吵得就有多激烈。最后，这位女士抛弃了司汤达，奔向了另一位情人的怀抱，开始了另一段恋爱。

1830年，革命爆发了，查理十世流亡国外，路易·菲利普登上了王位。这时，司汤达已经把父亲破产后仅剩的一点钱花光了。他又想成为作家，但他在文学上并没有赢得任何金钱或名誉。《论爱情》出版于1822年，十一年只卖出了十七本；《阿尔芒斯》出版于1827年，既没有获得评论家的认可，又没有得到大众的喜爱。我在上文提到过，司汤达曾经尝试过获得一些政府职位，但都白费力气。最终，司汤达得到了的里雅斯特领事馆的工作。但由于他同情自由主义者，奥地利当局拒绝接受他，司汤达又被调去了教皇国的奇维塔韦基亚。

司汤达并不重视自己的官职，他就像一个不知疲倦的观光客，一有机会就四处游览。他在罗马认识了一些知己，但还是感到极度乏味和孤寂。五十一岁时，他向一位年轻的女孩求婚。女孩拒绝了，这让司汤达感到很难堪，拒绝的原因并不是司汤达的年龄和品德问题，而是因为他认同自由主义。1836年，司汤达说服部长给自己提供一份工作，让他能回巴黎待上三年，由其他人暂时接替自己的职位。这时的他比以往任何时候都要胖，而且容易中风，但他仍然穿着时髦的衣服，要是有人批评他上衣的剪裁或裤子样式，就会惹得他不爽。司汤达竭力让自己相信，他还爱着克莱茫蒂娜·德·屈里亚尔，虽然他们已经分手十年了，但他还想重拾那种特殊的关系。她十分理智地回应道，死灰是无法复燃的。她还告诉司汤达，他是自己的第一个，也是最好的朋友，他应该感到心满意足。梅里美说，他对此伤心欲绝："说起她名字的时候，声音都会变。这是我唯一一次看见他流泪。"不过一两个月之后，司汤达就完全恢复了，还追求了戈尔捷夫人，不过并没有成功。最后，他回到了奇维塔韦基亚，两年后他中风了，请假去日内瓦拜访一位名医，然后又到巴黎，继续在聚会上谈笑风生。1842年3月，司汤达参加了外交部举办的晚宴。晚上他在林荫大道上散步时，中风又发作了，人们把他抬回了家，第二天他就去世了。

　　司汤达这一生都在追求幸福，但他从来没有意识到，幸福总是在不经意的时候来临，人们总是在失去它之后才明白。很少有人能说出"我很幸福"这几个字，大多数说的都是"我曾经幸福过"。因为幸福不是健康，不是满足，不是快乐或享受，也不是心安——这些都能带来幸福，但它们都不是幸福。

4

司汤达很古怪。人们很惊讶,这么多无法调和的矛盾居然能在一个人身上共存。司汤达有很多优点,也有许多缺点。他敏感,羞怯,情绪化,富有才华。他是一位不错的朋友,工作很认真,有非凡的创造力,面对危险时冷静勇敢。同时,他持有荒谬的偏见,树立了许多不值一提的目标;他心胸狭窄、苛刻无情,十分多疑却容易受骗;他骄傲自大、自命不凡、沉迷肉欲、缺乏温柔、为人放荡、毫无激情。我们之所以能了解他的这些缺点,是因为这都是司汤达自己坦白的。他不是一位全职作家,但他笔耕不辍,坚持写自己的亲身经历。他还写日记,有许多章节都流传到了现在,但显然不是为了出版。他五十出头时写了一本五百多页的自传,记录了自他十七岁起发生的事。司汤达有时夸大自己的形象,还把自己没做过的事也写进去,但总的来说还算真实,没有遗漏。读者应该扪心自问:如果我们愚笨到如此坦白地自我暴露,是否有望创作一部更好的作品呢?

司汤达去世后,只有两家报纸刊登了他的讣告,参加葬礼的只有三个人,其中一个是梅里美。司汤达似乎已经完全被遗忘了。在两位好友的努力下,一家重要的出版商同意出版他的代表作。一位有影响力的评论家圣·博夫为这几本书写了两篇文章,第一篇是关于司汤达的早期作品的,但没有人关注这些;他在第二篇文章中赞美了司汤达的游记——《罗马漫步》和《旅人札记》,但他认为司汤达的小说情节不真实,还说人物形象如同傀儡,每一个举动都很

... 087

僵硬。司汤达还在世的时候,巴尔扎克为《巴马修道院》写了一篇赞美文章。对此,圣·博夫写道:"对于《巴马修道院》,我远没有巴尔扎克先生那样的热情。事实上,他把贝尔先生当成一位小说家来写,是因为他希望人们这样描写他。"没过多久,圣博夫怀着恶意告诉人们,他在司汤达留下的稿子里发现了一份文件,文件表明司汤达曾借给巴尔扎克三千法郎(借钱给巴尔扎克,基本等于白送了),这钱刚好用来抵那篇颂词。对此,圣·博夫引用了一句话:"荣誉之中掺杂着利益。"也许他不必如此吹毛求疵,他写这两篇评论也是因为收了出版商的钱,而他关于司汤达的表兄皮埃尔·达鲁的两篇评论,也是受到了其家人的委托,可达鲁仅有的贡献不过是翻译了贺拉斯的作品,以及写了一套九册的威尼斯史而已。

  司汤达从未怀疑过自己的作品会流传下去,但是他以为到1880年甚至1900年才会得到应有的赏识。很多作家都自我安慰,认为后人一定会发现自己的优点。他们大多不知道,后辈们只看得到那些在问世之际就大放异彩的作品。生前默默无闻的作家很难被人们发掘。而司汤达则是因为被一位不知名的教授在巴黎高等师范学院的讲座中大力赞扬过,他的学生阅读了司汤达的作品,在书中发现了一些在年轻人中流行的观点,于是成为司汤达的狂热崇拜者。这些学生中最有才能的是伊波利特·泰纳,他在许多年后成了著名的文学家。他写了一篇长文,引起了人们对司汤达作品中心理描写的特别关注。顺便提一句,文学评论家说的心理因素并不是心理学中的概念,而是作者关注的人物动机、思维和情绪。这样一来,小说就突出了人性中的阴险、忌妒和恶毒，这些是人性中更基本的东西，它们使作品更加真实。除非我们是傻子，否则我们都明白自己内心有多少仇恨，"要不是因为有上帝的恩典，上刑场的就是约翰·布拉德福德了[1]"。泰纳的文章发表之后，评论司汤达的文章越来越多，一般来说，人们认为司汤达是19世纪法国最伟大的三位作家之一。

伟大的作家往往著作等身，最典型的是巴尔扎克和狄更斯。他们如果长寿，还会不停地写故事。人们认为小说家最重要的天赋是旺盛的创造力，而司汤达也许是最不寻常的小说家。他年轻时想写戏剧，却无法构思情节，写小说时也是如此。我之前提到过，司汤达的第一部小说是《阿尔芒斯》。杜拉斯公爵夫人写了两部小说，由于题材比较大胆，引起了不少流言，却也因此大获成功。同时代有一位小有名气的作家，名叫亨利·德·拉图什，也写了一部这样的小说，匿名发表了，希望能算在公爵夫人头上，小说的主人公还是个阳痿。我没有读过，只能凭一些传闻来评价。由此看来，司汤达窃取了拉图什小说的主题和内容，还厚颜无耻地盗用了小说主人公的名字，尽管他又把奥利维尔这个名字改成了奥克塔夫，又用"心理现实主义"来润色情节，但它仍是一部拙劣之作。小说的主题令人难以置信——一位有着特殊残疾的男人会热烈地迷恋一

1　6世纪英国新教徒约翰·布拉德福德（John Bradford）看见几名被押解刑场的死囚，叹息说："There, but for the grace of God, goes John Bradford."后来，布拉德福德因"崇奉异端"遭火刑处死，以身殉教，而他那句饶有人情味的话则一直流传至今。今天，人们还会引用这句话："要不是因为有好运气，自己也可能像人家那样倒霉或犯错的。"

个年轻女孩。司汤达在《红与黑》中主要描写了一位年轻男子的故事，这个故事来自一场有名的审讯。圣·博夫认为《巴马修道院》中唯一值得称赞的地方就是对滑铁卢战争的描写，这段描写受到一位英国士兵的回忆录的启发。现在的小说家都是从现实经历中寻找灵感，有时灵感也来源于对人物的精细描写，这激发了作者的想象力。在一流的小说家中，除了司汤达，我找不到第二个直接从自己阅读的书中获得灵感的。我并非贬损司汤达，只是说出这个奇怪的事实。司汤达并没有伟大的创造力，但具有敏锐的观察力，能洞悉复杂的事物，看透人类变幻莫测的内心。他看不起身边的人，但又对他们很感兴趣。《旅人札记》中就讲到了他在法国旅行时乘坐驿车欣赏风景，但没过多久就换乘了拥挤的公共马车，因为这样可以和旅伴们聊天，听他们的故事。

虽然司汤达的游记生动有趣，但也只能让读者了解他独特的性格，司汤达的名气主要是建立在他另外两部小说以及《论爱情》的几篇文章上的。而且其中一篇并不是原创。1817年初，他在博洛尼亚参加了一场派对，遇见了盖拉尔迪夫人，她对他说："爱情分为四种类型：兽类、野蛮人和堕落的欧洲人属于肉体之爱；爱洛伊丝对阿贝拉尔[1]，以及朱莉对圣普乐[2]属于激情之爱；L'Amour Goût[3]，这是18世纪的法国人最津津乐道的一种，马里沃、克雷比隆、杜克洛和德毕内夫人曾优雅地描绘过这种爱情（之所以保留了

---

1 爱洛伊丝是法国12世纪的一位贵族少女，她和她的老师阿贝拉尔彼此相爱。
2 贵族小姐朱莉和平民出身的家庭教师圣普乐相恋的故事。
3 趣味之爱。

法语，是因为我不知道如何翻译。我觉得它意味着你对一个人感兴趣，如果这个词出现在《牛津英语词典》里，我更愿意称为'爱欲'，而不是'爱情'）；还有虚荣之爱，这就是为什么肖尔纳女公爵在准备嫁给吉尔先生时说：'对于平民来说，女公爵永远都是三十岁。'"

司汤达又补充道："在格拉迪夫人所处的圈子中，所爱之人的一切都是完美的。"按照司汤达的性格，他一定会牢牢把握住眼前闪过的这个好想法，在几个月后的"灵感乍现日"中，他想出了一个经典的比喻：把一根枯树枝扔进萨尔茨堡废弃的盐矿井深处，两三个月之后再将它取出，树枝上就会布满晶体。所谓爱情，就是我们想尽一切办法证明所爱之人是完美无缺的。

每一位陷入爱情和失去爱情的人，都会明白这个比喻的巧妙之处。

5

在司汤达的两部伟大的小说中，《巴马修道院》读起来更令人惬意。圣·博夫认为该小说中的人物是毫无生气的傀儡，但我并不认同。虽然小说的男主人公法布里斯和女主人公克莱利亚·孔蒂的人物形象很模糊，大部分时候都消极被动，但莫斯卡伯爵和圣塞维里诺公爵夫人的人物形象饱满而有活力。这位欢天喜地、放浪不羁的公爵夫人堪称人物刻画的典范。不过《红与黑》更具原创性，反响也更加惊人。正因如此，左拉称司汤达为自然主义学派之父，布尔热和安德烈·纪德把司汤达看作是心理小说的创始人。

与大多数小说家不同,司汤达乐于接受任何糟糕的批评;他还把手稿给他的朋友看,毫不犹豫地接受他们的意见。梅里美说司汤达总是重写,但他从不改正。我也不敢说这是事实,我曾看到司汤达的一篇手稿,他在很多词上画上小叉,这肯定是为了方便以后修改。司汤达痛恨夏多布里昂引领的华丽风格。很多小作家都模仿这种风格,而司汤达想简洁明了地表达自己。他说为了让语言变得简练,他在开始写作前会读一页《拿破仑法典》(可能并不真实)。司汤达的冷静风格给《红与黑》增添了几分恐怖和阴森,也让小说情节更加扣人心弦。

泰恩在他著名的文章中给予了《红与黑》最多的关注,但作为一位历史学家和哲学家,他主要的兴趣是司汤达对人物动机的精准分析以及新颖的观点。泰恩准确地指出,司汤达并不关注行动本身,而是关注由独特的性情和起伏的情绪引发的行为,这就避免了一味地戏剧化。为了说明这一点,泰恩引用了一段描写主人公被处死的内容,他指出大多数作者会对这个场景大加渲染,而司汤达是这样处理的:"牢房里污浊的空气令于连越发难以忍受,幸运的是,行刑的那一天,明媚的阳光让万物重焕生机,于连也表现得十分勇敢。在牢房外面行走让他觉得很美妙,就像长时间出海的水手重新行走在陆地上,一切都进展得很顺利。他想,自己并不缺乏勇气,这颗脑袋比以往任何时候都更富有诗意了。在维吉树林里度过的甜蜜时光涌现在他的心头。一切都如此简单得体,他的表现也毫不做作。"

泰恩显然不把这部小说当作艺术作品看待，他的目的是让人们关注这位无人问津的作者，他写文章是为了赞美，而不是为了研究。如果读者被泰恩的文章吸引，从而去读《红与黑》，也许会有些失望，作为艺术作品，它有许多不完美之处。

司汤达最关注的是自己，其小说的主人公一直以自己为原型：《阿尔芒斯》中的奥克塔夫、《巴马修道院》里的法布里斯以及未完成的小说《卢西恩·卢文》中的同名主人公。《红与黑》的主人公于连·索雷尔是司汤达想要成为的那种人。司汤达把他塑造得充满魅力，成功获得了女性的芳心。他想成为于连，他的求爱手段都是于连用过的，但于连达到了目的，自己却屡次失败。于连和他一样健谈，但他从不举证于连的聪慧之处，这一点很聪明。他知道，如果小说家告诉读者某个人物很聪明，接着举例说明的话，往往会辜负读者的期望。他还赋予了于连和自己一样的勇敢、胆怯、野心、敏感、算计、多疑、虚荣、易怒、过目不忘、不择手段和忘恩负义。于连在面对无私和慈爱时会感动得流下眼泪，这个特点也是他从自己身上发现的。这也表明，如果生活环境不同，他可能不会这样无耻。

我曾提到过，司汤达没有根据自己想法构思情节的能力，《红与黑》的情节取材于报纸报道的一场引起轰动的审判。一个名叫安东尼·贝尔泰的年轻的神学院学生在先后米丘德先生和德·柯登先生家里当家庭教师，他试图勾引第一个人的妻子和第二个人的女儿。被解雇后，他还想继续当教士，但由于名声不好，没有神学院愿意接受他。他认为米丘德夫妇是罪魁祸首。为了复仇，他在米丘德夫人来教堂时开枪打死了她，随后自杀，但没有成功。后来他受到了审判，原本试图以牺牲那个不幸的女人为代价来保全自己，但却被判处了死刑。

这个肮脏丑恶的故事吸引了司汤达，他认为贝尔泰的罪行是对社会秩序的强烈反抗，是自然人性的表达，不受习俗的约束。他蔑视自己的法国同胞，因为他们失去了中世纪时期所具有的活力，变得安分守己、要面子、平庸、没有激情。也许他觉得在经历了恐怖统治和拿破仑战争后，人们更喜欢和平安宁的生活，但他最重视的是活力。如果他崇拜意大利，从而离开自己的祖国去意大利居住，就是因为意大利是一个"爱与恨的国度"。那里的人们不顾后果地放纵激情，他们爱得疯狂，为爱而死；那里的男人愤怒地杀死别人，又被别人杀死：这是纯粹的浪漫主义。显然，司汤达口中的活力就是一般人认为的暴力。

他认为现在只有人民身上才仅存活力，上流社会已经完全失去了活力。因此，他特意把于连写成了工人阶级出身，但他赋予了于连更聪明的头脑、更强的意志力和勇气，这个人物形象一直吸引读者。于连忌妒和仇恨那些出身于特权阶层的人，他是一个很好的代表，这种人会一直存在，除非有一天社会中没有了阶级。那时，人性自然就会改变，如果一个有进取心、有能力、更聪明的人能享有特权，那些愚蠢无能的人也不会产生怨恨。于连第一次出场时，司汤达是这样描述的："他是个十八九岁的青年男子，看上去很文弱，五官并非十分端正，但长相很精致，有个鹰钩鼻。他的眼睛又大又黑，沉默的时候，显露出沉思和热情，而此刻却流露出深沉的怨恨。他有着深栗色的头发，发际线很低，导致他的额头很小，生气的时候，呈现一副凶恶的表情，他的身材修长纤细，比起力量，更让他显得轻盈。"这样的描写算不上精彩，但也算不错。我在前文提到过，小说中的主要角色会博得读者的同情，但是这个男主角是一个无耻之徒，所以要防止读者产生过多的同情。司汤达又必须让读者对主人公产生兴趣，所以也不能把人物描写得过于讨厌，因此司汤达一直强调他那双漂亮的眼睛、俊逸的身形以及纤细的双手，但还要不时提醒读者于连给身边的人带来的不安，以及人们都对他存疑（除了那些本就有理由提防他的人）。

雷纳尔夫人（于连教的就是她的孩子）是一个难以描绘的令人钦佩的角色。她是一名优秀的女性，在很长一段时间里，很多小说家都希望能创造出这样的角色，但最终被司汤达写成了一个傻瓜。我想这可能是因为世间的善良只有一种，但是邪恶却有很多种，所以小说家在描写邪恶时可以有更大的发挥空间。雷纳尔夫人美丽又贤惠，善良又真诚，她那逐渐萌发的爱情夹杂着恐惧和犹豫，最终变成熊熊燃烧的激情。在一个晚上，于连决定要么当晚牵起夫人的手，要么就去自杀。这就像司汤达穿上自己最好的裤子，发誓如果走到某个特定的位置时不向达鲁夫人表白，就开枪自杀。于连成功勾引了雷纳尔夫人，但这并不是因为爱，而是为了报复她所在的阶级，满足自己的虚荣心。不过于连的确爱上了她，他的卑劣本性暂时进入沉睡，有生以来他第一次感到幸福，读者也开始同情他。雷纳尔夫人轻率的行为引起了人们的流言蜚语。按照安排，于连要进入一所神学院进修。于连与雷纳尔一家以及他在神学院的生活描写极具真实性,这是毋庸置疑的。不过在场景转换到巴黎时,我开始产生怀疑。于连在神学院毕业后,院长让他担任德·拉莫尔侯爵的秘书,他因此进入了贵族圈。但司汤达从来没有进入过上流社会,这是没有说服力的。他熟悉的主要是资产阶级,而资产阶级是在法国大革命和帝国时代发展起来的,他也不知道名流的生活。

司汤达是个现实主义者,但没能脱离时代氛围的影响。当时浪漫主义盛行,尽管司汤达十分欣赏18世纪的理智思想和儒雅文化,但他也深受浪漫主义的影响。我曾指出,他喜爱意大利文艺复兴时期那些残酷的行为,人们无所顾忌,从不为做过的事而后悔;他们坚定地满足自己的野心,毅然决然地复仇。司汤达赞扬了他们那不顾一切的态度,认同他们蔑视规则的行为。正是由于偏好浪漫主义,《红与黑》的后半部分有些不尽如人意。读者被要求接受那些不符合自己口味的内容,还要对毫无意义的情节感兴趣。

德·拉莫尔先生有个女儿,叫作玛蒂尔德。她美丽动人,但傲慢任性。她明白自己出身高贵。她对自己的祖先感到自豪——他们为了赢得奖赏铤而走险,其中一位被查理九世处死,还有一位被路易十三处决。她和司汤达一样重视"活力",蔑视那些追求自己的平庸贵族青年。埃米尔·法盖在一篇有趣的文章中指出,司汤达在列举爱情的种类时,漏掉了"头脑之爱"。这种爱情始于想象,在想象中壮大繁荣,在性关系中达到高潮,之后便开始消亡。玛蒂尔德对于连产生的就是这种爱情。司汤达详细地描绘了这个过程。她既迷恋于连,又对他有些反感。她爱上于连是因为他和自己一样蔑视身边的贵族,还和自己有着同样的自尊;她同时还看到了他的野心、残忍和邪恶，所以又畏惧着他。

最终，玛蒂尔德给于连写了张纸条，要他带上梯子，等大家都睡着后就到她的房间里来。后来我们才知道，于连本可以悄悄地走上楼去，她这么做只是为了考验他的勇气。克莱茫蒂娜·德·屈里亚尔曾经通过梯子下到司汤达藏身的地窖，显然这件事激起了司汤达浪漫的想象。为此，司汤达让于连在去往巴黎的途中，在维里埃尔（也就是雷纳尔夫人居住的小镇）停留，于连在夜深人静后爬进她的卧室。也许是因为司汤达觉得两次用这样的方法进入女士的闺房有些难堪，因此，一收到玛蒂尔德写的纸条，于连就自嘲说："这是我命中注定的。"但这无法掩盖作者枯竭的想象力。不过司汤达把勾引玛蒂尔德之后的内容再次描写得十分精妙。这两个人自以为是、容易发怒、喜怒无常，根本不知道自己是爱得热烈，还是恨得疯狂。他们都想要支配对方，彼此互相激怒、伤害和羞辱。最终，于连用了一个常见的伎俩，让这位高傲的女子屈从于他。不久之后，她就发现自己怀孕了，于是告诉父亲，她要嫁给自己的情人于连。德·拉莫尔先生不得不同意这桩婚姻。但就在于连通过伪装和计谋，眼看就要实现野心的时候，他却犯下了一个愚蠢的错误。从这时起，这本书就开始变得支离破碎了。

于连很狡猾，为了博未来岳父的欢心，他写信给雷纳尔夫人，请她证明自己的品格。于连知道，她真心地忏悔自己曾犯下的通奸之罪，并像其他女人一样，将自己的软弱怪在男人身上。于连知道她仍然爱着自己，但他早该想到，她不希望自己和别的女人结婚。于是，在忏悔牧师的指引下，她给侯爵写了一封信。在信中她告诉侯爵，于连的计谋就是把自己渗入一个家庭，破坏这个家庭的宁静，通过假装无私，控制主人的财产。她还说于连是个伪君子，是个卑鄙的阴谋家。但她没有任何理由提出这两项指控。尽管读者对于连的思想和行动都了如指掌，但雷纳尔夫人应该只知道于连尽职尽责地给自己的孩子做家庭教师，还赢得了她们的喜爱；应该只知道于连深深地爱着自己，在最后一次见面时，他冒着事业不保，甚至丢掉性命的危险，也要和自己待上几个小时。她是个谨慎的女人，不管忏悔牧师给她施加了什么压力，我们都很难相信她会写出这些话。但不管怎么说，德·拉莫尔先生收到这封信时感到害怕，断然阻止了这场婚姻。可于连为何不说信上全是一个女人因忌妒而说的谎言呢？他承认了自己是雷纳尔夫人的情人，但雷纳尔夫人已经三十岁了，而他只有十九岁，如果说是她勾引了他不是更加可信吗？虽然这并非事实，但更说得通。德·拉莫尔先生是一个阅历丰富的人，这种人往往相信"无风不起浪"，容易把人往最坏处想，但对人性的弱点也很宽容。对拉莫尔先生来说，自己的秘书居然和一位没有社会地位的乡绅的妻子偷情，应该为此感到好笑，而不是震惊。

  但不管怎么说，于连已经胜券在握。拉莫尔先生为他在精锐军团里谋了一份差事，还给了他一处能带来足够收入的地产。玛蒂尔德不愿堕胎，她疯狂地爱着于连；她还表示，无论结婚与否，自己都要和于连一起生活。于连只需要把真实的情况说出来，侯爵就不得不做出让步。小说一开始就告诉了我们，于连的力量就在于他的自制力。他从来不会被自己的激情、忌妒、仇恨和高傲支配，于连的欲望是所有情感中最为强烈的,这正和司汤达本人一样,但与其说是欲望,不如称为虚荣心更确切。在故事的紧要关头,就在于连最需要控制自己的时候,他却表现得像个傻瓜。读了雷纳尔夫人的信后,于连立马带上手枪,驾车前往维里埃尔,朝她开了一枪,虽然她没有死亡,但是受了重伤。

这是一个致命的错误,于连的行为不符合他一贯的性格。这令评论家们十分不解,为此他们寻求了许多解释。有一个解释说,当时的小说通常都以夸张的事件当结尾,尤其是悲剧性的死亡。但如果这是潮流,那司汤达就更有理由避免这个情节,因为他向来决心与公认的用法背道而驰。还有一些人认为这是司汤达迷恋暴力导致的,他认为暴力犯罪是最具"活力"的表现。我觉得这不太可能,司汤达的确把贝尔泰的可怕行为看作是一次完美的犯罪,但他不可能意识不到,于连和这个卑鄙的勒索者是截然不同的。维里埃尔离巴黎二百五十英里[1],即便于连每过一次驿站都换匹马,不分昼夜地赶路,也要花上将近两天。在这么长的时间里,他足以平息怒火,恢复理智,接着这个被作者深入刻画的人物就会回过头来,迫使拉莫尔先生面对玛蒂尔德怀孕了的残酷事实,进而不得不同意这桩婚姻。

司汤达为什么会犯这样奇怪的错误?显然,于连必须死。司汤达不想让于连在玛蒂尔德和拉莫尔先生的帮助下实现野心,否则那就是另一本书了,比如巴尔扎克笔下的拉斯蒂涅。也许像巴尔扎

---

[1] 1英里≈1609米。

克这样高产的作者能给《红与黑》写出一个合情合理的结局，但司汤达不会以其他方式结尾。我认为他受到了安东尼·贝尔泰案件的催眠，不惜背离真实性，抑制不住地要将它贯彻到底。然而，无论把主宰人类命运的奥秘称为什么，上帝、命运或是机遇，它都只是一个拙劣的说书人。纠正残酷事实中不可信的因素正是小说家的工作和权利，可司汤达做不到这一点。但我也强调过，没有一部小说是完美的。这种体裁存在天然的缺陷，还有部分原因就是作者的不足。尽管《红与黑》有着严重的缺陷，但它仍是一部伟大的作品，阅读《红与黑》的体验是绝无仅有的。

巴尔扎克和《高老头》

1

在所有用作品丰富世界精神财富的卓越小说家中，巴尔扎克是我心中唯一可以毫不犹豫地称为天才的人。如今，"天才"这个词已经被广泛使用。其实很多被称作天才的人，至多算得上是有才华。"天才"和"天赋"是两码事，很多人都具有才华，但真正的天才却十分罕见。才华指的是熟练，可以在后天养成，而天才是天生的，而且常常与严重的缺陷结合在一起。什么是天才？《牛津英语词典》指出，天才"是一种超出常人的智力，是那些在艺术、推理或实践方面的杰出之人所具备的；（一种）本能的、非凡的想象力和创造力，发明或发现能力"。巴尔扎克生来就有非凡的想象力和创造力。和司汤达以及《包法利夫人》的作者福楼拜不同，巴尔扎克并不是一位现实主义者，而是一位浪漫主义者。他眼中的世界比真实的世界更加浓墨重彩,对此他与同时代的人的看法相同。

有些作家仅凭一两本书就名声大噪,他们创造的大量文字中可能只有一部分有长久的价值,就像普契尼创作的《曼侬·莱斯科》。有时,他们的灵感来源于某次特殊的经历,或他们的性格,当他们把能写的全写完后,就算再次写作,也只是重复以前的作品。巴尔扎克的创作能力十分惊人,但作品的质量参差不齐。他创作了这么多作品,不可能时刻保持最佳状态。文学评论家常常对高产的作家持怀疑态度,我觉得这是不对的。马修·阿诺德认为高产是天才所具有的特点。在谈到华兹华斯时,马修·阿诺德指出,之所以认为华兹华斯比其他诗人略高一筹,是因为清理掉平庸之作后,华兹华斯仍然有很多伟大的作品。他接着说:"如果让每位作家拿出一部或几部作品来进行比较,我不认为华兹华斯的作品就一定会比格雷、彭斯、柯尔律治或济慈的好……他的卓越之处就在于他大量的优秀作品。"巴尔扎克的作品不像《战争与和平》那样壮丽,不像《卡拉马佐夫兄弟》那样阴郁,也不像《傲慢与偏见》那样有魅力:他的伟大并不在于某一部作品,而在于作品惊人的数量。

巴尔扎克的写作领域包括了他的时代和国家。他对人有着非同一般的认识,尽管不是那么精准。他对医生、律师、职员、记者、店老板、乡村牧师这些中层阶级的描写,比对上层阶级、工人或农民的描写更加令人信服。和其他小说家一样,他对邪恶的描写要比对善良的描写更加出色。他的创作力惊人,就像是拥有自然的力量,是一条汹涌的河流,河水漫上河岸,扫清一切障碍;或像是一阵肆虐的飓风途经宁静的乡村，穿越人口稠密的城市的街道。

作为一位描绘社会的作家，巴尔扎克独特的天赋不仅在于在人际关系中刻画人物——除了那些纯粹写冒险故事的作者，所有小说家都是这样做的——他还可以根据人物与世界的联系来发挥想象。很多小说家把两三个角色当作玻璃箱里的玩具来观察。这通常能产生强烈的戏剧效果，但这样的描写也会让人觉得很不自然。人们不仅有自己的人生，也生活在别人的人生中。一个人在自己的人生中是主角，可对于别人的人生来说，大多数时间都是微不足道的。去理发店理发对你来说不算什么，但你随意说出的一些评价，却可能成为理发师一生中的转折点。

巴尔扎克是个浪漫主义者，浪漫主义是对古典主义的反抗，现在人们更经常把它和现实主义放在一起对比。现实主义作家相信决定论，力求逻辑上的真实，在观察上更为细致。而浪漫主义者想要从单调乏味的现实世界中逃离，进入想象中的世界；他们追求新奇和冒险，希望出其不意，哪怕有损文章的真实性。浪漫主义者笔下的角色具有强烈的情感和各种各样的欲望，他们对"克己"表示不屑，认为这是资产阶级的愚昧道德。这些人物对帕斯卡的一句话十分赞同："感情自有其理，理性难以知晓。"他们敬佩那些准备牺牲一切，无所顾忌地去获取财富和权力的人。这种生活态度正符合巴尔扎克热情的性格。就算浪漫主义本不存在，巴尔扎克也会创造出浪漫主义。他以细致入微的观察为基础构建奇思妙想的世界。每个人都有与其天性相符的志趣，这个观点一直吸引着小说家，因为这让他们创造的人物生动突出，读者无须费力，就能知道他们是吝啬鬼、泼妇、好色之徒或圣人。现在的小说家主要是通过心理描写来吸引读者,于是我们也不再相信人是始终如一的。我们知道人的内心是由各种互相矛盾的因素构成的,正是这些不和谐引起了我们的兴趣,让我们产生共感,因为我们知道自己内心也存在着这些因素。巴尔扎克在创造自己笔下最伟大的人物时,参考了老一辈作家的作品,他们刻画出了一个个活生生的人物,这些人物都有自己的性情,即便你可能不太相信他们,你也绝对不会把他们忘记。

2

三十多岁的巴尔扎克事业有成。他是个矮胖的男子,有着强壮的肩膀和发达的胸肌,看上去相当壮实。他的脖子粗如公牛,十分白皙,和红红的脸庞形成鲜明的对比;他的嘴唇肥厚红润,笑起来十分引人注目;他的鼻子呈方形,鼻孔很大,还有一口变了颜色的坏牙。大卫·丹格斯为他刻雕像的时候,巴尔扎克强调:"当心我的鼻子,我的鼻子就是一个世界。"他的额头很高,头发浓密乌黑,梳在脑袋后面,就像一头雄狮。他那双褐色的眼睛中带有点点金色,透露出生命力,让人敬畏。这双眼睛让人们更注意不到他那不算端正,甚至有些粗俗的五官。他看上去很诚实友好,一副欢快的样子。拉马丁这样形容他:"他的友善并不是疏离,而是一种令人着迷、富有智慧的善良。它能激起你的感激之情,让你不由自主地喜欢上他。"他十分有活力,和他在一起会让你感到愉快。你只需看一眼他的双手,就会被打动。他的手白皙饱满,指甲呈粉红色，完全可以与主教的手媲美，他对此感到十分骄傲。如果你在白天遇到他，会发现他穿着一件破旧的外套，裤子上布满泥点，鞋子脏兮兮的，还戴着一顶破旧不堪的帽子。但到了晚上，在宴会上，他却身着装饰着金色纽扣的蓝色外套、黑色裤子、白色马甲，脚踏黑丝绸镂空短袜和漆皮鞋，戴着黄色亚麻手套。巴尔扎克的衣服从来不合身，拉马丁还补充道，他看起来就像一个小学童，因为长得太快而穿不下去年的衣服。

那时的巴尔扎克头脑灵巧，和蔼可亲。乔治·桑评论他：为人真诚到谦逊的程度，自吹自擂到傲慢的地步。他很自信，十分开朗，善良又疯狂，白水都能让他沉醉。他发疯一样地工作，对于其他事情则冷静克制。他既实事求是，又追求浪漫；既轻信他人，又保持怀疑。他的行为令人费解，他不善言辞，也没有巧妙回答的天赋，性格十分顽固，但他的独白十分具有吸引力。他在说话前会放声大笑，然后大家就跟着他一起笑。他的话会惹人们笑，动作也会惹人们笑。安德烈·比利曾说过这样一句话："'放声大笑'这个词可能就是为他发明的。"

最精彩的巴尔扎克传记是安德烈·莫洛亚写的，我接下来要告诉读者的信息也来自这本精彩的传记。巴尔扎克的祖先是农场的工人和织布工，姓氏是巴尔萨，巴尔扎克的父亲是一名律师手下的书记，后来在法国大革命后发迹，把姓改成了巴尔扎克。五十一岁时，他娶了一位布商的女儿，这个布商靠政府的合同发了财。后来，这个布商不知怎么成了巴黎几家医院的总院长，巴尔扎克的父亲得以管理一家医院。1799年，他最大的孩子奥诺雷出生在图尔，奥诺雷在学校无所事事，惹是生非。1814年底，这位父亲负责巴黎一个师的士兵的伙食，于是举家搬到了巴黎。家里人决定让奥诺雷成为一名律师。奥诺雷通过考试后，进入居约内先生的事务所学习。他在那儿干得怎么样，下面这件事就可以清楚地表明。某天早上，事务所给了他一张便条，上面写着："巴尔扎克先生今天不用来事务所，因为事情实在太多了。"1819年，他的父亲带着一笔养老金退休，决定住到乡下去。他在维勒帕里西斯定居，去莫城就要经过这个村庄。奥诺雷留在了巴黎，因为一位律师朋友会在奥诺雷完成了几年的实习后能力足够的时候，就把自己的业务交给他。

但奥诺雷坚持要当一名作家，为此家里经常大吵大闹。尽管母亲极力反对（他的母亲是一个严肃务实的人，他很讨厌她），但他的父亲还是让步了，愿意给他两年的时间，看看他能干些什么。他住在一间阁楼里，里面只有一张桌子，两把椅子，一张床，一个衣柜和一个作为烛台的空瓶子，一年的租金是六十法郎。那时他二十岁，他自由了。

在他妹妹结婚时，他带着自己写的悲剧剧本回家了。他把这个故事读给家人和两个朋友听，他们都觉得这个故事写得很差劲。于是他又把剧本寄给一位教授，教授的意见是，这位作者可以做任何事，除了写作。巴尔扎克又愤怒又气馁地回到了巴黎，他做出了决定：既然自己没有成为悲剧诗人的天赋，那就成为一个小说家。受到沃尔特·斯科特、安妮·拉德克利夫和马图林的小说的启发，他创作了两三本小说。但他的父母已经认定他失败了，并要求他乘坐最早的驿站马车，回到维勒帕里西斯。不久后，一位朋友来探望他，这位朋友是他在拉丁区认识的穷文人。朋友提议他们两人合作写一本小说。于是他创作了很多长篇小说，有一些是自己单独写的，有一些是合作写的，以不同的笔名出版。没人知道他在1821年到1825年之间出版了多少本小说。有权威人士声称多达五十本。除了乔治·森茨伯里，不知道还有多少人读过这些作品；森茨伯里也承认，这需要付出很大的努力。这些小说大多数是历史小说，因为沃尔特·斯科特当时正处于鼎盛时期，创作这些小说就是为了沾沾他的光。这些小说质量不佳，但巴尔扎克学会了如何迅速吸引读者的注意力，如何处理人们眼中最为重要的东西（爱情、荣誉、财富和生命）。这些小说也许还教会了他（抑或是他自己的特性所暗示的）一个道理：作者必须充满激情，才能让自己的作品有阅读价值。

投身于写作的巴尔扎克结识了邻居伯尔尼夫人，她的父亲是一位德国的音乐家，曾服务于玛丽·安托瓦内特和她的女仆。她时年四十五岁，丈夫脾气暴躁、身体很差，她和他生了六个孩子，还和情人有一个私生子。她成了巴尔扎克的朋友，后来又成了他的情人，在她去世之前的十四年里，她一直忠于巴尔扎克。他们的关系十分奇怪：巴尔扎克像情人一样爱着她；除此之外，他对她还怀有本应对母亲怀有的爱。她是巴尔扎克的情人和知己，总能在巴尔扎克需要的时候给他建议、鼓励和无私的关爱。这件事也在村子里引起了流言蜚语，巴尔扎克的母亲十分反对自己的儿子和这个年龄大到可以当他母亲的女人纠缠在一起。他写的书也没挣到多少钱，母亲十分担忧他的前途。一位熟人提议巴尔扎克可以去做生意，这个主意似乎挺好，伯尔尼夫人出资四万五千法郎，再加上几个合伙人，巴尔扎克成了一名出版商，以及印刷和铸字厂的老板。他不善经营，花钱大手大脚，把自己在珠宝店、裁缝店、鞋店，甚至是洗衣房的开支记在公司的账上。三年之后，公司破产了，他的母亲不得不花五万法郎来为他还债。

既然钱在巴尔扎克的生活中起了很大作用，那我们就有必要考虑一下这五万法郎到底意味着什么。五千法郎约等于两千磅，那个时候，两千磅的购买力远远超过现在，但很难说到底值多少钱。拉斯蒂涅一家是乡绅，家中有六口人，住在巴黎外，过着节俭的生活，但是根据他们的社会地位，一年花费三千法郎已经足够体面。长子尤金被家人送到巴黎学习法律时，在伏盖太太的公寓里租了一间房，每月支付四十法郎的食宿费。有好几个年轻人在其他地方租房，却在这里用餐，他们每月支付三十法郎。现在，要是在与伏盖太太的公寓同等级的旅馆食宿，每个月至少要花上三万五千法郎，而当时巴尔扎克的母亲为他偿还了五万法郎，这是相当大的一笔钱。

巴尔扎克虽然完全失败了，但他收获了很多特殊的见识和商业知识，这对他创作小说起了很大作用。

破产以后，巴尔扎克去了布列塔尼，和朋友们住在一起。他在那里找到了小说《朱安党人》的素材，这是他的第一部严肃作品，也是第一部他署上真名的作品。那时他三十岁，从那时起直到二十一年后去世，他一直勤勤恳恳地疯狂创作。他的作品数量惊人，每年出版一两部长篇小说和十几部中短篇小说。他还创作了许多剧本，其中有的没有上演，而上演的剧本中也只有一部成功了。他至少创办了一次报纸，大部分的内容都是他亲自写的，但时间很短。工作的时候，他过着简朴规律的生活，吃过晚饭不久他就上床休息，凌晨一点被仆人叫醒。他说写文章的时候要穿干净无污的衣服，所以他要穿上整洁的白色长袍。他在烛光下不停地喝咖啡让自己保持清醒，用由乌鸦翅膀上的羽毛制成的笔写作。他写到早上七点才停下，一般会洗个澡，然后躺下休息。八九点钟时，出版商给他送校对稿，或是从他那里拿走手稿，然后他又继续工作到中午。他的午餐是煮鸡蛋，还要喝更多的咖啡和水，吃完后一直工作到六点，就着沃莱白葡萄酒吃一顿清淡的晚餐。有时会有一两个朋友前来拜访，但没聊多久，巴尔扎克就要上床睡觉了。

虽然他独处的时候如此节制，但和人们在一起的时候，他就狼吞虎咽地吃东西。巴尔扎克的一位出版商曾看到他一顿饭吃了一百只牡蛎、十二块肉排、一只鸭子、一对鹧鸪、一条龙利鱼、一些糖果和好几个梨子。难怪他后来很胖，肚子也变得很大。加瓦尼评论说："他吃饭的样子像头猪，餐桌礼仪也十分不雅。他用刀子吃饭，而不是用叉子，这我并不觉得冒犯，我肯定路易十四也是这么做的。但我对巴尔扎克用餐巾纸擤鼻子的习惯很反感。"

巴尔扎克的笔记记得不错，无论走到哪里，他都随身携带笔记本，发现有用的东西，突然有了灵感，或被别人的想法迷住时，他都会记下来。情况允许的话，他会探访自己故事中的场景，有时还会驱车长途跋涉，去参观自己要描绘的街道和房子。他谨慎地为小说中的角色起名，在他看来，名字应该与人物的性格和外貌相符。

人们普遍对巴尔扎克的作品不够满意,乔治·森茨伯里认为,在这十年里,巴尔扎克为了谋生,匆忙地创作了大量作品。这个理由并不能让我信服,巴尔扎克是一个粗俗的人(但他的粗俗难道不是其天才的一部分吗?),他的散文也写得很粗俗,文章冗长乏味、装腔作势,内容经常不准确。埃米尔·法盖是当时一位重要的评论家,他在他的书中用了整整一章来论述巴尔扎克在品位、风格、句法和语言上犯的错误,其中有些错误实在低级,连不是很懂法语的人都能发现。巴尔扎克并没有意识到自己的母语是如此优雅,也从来没有想过散文也可以与优美的诗歌媲美,但他在失去创作长篇小说的热情时,也能写出简明扼要的箴言,分布在小说各处。不论在内容还是形式上,这些名言警句都不输拉罗什富科的《箴言集》。

巴尔扎克并不是一开始就知道自己要写什么,他会先打一遍草稿,再进行彻头彻尾的修改;寄给出版商时,文字已经几乎不能辨认了。拿到出版商送来的校对稿时,他会把这当成作品的大纲,不仅在这上面增添文字,还增添句子;不仅加了句子,甚至添了段落;不仅添了段落,甚至加了章节。出版商再次送来定稿时,他又会做更多修改。只有这样,他才会同意出版,而且他还要在出版后继续修订。这一切都使出版成本大大增加,为此他与出版商争吵不断。

巴尔扎克与出版商的故事说来话长,他一签下写书的合同(有时合同签得并不如意),就搬进一间宽敞的公寓,购买昂贵的家具、敞篷马车和两匹马。他很不道德,出版商把预付款给他,并约定了交稿时间;但是为了更快拿到钱,他会中止这本书的写作,匆忙地为另一个出版商写其他小说。所以，他时常因违约被起诉，诉讼费和赔偿款大大增加了他的债务。

他雇了马夫、厨子和男仆，不仅为自己置办新衣服，还给马夫买了制服。他还买了许多金属片来装饰一枚不属于自己的徽章。这个徽章属于一个名字叫作巴尔扎克·德恩拉格的古老家族，他在自己的名字里加上"德"这个字，让人们相信自己出身高贵。为了支付这些奢侈的东西的费用，他接二连三地向自己的妹妹、朋友和出版商打借条。尽管债务不断增加，但他还是继续购买珠宝、瓷器、橱柜、镶嵌家具、绘画和雕像；他把自己的作品用摩洛哥皮革包得严严实实；他有很多手杖，其中有一根镶嵌着绿宝石。为了举办晚宴，他重新装修了饭厅，把所有的装饰物都换成新的。债主急用钱的时候，他就把这些东西典当出去。当铺老板时不时会来他家搬走一两件家具，再公开拍卖掉。他一直这样挥霍浪费，不知羞耻地向人借钱，直到生命的尽头。他的朋友们钦佩他的天分，对他一直十分慷慨。女性一般不愿意借钱给别人，但巴尔扎克能毫不费力地让她们上当，他根本没有羞耻心，不会为向女人借钱而感到不安。

我们还记得，巴尔扎克的母亲为了让他免于破产，花了自己一大笔钱，另外，给两个女儿置办嫁妆又花了她不少钱。最后，她只剩巴黎的一处房产了。她在急需帮助的时候给儿子写了封信，安德烈·莫洛亚在他的《巴尔扎克传》的第一版中引用了这封信，我把它翻译过来："你的最后一封信是在1834年11月寄来的。你在信中同意从1835年4月1日起，每三个月给我二百法郎，用来支付房租和女佣的工钱。你知道的，我过不了贫穷的生活。你显赫的名声和奢侈的生活，导致了我们之间令人震惊的差距。你答应过我，便是承认了这笔债。现在已经是1837年4月了，你欠了我两年的钱，总共是一千六百法郎。去年12月你给了我六百法郎，这笔钱就像是施舍。奥诺雷，两年来我的生活就像噩梦一般。我知道你没有能力帮助我，但我靠抵押房子换来的钱已经贬值，所有值钱的东西都被拿去典当了。如今我再也借不到钱了，终于到了必须向你讨口饭吃的时候了。几个星期以来，我吃的东西都是一位好女婿给的。奥诺雷，我不能一直这样下去。由于奢侈的长途旅行，导致你无法履行合同，既费钱又有损名誉，想到这一切的时候，我的心都碎了！我的儿子啊，既然你养得起情妇，买得起手杖、戒指、银器、家具，自然也可以轻而易举地履行对自己母亲的诺言。她不到最后一刻是不会这么做的，但最后一刻还是来了……"

收到信后巴尔扎克回复道："我想您还是到巴黎来和我谈谈吧。"

巴尔扎克的传记作者表示，既然天才有特权，那就不该用普通的标准来评判他的行为。我不认同这个观点，我觉得，最好还是承认他是个自私、无耻的人。他花钱时十分狡猾，最好的借口是他过于自负和乐观，总是坚信自己能靠写作赚大钱（他有段时间确实赚了不少钱），当时一个又一个靠投机买卖发财的例子激起了他的兴趣，但当他真正投身参与的时候，却欠下了更多的钱。他喜欢奢侈的生活，总是忍不住花钱。他为了偿还债务拼命地工作，可糟糕的是，旧债还没偿还完，他又欠下了新债。如果他务实一些的话，绝不会沦落到这个地步。有件奇怪的事值得提一下：他只有在债务的压力下才会写作，在他工作到脸色苍白、筋疲力尽时，他最好的小说就完成了。当他从困境中暂时解脱，没有债主来打扰他，编辑和出版商没有找上门时，他似乎失去了创造力，甚至无法动笔写字。他在临终时说自己的母亲毁了他，这话令人震惊，其实是他毁了自己的母亲。

3

和其他成就一样，巴尔扎克在文学上的成就给他带来了很多新的朋友。他活力四射，富有幽默感和魅力，这让他成了几乎所有高档沙龙里最受欢迎的客人。一位伟大的女士——德·卡斯特里女侯爵被巴尔扎克的名气吸引，她是德·麦勒公爵的女儿，也是詹姆斯二世的直系后裔德·菲茨·詹姆斯公爵的侄女，她用假名给巴尔扎克写信，他回信了。于是她再次给他写信，并在信中说明了自己的身份。巴尔扎克前去拜访她，他感到十分愉快，表示以后会每天去看她。她肤色雪白，一头金发，像花朵一样娇嫩。巴尔扎克爱上了她。她允许巴尔扎克亲吻自己高贵的双手，却拒绝了他进一步的要求。他每天给自己喷香水，戴上崭新的黄色手套，但都是白费功夫。他开始暴躁不安，怀疑对方在玩弄自己的感情。显然，这位女侯爵只是想要一位仰慕者，而不是情人，有一位聪明且颇有名气的年轻人拜倒在自己脚下，无疑是一种荣幸。在叔叔菲茨·詹姆斯公爵的陪伴下，她与巴尔扎克一同前往意大利，途中在日内瓦停留。危机发生了，没人知道到底发生了什么，巴尔扎克和这位女侯爵一同去散步，回来时却泪流满面。也许是因为巴尔扎克向她提出了最终的请求，她却以一种令人万分伤心的方式回绝了他。他痛苦而愤怒，觉得自己被可耻地利用了，于是回到了巴黎。但他是一位小说家，不管是多么屈辱的经历，都有一定的价值。卡斯特里女侯爵成了上流社会轻浮女子的原型。

巴尔扎克苦苦追求女侯爵时，收到了一封来自敖德萨、署名为"外国人"的信件。在两人分手后，他又收到了一封相同署名的信件。他在唯一一份能在俄国发行的法国报纸上刊登了一则广告："德·B先生收到了寄给他的信，直至今日才能通过这份报纸告知，但遗憾的是不知该往何处回信。"这封信的作者是一位出身高贵、家境殷实的波兰女性，名叫伊芙琳·汉斯卡。她三十二岁，和五十多岁的丈夫生了五个孩子，但只有一个女孩活下来了。她看到巴尔扎克的广告，于是叫他把信转交给敖德萨的一位书商，说这样自己就能收到。随后两人就开始通过书信来往。巴尔扎克所说的伟大的激情就这么开始了。

不久后，信上的对话就开始变得亲密起来。当时盛行浮夸的文风，巴尔扎克为了激发这位女士的怜悯和同感，便向她袒露心迹。她骨子里很浪漫，五万英亩的乡村城堡让她备感压抑。她仰慕这位作者，对他感兴趣。通信几年之后，汉斯卡夫人和她年老体弱的丈夫、女儿、一位家庭教师和一位随从一同去了瑞士的纳沙泰尔，巴尔扎克也应邀前往。他们的相遇浪漫得几乎脱离现实。巴尔扎克在公园散步时，看见一位女士坐在长凳上看书。女士的手帕掉在了地上，他文雅地将它捡了起来。巴尔扎克这时注意到，她读的是自己的作品。他开口搭讪,发现她就是自己前来拜访的女子。她长相俊俏,华贵迷人,头发秀丽,有着红润的双唇,人们轻瞥一眼就能被她的双眼打动。也许她吃了一惊,正是这个身材矮胖、脸颊通红,长得像屠夫的人,写了那么多抒情感人、热情洋溢的信件。但巴尔扎克闪烁着光芒的双眼、旺盛的生命力和他那颗世间少有的善良之心让她忘却了最初的惊讶。在纳沙泰尔待了不到五天,他们就坠入了爱河。但巴尔扎克必须返回巴黎,于是他们约定初冬时在日内瓦见面。巴尔扎克在那里待了六个星期,与她共度了圣诞节。在与汉斯卡夫人共浴爱河时,他创作了《朗热公爵夫人》,在书中他狠狠报复了德·卡斯特里女侯爵。

汉斯卡夫人答应巴尔扎克,丈夫去世后自己就嫁给他,巴尔扎克带着她的承诺离开了日内瓦。回到巴黎不久,巴尔扎克遇见了吉多博尼·维斯康蒂伯爵夫人,并对她一见钟情。她是一位英国女人,头发呈淡淡的金色。尽管她是英国人,却十分轻浮,两人的事情闹得尽人皆知。住在维也纳的伊芙琳·汉斯卡听说了这件事,写信斥责巴尔扎克,说自己要返回乌克兰。这对巴尔扎克来说是一个严重的打击,因为他一直盼着她病重的丈夫去世后和她结婚,继承遗产。巴尔扎克借了两千法郎,匆匆地赶去维也纳,希望和她重归于好。他把那一枚假徽章放在了行李上,带了一个贴身男仆,以德·巴尔扎克侯爵的身份去找她。这样一来,旅途的费用就大大增加了。作为一名侯爵,不仅不能与旅馆老板讲价,还要提供与自己地位相符的小费。抵达的时候,他已经身无分文了。好在伊芙琳很慷慨,但她还是忍不住要责备巴尔扎克。他用满口谎言打消了她的疑虑。三个星期后，她去了乌克兰，此后两人八年没有见面。

巴尔扎克回到巴黎与吉多博尼伯爵夫人再续前缘，为了她，巴尔扎克比以往任何时候都要奢侈。他因欠债被捕，伯爵夫人付了必要的金额，才让他免于坐牢。从那时起，她便时不时解决巴尔扎克的经济困难。1836年，巴尔扎克的第一任情妇德·伯尔尼夫人去世了，巴尔扎克说她是自己唯一爱过的女人，而其他人都说这是唯一爱过他的女人。同年，这位金发伯爵夫人怀上了他的孩子。在孩子出生后，她那位宽容的丈夫说："我知道夫人想要一个深色头发的孩子，她现在得偿所愿了。"

巴尔扎克共有五件风流韵事。我再讲一件，是关于他和一位叫作埃莱娜·德·瓦莱特的寡妇的。因为这件情事的契机与前两件一样，发端于书迷给他写信。说来奇怪，在巴尔扎克主要的风流韵事中，有三次都是这样开始的，也许这正是这些恋爱不圆满的原因。如果一个女人被一个男人的名声所吸引，就会过于在意这个男人能否为自己带来荣耀，而忘记了真正无私的爱情。她是个受了挫又爱出风头的女人，只想着自我满足。巴尔扎克与埃莱娜·德·瓦莱特的恋爱持续了四五年，后来发现她并不像自己说的那样在上流社会很有地位，就与她分手了。巴尔扎克向她借了一大笔钱，他去世后，她试图向巴尔扎克的遗孀要回这笔钱，不过却是白费力气。

和瓦莱特恋爱的同时，巴尔扎克还继续与伊芙琳·汉斯卡保持联系，他早年的几封信明确地表明了两人之间的关系。伊芙琳不小心把两封信落在一本书中，被她丈夫看见了。巴尔扎克在得知这件尴尬的事情后，写信给汉斯卡先生，说伊芙琳嘲笑他不会写情书，于是他就把自己写情书的功力证明给她看。这个解释没有说服力，但汉斯卡先生相信了。从此，巴尔扎克写信十分谨慎，希望她能读懂自己含蓄的承诺。他向伊芙琳保证，他会永远热烈地爱着她，希望和她一起共度余生。这个承诺只是花言巧语，在两人分别的八年时间里，他除了偶尔的拈花惹草，还有两件重大的风流事，一件是和吉多博尼公爵夫人，另一件是和埃莱娜·德·瓦莱特。他对伊芙琳·汉斯卡的爱远没有他口中说的那么多。巴尔扎克是一位小说家，当他坐下来给她写信时，很自然地就把自己想象成一位饱受相思之苦的情郎。我毫不怀疑他在给伊芙琳写情书时，清楚地意识到了自己情深意切的表达。她答应在自己丈夫死后会嫁给巴尔扎克，他的未来也要靠她信守诺言才能得到保障，所以就算他在信中稍微强调了一些，也是无可厚非的。

八年后，汉斯卡先生去世了，巴尔扎克的梦想要实现了，他终于可以发财，摆脱自己小资产阶级的债务了。然而，他在得到伊芙琳丈夫的死讯后，紧接着又收到了另一封信：伊芙琳告诉巴尔扎克，自己永远不会嫁给他。她无法忍受巴尔扎克的不忠、奢侈，还有他欠下的债务。巴尔扎克陷入了绝望。她曾说，只要他的心爱着她，就不在意他肉体上的背叛，他明明做到了。巴尔扎克感到愤怒，他觉得只有和她见面才能重归于好。在写了大量的信件之后，尽管她不情愿，巴尔扎克还是去了圣彼得堡。那时她正在那里处理丈夫的后事。他没有猜错，两人都到了中年——巴尔扎克四十三岁，她四十二岁，他们都发了福，可他的魅力、生命力以及天才般的创造力却丝毫未减，她难以拒绝他，他们再次成为情人。她答应和他结婚。但七年后她才履行诺言。传记作家们不明白她为什么犹豫这么久,但原因也不难猜。她出身高贵,以自己的高贵血统为荣,就像《战争与和平》里的安德鲁公爵。她发现了当一位著名作家的情妇和当一个庸俗暴发户的妻子的区别。她的家人竭尽全力劝阻她和这样一个不合适的人结婚,并为她安排了另一桩门当户对的婚姻。巴尔扎克的挥霍浪费可是出了名的,她也担心他会拿着自己的财产挥霍。他总是想从她那里拿钱,而且不仅是把一只手伸向她的钱包,而是两只手都要伸进去。她自己也很奢侈,但是为了自己的快乐花钱和为了别人的快乐花钱是有很大区别的。

真正奇怪的事情是伊芙琳仍然嫁给了巴尔扎克。他们隔段时间就见一面。有一次见面后她怀孕了,巴尔扎克欣喜若狂,觉得终于得到她了,于是立刻向她求婚。但她不想被他强迫,于是写信告诉他,分娩后她打算回乌克兰过节俭的日子,将来再嫁给他。她在1845年或1846年生了个死胎,在1850年嫁给了巴尔扎克。巴尔扎克在乌克兰度过了整个冬季,婚礼也在那里举行。她最后为什么同意结婚了?她从未想过嫁给巴尔扎克,她有虔诚的信仰,还认真地考虑过要进修道院。也许是神父敦促她处理好这段不寻常的感情。整个冬天,巴尔扎克都在不停地工作,由于大量饮用浓咖啡,心肺受到了严重影响,他已经活不了多久了。也许伊芙琳对他起了恻隐之心,尽管他对自己有过不忠,但好歹也爱了自己那么多年。她的哥哥亚当·热武斯基写信恳求她不要嫁给巴尔扎克。皮埃尔·德卡夫在《巴尔扎克的一百天》中引用了她的回复:"不,不,不,我欠了他一份情。他因为我受了这么多苦,也替我承受了这么多苦难;

他带给我灵感，也给了我快乐。如今他生病了，日子也不多了……他总是被人背叛，我会对他保持忠诚，不管曾经发生了什么，也不管将要发生什么，我都会忠于他，做他心目中那个理想的女人。如果像医生说的那样，他不久之后就要去世了，那至少让我能握住他的手，让我住在他的心里，愿我是他眼里的最后一个人，那个他如此深爱的女人，那个真心实意地爱着他的女人。"这封信十分感人，没有怀疑它的理由。

  伊芙琳不再富裕了，她为女儿献出了部分财产，只保留一份年金。就算巴尔扎克有些失望，他也没有表现出来。这对夫妇去了巴黎，用伊芙琳的钱在那里买了一幢大房子，用昂贵的家具装饰了它。

  令人遗憾的是，这桩婚姻并不圆满。他们每隔一段时间就会去乌克兰居住，有人觉得他们非常了解对方，就算性格不合，也能十分亲密。也许是因为伊芙琳爱耍性子，巴尔扎克以前能纵容她，但现在作为丈夫，他很恼怒。多年以来，巴尔扎克一直低声下气，也许是因为结婚了，他就变得蛮横霸道。伊芙琳自大、苛刻、暴躁，为嫁给巴尔扎克，她做出了很大的牺牲，但巴尔扎克却没有心存感激，这让她很不满。她一直强调，在巴尔扎克还完他的债之前绝不会嫁给他，而巴尔扎克向她保证一切都办妥了。可到了巴黎，她发现房子已经被拿去抵押了，他又欠了一屁股债。她当惯了大房子的女主人，还有几十个家奴听她使唤，她不习惯法国的仆人。她不喜欢他的家人，讨厌他们干涉自己的家务事，还觉得他们过于平庸、自命不凡。这对夫妇之间的激烈争吵，所有的朋友都知道了。

巴尔扎克在回到巴黎后已经缠绵病榻了，这场疾病引起了许多的并发症。1850年8月17日，巴尔扎克去世了。

伊芙琳·汉斯卡和凯瑟琳·狄更斯以及托尔斯泰夫人一样，给后人留下了不好的印象。她比巴尔扎克多活了三十二年，为了偿还他的债务做出了很大的牺牲；她还每年给巴尔扎克的母亲三千法郎，这是他曾经答应却没有做到的；她还重新出版了巴尔扎克的所有作品。巴尔扎克过世后几个月，一位名叫坎普弗雷的年轻人为了出版工作来拜访她。坎普弗雷很受女性欢迎，他当场向伊芙琳示好，她也没有拒绝。他们的关系持续了三个月，之后伊芙琳就和一位叫作吉恩·吉格斯的画家在一起了，这是一场柏拉图式的恋爱，一直持续到伊芙琳八十二岁去世。但是对后人来说，他们更希望她在巴尔扎克去世后悲痛欲绝，保持忠贞。

4

乔治·桑说得很对，巴尔扎克书里的每一页都是这本书中最好的一页，如果漏掉一页，就不完美了。1833年，巴尔扎克想到了一个主意，以"人间喜剧"为题，把所有作品编成一册。有了这个想法后，他就对妹妹说："向我致敬吧，我是一个天才。"他是这样计划的："法国的社会就像一个历史学家，而我仅仅是他的秘书，我列举恶行和善行，刻画人物，展现情感，选取社会上的主要事件，结合几类人物的特点，也许就能记录下许多历史学家遗忘了的历史——有关风俗习惯的历史。"这是一个野心勃勃的计划，他直到去世都没能完成。在他留下的大量作品中，虽然有些篇章必不可少，但这些不是最有趣的。由于作品数量太多，很难避免这个问题。几乎在他所有的小说中都有两三个由单纯原始的激情所驱动的人物，他们以非凡的力量在书中脱颖而出。巴尔扎克的创作力就体现在描写这些人物上面，如果让他处理更复杂的人物，巴尔扎克就不那么擅长了。几乎在他所有的小说中都有一些十分有力的场景，一些小说的故事很引人入胜。

如果要我向一位从没读过巴尔扎克的人推荐一部他最有代表性的小说，我会毫不犹豫地选择《高老头》。这部小说从始至终都很有趣。在其他小说中，他会中断叙述，谈论无关的事情，或是长时间地描写那些你完全不感兴趣的人物，但是《高老头》完全没有这些缺陷。巴尔扎克让小说中的人物通过言谈举止来展示自己，十分客观自然。这部小说的结构十分精巧，小说有两条主线：高老头对忘恩负义的女儿们付出无私的父爱；野心勃勃的拉斯蒂涅初入腐败的巴黎。两条线索巧妙地交织，阐明了巴尔扎克在《人间喜剧》中揭示的真理：人性既不善良也不邪恶，而是生来就具备天性和才能。这个世界也并不像卢梭所说的那样让人堕落，而是让人成长，最终走向完美；但自私却让人的邪恶本性得到了极大的发展。

据我所知，巴尔扎克最早是在写《高老头》时产生了让同一个人物反复出现在多部作品中的想法。这样做是困难的：这个人物必须十分有趣，才会激发读者的兴趣。巴尔扎克取得了圆满成功。我对某些人物的未来十分感兴趣，拉斯蒂涅就是其中之一，这就让阅读变得更加有趣。巴尔扎克自己也对这些人物相当感兴趣，他曾有一位秘书，叫作朱尔斯·桑德奥，也是个作家；他作为乔治·桑的众多情人之一而在文学史上留名。他因姐姐病重回家探望，姐姐去世后，他安葬了她。他从家中返回后，巴尔扎克对他的家人表示了慰问和哀悼，然后接着说："好了，这事就说到这里，我们回到严肃的事情上，谈谈欧也妮·葛朗台吧。"巴尔扎克采用的写作手法（顺便提一句，圣博夫曾在一怒之下严厉地谴责了这种手法）非常简单，但十分有效。凭巴尔扎克惊人的创造力，我不相信他是出于简单方便而采用这种手法的。我想，他是认为这样叙述更加真实，因为我们会和一小部分人频繁进行接触。除此之外，我认为他的主要目的，是将自己的所有作品建构成一个整体。正如他自己所说，他描绘的并不是一个群体、一个阶级或一个社会，而是一个时代和一种文明。他有一种错觉，那就是他认为不论发生什么灾难，法国都永远是宇宙的中心，这种错觉在他的同胞中也并不少见。也许正因如此，他才有信心去创造一个五彩缤纷、丰富多彩的世界，并赋予这个世界蓬勃的生命力。

巴尔扎克写作时，作品的开头写得很慢，他总是乐于先细致地描述事情发生的环境，以至经常告诉读者一些多余的内容。他没有学过正确的表达方法——只说必须说的，多余的不说。他还会告诉读者角色的样貌、性格、身世，以及他们的想法和缺陷。交代完这些之后，他才开始讲故事。他笔下的人物和现实生活中的不太一样，这些人物生动鲜明，由最基本的色彩刻画而成，有时刻画得过于浓重，但他们有呼吸、有生命。我想，你之所以相信他们存在，是因为巴尔扎克本人也十分确信他们比普通人更令人激动。透过他们，我们可以看出巴尔扎克的热情。临终之际，他还哭喊着："快叫皮安训来，皮安训会救我的。"皮安训是经常出现在他小说中的那个聪明诚实的医生，他是《人间喜剧》中为数不多的无私的形象之一。

我相信巴尔扎克是第一位以寄宿公寓作为创作背景的小说家，他开了先河。后来很多作家都沿用了这种方法，对作者来说，这种方法便于展现不同人物的困境，但没有哪部作品能达到《高老头》这样的效果。在这部小说中，我们可以看到巴尔扎克创造出的最激动人心的角色——伏脱冷，这个角色已经被再创造了无数次，但从未如此逼真。伏脱冷头脑机灵，有很强的意志力和生命力。尽管他是个冷酷无情的罪犯，却能够吸引巴尔扎克。有一点值得读者注意，那就是巴尔扎克巧妙地暗示了这个人的凶险，但直到书的最后，他才揭露了那个一直保守着的秘密。伏脱冷欢快、慷慨、善良，身体强健，既聪明又冷静；你禁不住佩服他，但不知为何，他又令人感到恐惧。他让你着迷，就像拉斯蒂涅这个雄心勃勃、出身高贵的年轻人一样。拉斯蒂涅初到巴黎，想闯出一片天地，伏脱冷迷住了他；但是跟这样一个罪犯待在一起的时候，你也会和拉斯蒂涅一样感到不安。伏脱冷是一个伟大的角色。

巴尔扎克把伏脱冷与尤金·德·拉斯蒂涅的关系写得很好。伏脱冷洞察了这个年轻人的内心，并且逐渐削弱他的道德感。当拉斯蒂涅得知伏脱冷为了娶一位女继承人而杀害了一个男人时，他虽然也反对过，但邪恶的种子已经播下了。

《高老头》以老人的死为结局。拉斯蒂涅去参加了老人的葬礼。葬礼结束后，他独自留在墓地，俯瞰着塞纳河两岸的巴黎。他盯着城市的一角，他渴望进入的上层社会就在那里。"让我们俩来较量较量吧！"他大声喊道。有些读者也许不打算阅读所有出现拉斯蒂涅这个角色的小说，却好奇伏脱冷对他的影响。纽沁根夫人是高老头的女儿，也是富有的银行家纽沁根男爵的夫人。她爱上了拉斯蒂涅，为他买了公寓和豪华家具，还给了他钱，让他过上绅士般的生活。但丈夫总是让她手头有些紧，她又是怎么做到给拉斯蒂涅钱的，这一点巴尔扎克没有交代清楚。也许巴尔扎克觉得一个女人需要一个情人的时候，自然会想办法把钱弄到手。男爵似乎对这件事持宽容的态度，1826年，男爵利用拉斯蒂涅进行了一场交易，这场交易让他的一些朋友破产了。作为报酬，拉斯蒂涅从中分得了四十万法郎，他拿出一部分钱给两个妹妹做嫁妆，让她们能嫁个好人家。剩下的钱每年有两万法郎的利息，他告诉自己的朋友皮安训，这是"过安稳日子的花销"。这么一来，他就不用再依靠纽沁根夫人了。他还意识到，婚外情持续太长时间是有百害而无一利的。他决定抛弃她，成为埃斯帕德侯爵夫人的情人，这不是因为爱情，而是因为她是一位富有、高贵、有名声的女人。"也许有一天我会和她结婚，"他补充道，"她会让我最终有能力偿还债务的。"1828年，我们不确定埃斯帕德侯爵夫人是否相信了他的花言巧语，但就算她相信了，这桩情事也没有持续多久，拉斯蒂涅又成了纽沁根夫人的情人。1831年，他想娶一位叫阿尔萨斯的女孩，但后来发现她没有自己想象的那么富有。1832年，在纽沁根夫人以前的情人——在路易·菲利普任法国国王时担任某部长的亨利·德·马尔塞——的帮助下,拉斯蒂涅被任命为副国务卿,他在任职期间大大积累了财富。他与纽沁根夫人的关系一直持续到1835年。也许双方达成了和平分手的协议,三年后,他娶了她的女儿奥古斯塔,她是一个富裕人家的独生女,对拉斯蒂涅来说已经相当不错了。1839年,他被封为伯爵,再一次进入政府部门。1845年,他成为法国贵族,年收入三十万法郎(相当于一万两千英镑),这在当时是一笔巨大的财富。

巴尔扎克对拉斯蒂涅的偏爱表现得很明显,他赋予了他高贵的出身、俊俏的外表、迷人的气质和智慧,让女人一眼就会被他迷住。还有人猜测,除了名声,他愿意放弃一切来成为拉斯蒂涅。巴尔扎克享受成功的感觉,也许拉斯蒂涅是个无赖之徒,但他成功了,尽管他的成功是以别人的破产为代价,但这些人实在太傻,巴尔扎克对傻瓜毫不同情。吕西安·德·吕邦泼莱是巴尔扎克作品中的另一个冒险者,他因软弱而失败。但拉斯蒂涅却靠着勇气、决心和力量取得了成功。从他在拉雪兹神父公墓向巴黎发起挑战的那一天起,他就没有让任何东西阻挡过自己前进。他决心要征服巴黎,他的确做到了。我想,巴尔扎克不会谴责拉斯蒂涅在道德上的过失,毕竟他的本性是善良的。拉斯蒂涅关心利益,在追求利益时冷酷无情,但直到最后,他还愿意帮助年轻时交到的朋友。他一开始就想过上有钱人的生活,拥有一座漂亮的房子,配备许多仆人,拥有马车、马匹和许多情妇,还有一个有钱的妻子,他实现了这个梦想,但巴尔扎克从没有发现,这其实是一个庸俗的梦想。

查尔斯·狄更斯和《大卫·科波菲尔》

1

查尔斯·狄更斯虽然个子不高,但是举止优雅、容光焕发。在他二十七岁时,麦克利斯为他画了一幅画像,现陈列在英国国家肖像馆。画像中的他坐在书桌旁一把漂亮的椅子上,一只优雅小巧的手轻轻地放在手稿上;他衣着华丽,戴着一条由绸缎制成的宽大领巾;棕色的头发卷曲着,从耳后垂到两边的脸颊上。他的眼睛很漂亮,若有所思,这正是他的仰慕者希望看到的模样。但这幅肖像没有表现出他的活泼生气和丰富感情,凡是和他接触过的人都能注意到这些。他一直很爱打扮自己,年轻时,他喜欢穿天鹅绒大衣、鲜艳的背心,戴五彩的领巾和白色的帽子。但他从未得到过自己期待的评价。人们总是对他的穿着感到震惊,觉得这样的穿着不讲究,过于艳俗。

狄更斯的祖父威廉·狄更斯是个仆人，娶了一位女佣，最终成为切斯特议员约翰·克鲁所居住的克鲁府上的管家。威廉·狄更斯有两个儿子：威廉和约翰。但我们只需了解约翰，他是英国最伟大的小说家的父亲，而且在狄更斯的一本小说中，米考伯先生这个角色就是以他为原型创造的。威廉·狄更斯去世后，他的遗孀留在了克鲁府当杂物主管。三十五年之后，她退休并搬到了伦敦居住，也许是想和自己的两个儿子挨得近一些。两个孩子失去父亲之后，克鲁一家让他们受了教育，还在海军出纳办公室给约翰谋了份差事。在那里，约翰和一位同事成了朋友，不久之后就娶了他的妹妹伊丽莎白·巴罗。结婚后不久他们就有了经济困难，约翰总是向那些傻到愿意相信他的人借钱。他心地善良、慷慨大方、机灵勤奋，但这份勤奋总是断断续续的。他喜欢喝酒，因为第二次向他提起诉讼的是一位酒商。他晚年时被人描述为"一位穿着考究的老家伙，总是在抚弄着自己手表上的一大串印章"。

查尔斯·狄更斯是约翰和伊丽莎白的第二个孩子，于1812年出生在波特西。两年之后，约翰被调往伦敦工作；三年后又调职到查塔姆，查尔斯在那里进入学校。父亲给他准备了几本书：《汤姆·琼斯》《威克菲尔德的牧师》《吉尔·布拉斯》《堂吉诃德》《蓝登传》《皮克尔历险记》。他反复阅读了这些书，从他的作品中可以看出，这些小说对他有着深远的影响。

1822年，约翰·狄更斯已经有了五个孩子。他被调回了伦敦，查尔斯则留在查塔姆上学，几个月没有和家人团聚了。他们居住在伦敦郊区的卡姆登镇的一所房子里，后来查尔斯在小说中把它写成米考伯的家。当时约翰·狄更斯的年薪是三百英镑出头,购买力相当于今天的四倍,但他已经没有钱供小查尔斯上学了。更令小查尔斯厌恶的是,父母要他帮女佣照看孩子、做家务。休息的时候,他就在卡姆登镇这个"被田地和沟渠包围的荒芜之地"游荡,有时逛得更远,到附近的苏默特镇、肯特郡、苏豪区、莱姆豪斯。

狄更斯太太决定为那些父母在印度的英国孩子办一所学校,她借了一些钱(也许是从婆婆那里借来的),还印了小广告,让自己的孩子放进邻居们的信箱。不用说,根本没有学生来。家里的债务越来越紧迫,他们让查尔斯把家里的东西拿去典当,家里的珍贵书籍也被卖掉了。后来,狄更斯太太的远房姻亲——詹姆斯·拉默特在与别人合伙创办的一家鞋油厂给查尔斯找了份工作,每周的工资是六先令。查尔斯的父母非常感激,但查尔斯伤透了心,因为那时他只有十二岁,而父母为了减轻负担,迫不及待地将他送走了。

不久之后,约翰·狄更斯因欠债被关进了马夏尔西监狱,他的妻子典当了剩下的财产,带着孩子去监狱里陪他。监狱又脏又乱,拥挤不堪,因为里面不仅有囚犯,还有囚犯的亲属。我不知道让囚犯的亲属住进监狱究竟是为了减轻囚犯在监狱中生活的艰苦,还是因为这些可怜的囚犯亲属无处可去。如果欠债人有钱,丧失自由就是他必须忍受的最大不便;但有时只要符合特定的条件,就可以离开监狱。过去,监狱长常常会无耻地敲诈囚犯,残忍地对待他们。但在约翰·狄更斯进去的时候,监狱已经没有暴力行为了,他在里面过得足够舒适。家里那位忠实的女仆住在监狱外,每天都来帮忙照看孩子,准备饭菜。他每周依然可以获得六英镑的薪水,但他不打算还债,或许是因为他觉得债主不会来找他,他也并不是很想被释放。很快,他就恢复了精神,其他的欠债人任命他为"监管监狱内部经济委员会主席",上至狱卒下至最卑劣的囚犯,他和每个人都很合得来。传记作者们对约翰·狄更斯领取工资一事感到疑惑,唯一的解释是:这些政府职员都是依靠权贵的关系得到公职的,他们不认为欠债入狱是需要被停薪的严重过错。

父亲入狱之初,查尔斯住在卡姆登镇。这里离他工作的地方——位于查令十字街的亨格福德平台的鞋油厂太远,约翰·狄更斯在靠近马夏尔西监狱的南华克区的兰特街给他找了一个房间。这样一来,他就能和家人一起吃早饭和晚饭了。查尔斯要做的工作并不难,只是洗瓶子、贴标签,再把它们捆起来。1824年4月,克鲁家的老主管威廉·狄更斯夫人去世,她把自己的积蓄留给了两个儿子。约翰·狄更斯的债务还清了(由他哥哥还的),他重获自由,一家人又在卡姆登镇安顿下来,约翰也回到了海军出纳办公室上班。查尔斯继续在工厂洗瓶子。后来,约翰·狄更斯和詹姆斯·拉默特"在信中吵了起来",查尔斯后来写道:"我把父亲写的信交给了他,这引起了他的爆发。"詹姆斯·拉默特告诉查尔斯,他的父亲侮辱了自己,因此他必须离开这家工厂。"我怀着一种奇怪的感觉回家去了,心中既沉重又轻松。"他的母亲设法平息了这件事,让查尔斯保住了原来的工作(这时候工资已经变成了七先令),因为她仍然急需用钱。为此,他没有原谅母亲。他还说:"后来我从没有忘记,永远也不会忘记,不能忘记,母亲热切地希望我回到工厂去。"约翰·狄更斯不愿听她的建议,把儿子送到了位于汉普斯特德路的一所名字很好听的学校——惠灵顿豪斯学院。查尔斯在那里待了两年半。

查尔斯二月初进工厂，六月份回来，最多也就待了四个月。他觉得这是一段不堪回首的屈辱经历。当他的密友约翰·福斯特向他打听时，狄更斯说他戳到了自己的痛处，尽管过了二十五年，"仍然历历在目，难以忘却"。

我们已经听腻了杰出的政治家和企业家吹嘘自己年轻时洗盘子和卖报纸的经历，以至于我们很难理解为什么查尔斯·狄更斯把父母送自己去工厂看作巨大的伤害和一个可耻的秘密。他们的家庭很贫困，还要填补父亲的挥霍，所以当他还是一个淘气机灵的孩子时，就已经见识到了生活中的丑陋。

在卡姆登镇时，查尔斯负责打扫、刷洗、典当大衣或首饰、买晚饭。他曾和其他相同出身的男孩一样在街上玩耍，到了工作的年龄就进入工厂。他的工资也很合理，一个星期六先令，后来涨到了七先令，相当于现在的二十五到三十先令。在一段时间内，他都靠工资来养活自己。后来他搬到了马夏尔西监狱附近，可以和家人一起吃早饭和晚饭，他只需花午饭的钱。和他一起工作的男孩子们都很友好，但不知为什么查尔斯觉得和他们交往是一种堕落。他常常被带到牛津街去拜访祖母，他知道祖母一生都在"伺候别人"，也许约翰·狄更斯表现得有些势利，但这个十二岁的小伙子显然还不知道什么是社会地位。假设查尔斯足够老练，认为自己比工厂里的其他男孩子强一些，那他必然能意识到他的收入对家庭来说十分重要，也许，他会为自己挣钱养家而感到骄傲。

由于福斯特要写传记，所以狄更斯写了一小段自传交给了福斯特，我们才能了解到这段生活的细节。我猜他在回忆童年经历时加入了想象，更加同情当时的小男孩。当他写下那个可怜的孩子被信任的人出卖，感到无比孤独和痛苦时，泪水模糊了他的双眼。他柔软的心流血了。我认为他情不自禁地夸张了些，他的才华或者说他的天才，都建立在夸张的基础上。比如，他放大了米考伯先生性格中的喜剧因素让读者捧腹大笑，强调小内尔病重的悲剧感情令读者潸然泪下。如果他不能把自己在工厂的经历描绘得感人至极（只有他能做到），那他就当不了小说家了；而且，他利用这段经历给大卫·科波菲尔增添了强烈的悲剧色彩。我不认为这段经历像他后来说的那么痛苦，更不相信传记作家和评论家所认为的——这段经历对他的生活和工作产生了决定性的影响。

在监狱里，约翰·狄更斯担心自己因无力偿还债务而失去海军出纳办公室的工作，就以身体不好为由，向部门主管请求领取退休金。由于他已经工作二十年，还有六个孩子，所以每年能领取一百四十英镑的"同情抚恤金"。对于约翰·狄更斯这样的人来说，这笔钱根本不够他养家糊口，所以还得想办法增加收入。他不知从哪里学会了速记，通过在新闻界工作的大舅子，他得到了一份议会记者的工作。

查尔斯在学校待到十五岁就去了律师事务所做差事，在今天算是个"白领阶层"。几周后，他父亲给他找了另一家律师事务所，每周的工资是十先令，后来涨到了十五先令。他觉得生活枯燥乏味，为了提高自己，他学了速记。十八个月后，他已经能在主教常设法庭上担任记者。二十岁时他就有资格报道下议院的议案,而且很快就成为旁听席里速记最快、最准确的记者。

查尔斯在十七岁时爱上了玛丽亚·比德内尔——一位银行职员的漂亮女儿。玛丽亚是个轻佻的姑娘,似乎总在引诱他,他们可能秘密订过婚。她觉得拥有一位情人是一件荣幸且有趣的事情,但查尔斯身无分文,她绝不会嫁给他。这段恋情在两年后结束了,他们互相归还了礼物和信件,这是真正的罗曼蒂克。查尔斯心碎了。多年后他们再次见面,玛丽亚已经是一个已婚的女人。她身材肥胖,平庸又愚蠢,与著名的狄更斯先生和他的妻子共进晚餐。《小杜丽》中的弗洛拉·费因钦就以她为原型,在此之前,她是《大卫·科波菲尔》里朵拉的原型。

为了离自己工作的报社近一些,狄更斯在斯特兰德外一条昏暗的街道上找了住处,不久后他就在弗尼瓦尔旅馆里租了个单间。他还没来得及购买家具,父亲就又因欠债被捕,他不得不提供钱来维持父亲在救济所的生活。"我们必须假设,约翰·狄更斯在很长一段时间内不会和家人团聚了。"查尔斯为家人租了个便宜的房子,带着弟弟弗雷德里克一起住在弗尼瓦尔旅馆四楼背面的房间。已故的尤娜·蒲柏·汉尼斯在她颇具可读性的狄更斯传记中写道:"轻松地处理这类困难已经成了他的习惯,包括后来妻子家的人,都希望他能为一群没骨气的家庭成员找工作,让他们挣点钱。"

2

狄更斯在下议院旁听席工作了一年左右,然后开始创作一系列关于伦敦生活的随笔,第一篇文章在《月刊》上发表,第二篇刊登在《纪事晨报》上。写这些文章没有报酬,但吸引了一位叫作马克龙的出版商的注意。在狄更斯二十四岁生日的那天,这些随笔由克鲁克山绘制了插图,并以"博兹札记"为题,分成了两卷出版。初版的稿酬是一百五十英镑。这本书广受好评,为他带来了更多的写作机会。当时有一种描写人物逸事,带有插图的幽默小说,价格是一先令,它是连环画的前身,在当时有很高的人气。查普曼和霍尔出版社的一位合伙人请狄更斯写一个业余运动员俱乐部的故事,与一位知名艺术家的插画一起出版。他们计划出版二十期,每月给狄更斯十四英镑的酬劳,我们现在应该称之为"连载权",以后这些故事单独出版的时候,他还会获得更多稿酬。狄更斯对运动一无所知,也不认为自己可以按照出版社的要求完稿,但奈何"薪酬太诱人,实在难拒绝"。这就是日后出版的《匹克威克外传》。前五期故事没有取得太大的成功,但随着人物山姆·韦勒的出现,销量开始猛增。当这些故事出版成书时,查尔斯·狄更斯已经是个著名的作家了。尽管评论家们对他表示质疑,但他已经名声大噪了。《评论季刊》在提到他的时候说:"不需要任何天赋就能预言他的命运,他像烟花一样冉冉升起,亦会像火柴一样日渐衰弱。"在他整个职业生涯中,他的作品广受欢迎,但评论家们却对他颇有微词。

1836年，就在《匹克威克外传》第一期面世的前几天，狄更斯与凯瑟琳结婚了。凯瑟琳是狄更斯在报社的同事乔治·霍加斯的长女。乔治·霍加斯有六个儿子和八个女儿。女儿们身材矮小，体形丰满，长着漂亮的蓝眼睛。凯瑟琳是唯一到了结婚年龄的女孩，或许这就是狄更斯娶她的原因。短暂的蜜月结束后，他们在弗尼瓦尔旅馆安顿下来，还邀请了凯瑟琳漂亮的、年仅十六岁的妹妹玛丽·霍加斯同住。狄更斯与出版商签订了《雾都孤儿》的合同，他在写《匹克威克外传》的同时写这部小说。这部小说也是作为月刊发行。在一个月里，他分别用两周时间完成《匹克威克外传》和《雾都孤儿》的连载。大多数小说家在写作时都被笔下的角色吸引，无暇顾及其他的创作灵感，而狄更斯却能轻松地在不同的故事间来回跳跃，这显然十分了不起。

　　狄更斯很喜欢玛丽·霍加斯。在凯瑟琳有孕在身无法陪他出行时，玛丽就成了他忠实的伴侣。凯瑟琳的孩子出生后，他们打算继续生养几个孩子，于是他们从弗尼瓦尔旅馆搬到了道提街的一栋房子。随着玛丽一天天长大，她越发讨人喜欢。在五月的一个晚上，狄更斯带凯瑟琳和玛丽去看戏，他们玩得很尽兴。回家后玛丽生起了病，虽然请了一位医生，但几个小时之后玛丽就去世了。狄更斯取下她手上的戒指，戴在自己手上直到生命的终结。狄更斯悲痛欲绝，他在自己的日记中写道："如果她现在还在我们身边，并且还是以前那个迷人、开朗、亲切的伴侣，比我认识的所有人都更能理解我的思想和感情，那我就别无所求了，只希望这样的幸福可以延续下去。但她已经永远离开了，愿仁慈的上帝保佑我能在某一天与她重聚。"这些话可以告诉我们很多东西。狄更斯死后葬在了玛丽旁边。我们不知道狄更斯是否意识到自己已经深深地爱上了她。

玛丽的去世让怀孕的凯瑟琳受到惊吓，导致流产。凯瑟琳身体恢复后，查尔斯带她去国外作短期旅行，好让他们两人都能恢复精神。到了夏天，查尔斯已经恢复得差不多了，于是又开始活力满满地和一位叫作埃莉诺·P的女子调情了。

3

狄更斯凭借《雾都孤儿》《尼古拉斯·尼可贝》《老古玩店》开创了辉煌的写作事业。他工作很勤奋，有几年他往往旧书还没写完，就开始写新书。他愿意取悦大众，并密切关注读者的反应。有趣的是，直到销量下降之前，他都没有想过让《马丁·瞿述伟》在美国发行。他不是那种视流行为可耻的作家。他获得了巨大的成功，但对于一个文学家来说，取得成功并不意味着生活变得多彩，他依旧要按照原来的计划，每天花时间写作。他与文学家、艺术家，还有上流社会的名人接触。他被那些高贵的女士迷住了，他参加聚会、举办聚会、四处旅行，还在公共场合露面，这就是狄更斯的生活模式。只有少数几位文学家获得过狄更斯这样的成功。他似乎有着用不完的精力，不仅无间断地创作长篇小说，还创办杂志，在报社当编辑，偶尔也会写一些文章；他还偶尔做演讲，在宴会上致辞，公开朗读自己的作品；他喜欢骑马，一天徒步二十英里也不在话下；他还会跳舞，兴致勃勃地扮演小丑和变戏法，逗自己的孩子开心；他还会参加业余的戏剧表演。他对戏剧一直很着迷，曾经还认真想过上台表演，在一个演员那里听课，熟背台词，还在镜子前练习如何进场、落座和鞠躬。人们觉得他进入时尚界是顺理成章的，但时尚界的人觉得他有些粗俗，衣着花哨。在英国，人们用口音来划分社会地位。狄更斯几乎一辈子都住在伦敦，所以说话带有伦敦腔。但他长得很俊俏，双眼熠熠生光，欢乐活泼，这就让他足够迷人。也许他时常被别人的谄媚包围，但他依旧保持谦虚，这一点十分迷人。他是一个和蔼可亲、讨人喜欢、温柔亲切的人。只要他走进一个房间，就能给满屋子带来欢声笑语。

奇怪的是，尽管他的观察力很强，也与上流社会的人相熟，但他从未在小说中成功地描写过他们。人们经常批评他无法刻画绅士。他刻画的律师和助理，角色都很鲜明，这是因为他曾在律师事务所工作，但他笔下的医生和牧师却刻画得不好。他最擅长描写童年时接触的劳苦大众。似乎一位小说家最了解的是从小和自己亲近的人，这样他才能把他们刻画成经典人物。小孩子的一年要比成年人的一年漫长得多，他有很多时间去了解身边的人。亨利·菲尔丁写道："许多英国作家完全无法描绘上流社会的生活方式，也许是因为他们对这些人的生活一无所知……这些地位高贵的人不像普通人一样出现在街上、商店或者咖啡馆，我们很难在生活中看见他们；这些人也不像其他上层人士一样抛头露面。简而言之，一个人要是不具备头衔、财富，或能与这二者相提并论的在赌场上的赫赫战绩，就根本没有资格进入上流社会。而且遗憾的是，在有资格进入这个社会的人里面，很少有人愿意从事写作这个糟糕的行业，干这一行的人一般都是身处底层的贫苦之人,因为许多人觉得从事这一行什么都不需要准备。"

经济条件好转后,狄更斯一家就搬进了时尚街区里的新房子,还在一家知名的公司订购了全套家具和厚厚的地毯,窗户上装饰着带花边的窗帘。他们雇了一个手艺好的厨师、三名女仆和一名男仆,还配了一辆马车。他们多次举办宴会,来的都是权贵名流,宴会的盛大程度令简·卡莱尔感到吃惊。杰弗里勋爵在信中告诉他的朋友考伯恩勋爵,他在新房子里用过餐;对于一个刚刚开始发家的人来说,这场宴会实在过于奢华。狄更斯慷慨大方,喜欢和朋友待在一起,何况他还经历过贫苦的生活,自然更喜欢奢侈的生活。但这样很费钱,他的家人和亲戚不断地耗费他的财产。为了支付巨额开支,狄更斯创办了第一本文学杂志《汉普雷老爷的钟》,为了让杂志有个好的开始,他在上面刊载了《老古玩店》这部作品。

1842年,狄更斯把四个孩子交给了凯瑟琳的妹妹乔治娜·霍加斯照顾,他带着凯瑟琳前往美国。尽管他享受到了很高的待遇,但是这次旅行并不圆满。那时的美国抵制欧洲,对批评自己的声音十分敏感。美国报纸肆意侵犯"新闻人物"的隐私,美国将杰出外国人的到访看作天赐的机会,把他们当成动物园里的猴子一样对待,一旦他们表现出不耐烦,就说他们傲慢自大。那时的美国是一个言论自由的国家,只要不触犯他人的情感和利益,人人都可以发表自己的观点,但这些观点必须与他人的相同。狄更斯因为对此一无所知,犯下了一个大错。由于没有国际版权法,不但英国作家在美国的图书市场得不到一点利润,就连美国作家的利益也受到了损失。

书商们不愿为美国作家出书，他们更愿意出版英国作家的书，因为这样不用支付版权费用。人们为狄更斯举办了一场欢迎晚宴，狄更斯在宴会演讲中提到了这件事，得罪了很多人。观众的反应很激烈，报纸评论他"根本不是绅士，而是一个唯利是图的恶棍"。

他在费城的时候被崇拜者团团围住，他花了两个小时和他们握手，但他的戒指、钻石胸针，还有花哨艳俗的马甲引起了人们的批评。虽然有人觉得他和上流社会相去甚远，但狄更斯自然而不做作，没人能抗拒他俊秀的外表和蓬勃的朝气。他在美国结交了一些朋友，并在去世之前一直和他们保持着亲密的关系。

在经历了四个月丰富多彩但疲惫的旅程之后，狄更斯一家回到了英国。孩子们越来越依恋他们的姑妈乔治娜，这两位疲惫的旅客邀请她一起回家。那时乔治娜十六岁，与同新婚的夫妇住在弗尼瓦尔旅馆的玛丽一个年纪，她们长得很像，从远处看无法分辨她们。狄更斯写道："她们两人是如此相似，当她和凯瑟琳坐在一起时，我觉得以前发生的事情仿佛是一个惆怅的梦境，自己刚刚从梦中醒来。"乔治娜很漂亮也很迷人，为人谦逊；她很有模仿的天赋，常常逗得狄更斯开怀大笑。随着时间的推移，狄更斯越来越离不开她了。狄更斯经常和她一起散步，还与她讨论自己的写作计划。她成为狄更斯可靠的秘书。狄更斯生活奢侈，没过多久就负债累累。他决定将房子出租，带着家人（当然也包括乔治娜）前往意大利，那里的物价很便宜，可以节省开支。他在意大利待了一年，大多数时间居住在热那亚。虽然他游览了整个意大利，但他思想偏狭，文化观念也有些淡薄，这些游历没有触动他，他仍是典型的英国游客。

狄更斯发现在国外的生活令人愉快，而且很省钱，就在欧洲大陆待了很长一段时间。有一天，他们打算去巴黎待很长一段时间，乔治娜和查尔斯两个人前往巴黎寻找公寓，凯瑟琳则在英国等着他们为自己准备好一切。

　　凯瑟琳性情平和忧郁，她不适应旅行，也不喜欢聚会。她相当愚蠢，那些来找狄更斯谈话的人必须要忍受他的妻子。令她恼怒的是，有的人根本不把她当回事。只有具备幽默感和足够的机智，才能做好名人的妻子。如果缺乏这些品质，那她就得非常爱自己的丈夫；她必须足够聪明，明白人们对他的兴趣要胜于自己；她要在丈夫对自己的爱中寻找慰藉，不管他的思想有多不忠，最终都会回到自己身边寻求安抚。凯瑟琳似乎从来没有爱过狄更斯，他们订婚时，狄更斯就写信责备过她的冷漠。或许她嫁给他是因为在那个时候，婚姻是女人一生中唯一的事业；又或许是因为她是家里的长女，迫于父母的压力，才同意了这桩能保障未来生活的婚姻。她是一个和蔼温柔的小人物，无法达到丈夫的显赫地位对自己的要求。她在十五年里一共生下了十个孩子，并流产了四次。在凯瑟琳怀孕期间，乔治娜陪狄更斯旅行、参加派对，逐渐代替凯瑟琳主持晚宴。有人猜测凯瑟琳会对这种情况抱有不满，但我们不能确定。

4

　　岁月流逝，到了1857年，查尔斯·狄更斯已经四十五岁了。他的孩子里有的已经长大成人，有的才五岁。他成了英国最受欢迎的作家，生活在公众的视野里，并誉满全球，这满足了他的表现欲。几年前，他认识了威尔基·柯林斯，他们很快就变得非常亲密。柯林斯比狄更斯小十二岁，埃德加·约翰逊先生这样评价他："他喜欢丰盛的食物、香槟和歌舞表演。他经常同时和几个女人纠缠不清。他为人有趣，有些愤世嫉俗，脾气很好，他十分洒脱自在，甚至有些粗俗。"狄更斯引用约翰逊先生的话说他"是为有趣和自由而生的"。他们一同周游英国，又去了巴黎玩乐。和那些同等地位的人一样，狄更斯很可能一有机会就和那些水性杨花的女子来往。凯瑟琳没能满足他想要的一切，狄更斯对她越来越不满意。他写道："她待人亲切、性格随和，但无法理解我。"她从结婚起就很爱猜忌。我想，当对方的猜忌毫无理由时，狄更斯能够容忍，但后来她有充足的理由怀疑他时，狄更斯就说服自己他们两人从来就不合适。他认为自己成长了许多，但她一直在原地踏步。狄更斯深信自己没有什么可受责备的，他确信自己是个对孩子竭尽全力的好父亲。养活这么多个孩子很麻烦，狄更斯也把这归咎于凯瑟琳。在孩子们很小的时候，狄更斯很喜爱他们；但随着他们逐渐长大，狄更斯对他们就不再感兴趣了。孩子一到年龄，他就把他们打发得远远的。这些孩子的确也没什么出息。

　　要不是发生了一场意外，狄更斯和妻子的关系可能也不会有太大改变。和其他许多性格不合的夫妻一样，他们只是在外人面前表现得很恩爱。狄更斯很迷恋舞台，他应邀在曼彻斯特表演一出叫作《极寒深渊》的戏剧，这是威尔基·柯林斯在他的帮助下创作的。

这部剧在德文郡酒店上演，获得了英国女王、女王的丈夫和比利时国王的赞赏。狄更斯同意在曼彻斯特的舞台上演出这部剧。他的女儿曾在剧中扮演过一个角色，他觉得女儿的声音在大剧院中听不清楚，于是他决定找专业的演员。他找了一位身材娇小、面容姣好的女演员，她叫埃伦·特南，只有十八岁，有一双动人的蓝眼睛。狄更斯在家亲自指导她排练。埃伦对狄更斯十分崇拜，迫不及待地讨好他。狄更斯受宠若惊，排练还没结束，他就爱上了埃伦。狄更斯给她买了一只手镯，但错把它交到了妻子手上，引发了一顿吵闹。在这个尴尬的时刻，狄更斯装成无辜的受害者，这或许是最好的办法。后来，狄更斯也扮演了一个剧中的主角——一位舍己为人的北极探险家。整场演出悲情万分，所有观众都不禁潸然泪下。为了演这部剧，狄更斯还特意蓄了胡子。

狄更斯和妻子的关系越来越紧张。他一向是个容易相处的人，如今却变得喜怒无常、心烦意乱，对所有人都不耐烦地发脾气（除了乔治娜）。他很不愉快，认为不能再和凯瑟琳一起生活了。但他的社会地位如此之高，公然离婚会招致流言蜚语。何况，他在那本获利颇多的《圣诞故事集》中，让圣诞节成了一个歌颂家庭团聚的节日。他多年以来一直用感人至深的语言让读者相信家庭是最美好的。于是狄更斯提出了许多建议：一是让凯瑟琳拥有单独的房间，并在宴会上成为女主人，陪他参加公众活动；二是当他住在加德山庄（狄更斯不久前在肯特郡购置的房产）时，凯瑟琳应该留在伦敦，而在他住在伦敦时，凯瑟琳就到加德山庄；三是建议凯瑟琳在国外定居。凯瑟琳拒绝了所有建议，最后两人决定彻底分开。凯瑟琳被安置在卡姆登镇边上的一所小房子里，每年有六百英镑的收入。没过多久，狄更斯的长子去和她同住了一段时间。

按理说，凯瑟琳知道查尔斯迷恋着埃伦·特南，只要抓住这个把柄，她就能提出任何条件。所以人们不禁疑惑，尽管凯瑟琳可能有些傻，但她怎么可能任由自己被赶出家门，而且还弃自己的孩子于不顾？狄更斯在一封信中提到了凯瑟琳的"弱点"，在另一封信中也说过她患有精神障碍，这让她意识到"最好还是离开自己"（很不幸，这封信出版了）。现在可以肯定的是，这是在谨慎地指出凯瑟琳酗酒。如果是她的猜忌、她的悲观，以及被抛弃的屈辱感将她引向酒精，那就不足为奇了。如果她真的酗酒，那就解释了为什么是乔治娜负责看管房子和照看孩子，也解释了她为什么没和孩子们住在一起。后来乔治娜写道："大家都知道，可怜的凯瑟琳没有能力照料孩子。"也许让大儿子去跟她住一段时间，是为了确认她有没有过量饮酒。

狄更斯的名气太大了，他的丑闻传遍了海外。他听见霍加斯夫妇，也就是凯瑟琳和乔治娜的父母说埃伦·特南是他的情妇。于是他怒不可遏，威胁他们要把凯瑟琳扫地出门，逼迫他们签署一份他们不相信他有婚外情的声明。如果狄更斯真的赶走凯瑟琳，他们就可以带着证据上法庭；但他们一定清楚，凯瑟琳也有很多不便公开的过失。所以，霍加斯夫妇在考虑了两周后签了字。当时还有许多关于乔治娜的传言，她是最神秘的人物。我很好奇，为什么没有人想过要写一出以她为主角的戏剧？我曾说过，玛丽死后，狄更斯写的日记很有深意。在我看来，当时他不仅爱上了玛丽，而且已经对凯瑟琳十分不满了。后来乔治娜搬来和他们一起住,她与玛丽惊人地相似,狄更斯被她迷住了。但没有人知道他们两人之间有没有爱情。乔治娜很忌妒凯瑟琳,在查尔斯死后,她修改了狄更斯的信件,把所有赞美凯瑟琳的句子都删去了。但教会和国家认为和已故妻子的妹妹结婚,有点接近乱伦。乔治娜本人也许从来没有想过,她会和自己住了十五年的房子的男主人产生特殊的情感。也许她觉得能获得这样一位大名鼎鼎的人物的信赖,并能够完全处于支配地位就足够了。最奇怪的是,在狄更斯与埃伦·特南热恋时,乔治娜还和埃伦·特南交了朋友,在加德山庄迎接她。无论乔治娜心里想的是什么,她都没有说出口。

在一些知情人士的帮助下,查尔斯·狄更斯和埃伦·特南的关系处理得十分谨慎,但其中的细节无法确定。她很抗拒狄更斯的要求,但最终还是屈服了。狄更斯化名查尔斯·特林汉姆,为她在佩卡姆租了一套房子,她一直住在那里,直到狄更斯去世。据狄更斯的女儿凯蒂回忆,他们生了一个儿子,可以推测这个孩子刚出生不久就去世了。狄更斯知道埃伦不爱他,他比她大二十五岁,没有什么比不求回报的单相思更令人痛苦。狄更斯在遗嘱中留给她一千英镑。后来她嫁给了一位牧师,她向一位叫作贝纳姆的教士朋友抱怨,说自己十分厌恶狄更斯强加给她的亲密关系。和大部分女性一样,她接受了自己处于这个位置的好处,但却不认为自己应该给出任何回报。

和妻子分居时,狄更斯开始为人朗读自己的作品,他游历了不列颠群岛,再一次去了美国。他的表演天赋使他获得了惊人的成功,但长期旅行令他疲惫不堪,他看起来有些苍老。朗读作品并不是他唯一的活动,从与妻子分开到他去世的十二年里,他创作了三部长篇小说,并主编了一本非常受欢迎的杂志《一年到头》。他患上了一些缠人的小病,有人劝他回家休息,但他沉醉在人们的掌声中,享受着在台上演讲带来的权力感。或许狄更斯还觉得,埃伦在看到人们向他发出赞美后会爱上他。在他打算做最后一次巡讲时,由于病情加剧,他只好先回到加德山庄,开始创作《埃德温·德洛德之谜》。为了弥补经纪人的损失,他不得不缩短写作时间,并计划在伦敦再开十二场讲座。这时已经是1870年的1月了,"圣詹姆斯大厅挤满了听众,在狄更斯入场和出场时,他们有时会起立欢呼"。回到加德山庄后,狄更斯继续创作自己的小说。六月的一天,他在用餐时发病了。乔治娜派人去请医生,并通知了他住在伦敦的两个女儿。第二天,机敏能干的小姨就把小女儿凯蒂派去,把狄更斯快要过世的消息告诉埃伦·特南。凯蒂和埃伦·特南一起回到了加德山庄。狄更斯于1870年6月9日去世,葬在威斯敏斯特教堂。

5

马修·阿诺德在一篇著名的文章中指出,真正优秀的诗歌必须具有高度的严肃性。他发现乔叟的诗歌缺乏这种严肃性,所以尽管他称赞乔叟的诗作,但拒绝将他列为最伟大的诗人之一。阿诺德太过严肃,他对幽默的风格抱有疑虑。我不认为他会承认拉伯雷作品中的大笑和弥尔顿想要向人们证明上帝一样严肃,但我明白他的意思,其实不只有诗歌是这样的,也许正是因为狄更斯的小说中缺乏这种严肃性,所以尽管有许多优点,但还算不上完美。如今,我们的脑海里已经装满了伟大的法国和俄罗斯小说;和它们相比,连乔治·艾略特的小说都幼稚得令人吃惊,更别说狄更斯的作品了。当然,我们必须记住,我们已经不怎么读他的作品了。时代变了,这些小说也随之改变,我们已经无法体验到这些小说刚出版时人们的情感了。关于这一点,我想引用乌娜·蒲柏·轩尼诗书中的一句话:"杰弗里勋爵的邻居和朋友亨利·西登斯夫人,朝他的书房窥了一眼,看见杰弗里的头靠在桌子上,抬起头来的时候眼里噙满泪水。她请求对方的原谅,说道:'我不知道你听到了什么坏消息,也不知道你为何这么难过,否则我就不会来了。是有人去世了吗?''是的,的确有人去世了,'杰弗里勋爵回答道,'表现出自己的这一面实在太傻,可我忍不住。知道这件事你也会难过的,小内莉,博兹的小内莉死了。'"杰弗里是苏格兰的法官,《爱丁堡评论》的创办者,他还是一位严厉刻薄的评论家。

狄更斯的幽默感让我觉得非常有趣,但他的悲伤却很难打动我,他的情感很强烈,但不真诚。狄更斯有一颗仁慈的心,同情穷人和被压迫者,一直热衷于社会改革。但这是一颗演员的心,他可以强烈感受到自己想要描绘的那种情感,就像一个演员扮演悲剧角色一样。"赫卡柏是他什么人?他又是赫卡柏什么人?"[1]我想起一

---

1 莎士比亚戏剧《哈姆雷特》中的一句台词,剧中的意思是"骗子只会骗别人,演员连自己都骗,宁可为一个素昧平生的赫卡柏流泪"。

位女演员告诉我的一件事。当时这位伟大的艺术家正在表演《费德尔》，演到高潮时，她听到厢房一侧有人在大声说话，于是她作出一副痛苦的姿态，掩面走到他们旁边，用法语愤怒地低声说："闭嘴，你们这些混蛋。"然后又摆出一副愁容，转过身来继续演出，而观众什么都没有发现。如果她没有真实的情感，她绝不会表演得如此精彩。但她的情感是职业化的，仅受神经系统的控制，而不是发自内心。我并不怀疑狄更斯的真诚，但那是一个演员的真诚。也许这就是无论他如何在小说中堆砌情感，我们也不会被感动的原因。

然而，我们无权要求一位作者提供他没有的东西。尽管狄更斯达不到马修·阿诺德的要求，但他也有别的长处。他是一位天资超凡的小说家。在他看来，《大卫·科波菲尔》是自己最优秀的一部小说。小说家常常无法准确地评价自己的作品，但狄更斯的判断是准确的。《大卫·科波菲尔》很像一部半自传体小说。他根据自己的创作目的从生活中汲取了许多素材，而对于小说的其他部分，他则运用了生动的想象。他不是一个够格的读者，他对文学交流感到厌烦，对文学的了解始终停留在他小时候在查塔姆初次阅读的作品上。我认为斯摩莱特的作品对他的影响最为深远。斯摩莱特给读者呈现的角色虽不够超群脱俗，但却鲜活生动。与其说它们是"角色"，不如说它们是"性情"。

查尔斯生来善于观察别人。米考伯先生的原型就是他父亲约翰·狄更斯。米考伯先生说起话来口若悬河，花起钱来鬼鬼祟祟，但他绝非无用之人。他勤奋善良，温柔亲切。如果福斯塔夫[1]是文学史上最伟大的喜剧人物，那么米考伯先生就位列第二。一些评论家认为他应该一直任性鲁莽、目光短浅，他们因为米考伯先生最终成了一位体面的地方法官而指责狄更斯。我认为这种指责很不公正，澳大利亚人口稀少，而米考伯先生风度翩翩、有学识、谈吐不凡，凭这些优势，他为什么不能获得官职？狄更斯不仅把喜剧人物刻画得极其出色，就连斯提福兹那位狡诈圆滑的助手也描绘得淋漓尽致，其神秘阴险的气质令人毛骨悚然。还有尤利亚·希普，虽然他给人一种大众情节剧的感觉，但他是一个令人恐惧的角色。《大卫·科波菲尔》中的人物极其丰富，他们生动形象、构思独特，令人赞叹。世上并不存在米考伯夫妇、辟果提和巴基斯、特拉德斯、贝特西·特洛伍德、迪克先生、尤利亚·希普和他母亲这样的人，他们都是在狄更斯的想象中诞生的，他们言行一致、真实自然，虽然这些人物完全是虚构的，但他们极具生命力。

一般来说，狄更斯经常通过夸大人物特性和怪癖来塑造人物，而且通过几个词或几句话，就能在读者脑海中烙下深刻的印象。他笔下的人物从始至终都保持一致（其中只有一两个例外，但他们性格上的变化不太具有说服力，这么做只是为了创造一个圆满的结局），这么做会让人物失去真实性，变得像漫画一样夸张。如果作者想要一个给读者带来欢乐的喜剧角色，夸张些也无妨；但若想引发读者的同情，那就万不可过于浮夸。除了把"我永不背

---

[1] 莎士比亚历史剧《亨利四世》中的人物，是莎士比亚笔下最出名的喜剧人物之一。

弃米考伯先生"挂在嘴边的米考伯太太和贝特西·特洛伍德这样夸张的人物,狄更斯对女性角色的刻画从来没有特别成功过。狄更斯以初恋——玛丽亚·比德内尔为原型塑造的朵拉不明事理,过于孩子气;以玛丽和乔治娜·霍加斯为原型塑造的艾格尼丝又太过完美。这两个人物都十分令人厌倦。小艾米莉也是个失败的角色。狄更斯显然想让我们怜悯她,她的理想是嫁给斯蒂福斯,成为"淑女",于是他们私奔了;但她成天郁郁寡欢、哭哭啼啼、自怨自艾。斯蒂福斯对她很是厌烦,但这也是她咎由自取。《大卫·科波菲尔》中,罗莎·达特尔是最令读者感到莫名其妙的女性。我猜狄更斯本想在小说中更好地利用这个角色,如果他放弃了这个计划,那也是因为害怕冒犯读者。我只能假设她是斯蒂福斯的情人,因为被抛弃而对他恨之入骨,但她仍怀有忌妒的爱,也许巴尔扎克能更加得心应手地完成这个角色。《大卫·科波菲尔》所有的角色中,斯蒂福斯是唯一"直接"刻画的角色,此处借用了演员常说的"直接角色"这个概念。狄更斯笔下的斯蒂福斯体面高雅、为人亲切、善良友好,能和任何人和睦相处;他开朗、勇敢、自私、莽撞,给读者留下了深刻的印象。他走到哪里都能给人们带去欢乐,但又惹出许多事端。他的下场很悲惨,如果是菲尔丁来写的话,可能会对他仁慈一些。正如奥诺尔夫人在谈到《汤姆·琼斯》的时候说:"如果姑娘们太主动,就不应该去责备小伙子,毕竟那只是他们的本性。"

如今的小说家在安排情节时不仅要顾及可能性,还要考虑必然性,而在狄更斯所处的时代并没有这样的限制。离开英国几年后,斯蒂福斯从葡萄牙乘船归国，轮船在离雅茅斯不远的地方失事，他不幸溺水身亡。当时大卫·科波菲尔恰好去那里看望老朋友，这样的巧合实在令人难以置信。如果斯蒂福斯必须得到报应，是为了符合维多利亚时代的"恶人有恶报"的要求，那么狄更斯也应该能想到更可行的方法来达到目的。

6

济慈早逝，华兹华斯长寿，这是英国文学的两大不幸。同样令人悲哀的是，正当小说家们文思泉涌时，当时盛行的出版制度却助长了小说家冗长散漫的文风。维多利亚时代的小说家是靠笔杆子吃饭的劳动者，他们必须按照合同要求，为十八、二十或二十四期报纸交出确定篇幅的稿件。他们还得巧妙安排每一期的结尾，以吸引读者购买下一期。他们对自己要讲的故事了然于心，在连载开始前准备两三篇内容就足够了。他们相信在创作的过程中会找到足够的素材，用来应付接下来的写作。他们有时会失去创造力，但必须要尽力交差。有时故事已经讲完，但连载还没结束，他们就得想尽一切办法拖延情节。这样一来，他们的文章就变得结构混乱、冗长枯燥了。

《大卫·科波菲尔》以第一人称叙述，这种叙述视角很适合复杂的情节。《大卫·科波菲尔》中有一处明显的偏题，是对斯特朗先生与妻子、母亲以及妻子的表妹之间关系的描写。这些描写和大卫毫不相关，且十分乏味。我觉得狄更斯也是没有办法，只能以此来填补两段间隔的时间，一是大卫在坎特伯雷上学的那几年，二是大卫对朵拉失望，直到她去世。

半自传体小说的写作者所面临的风险，在于他们把自己作为小说的主人公，而狄更斯也没能幸免。大卫·科波菲尔十岁的时候，严厉的继父就让他去工作，狄更斯也有相似的遭遇。大卫·科波菲尔内心认为同龄的男孩子的社会地位都比不上自己，和他们交往会害自己堕落。狄更斯也一样，在交给福斯特的自传的一些片段中，他也声称自己经历过这样的痛苦。狄更斯竭尽所能地想要引起读者对其笔下主人公的同情。书中有一个著名的片段：在大卫·科波菲尔逃往多佛，想要寻求姨妈贝西·特洛伍德（她是个迷人有趣的角色）的庇护时，狄更斯进行了肆无忌惮的描写。无数的读者认为这段冒险悲惨十足，而我的要求更高一些。我惊奇于这个小男孩居然傻到被途中遇到的每一个人打劫和欺骗。他毕竟在工厂干了几个月，从早到晚都在伦敦游荡，就算工厂里的其他男孩子的社会地位不如他，但至少也能教他点东西。他还曾和米考伯一家生活在一起，为他们典当过七零八碎的东西，还去马夏尔西监狱探望过他们。如果他真像狄更斯说的那样聪明，那就算他那时年纪还小，也一定会对这个世界有所了解，至少有照顾好自己的能力。然而，大卫·科波菲尔的无能不仅表现在童年时期他无法应对困难，而且表现在面对朵拉时变得懦弱，还有在处理家庭生活中的普通问题上缺乏常识，几乎令人难以忍受。他实在过于迟钝，居然看不出艾格尼丝对他的爱慕。最终他成了一位小说家，这是令我难以信服的。

倘若他真的创作小说，那也是亨利·伍德夫人[1]那样的小说家，而不是查尔斯·狄更斯这样的小说家。说来奇怪，大卫的创造者竟然没有把自己的能量、活力和热情赋予他。大卫身材纤瘦、长相英俊，很有魅力，不然也不会让所有遇到他的人都对他喜爱有加。他为人诚实、善良友好、勤勉尽责，但确实有些傻。他依旧是小说中最无聊的角色。大卫在索霍区的阁楼目睹小艾米莉和罗莎·达特尔之间发生的恐怖的一幕，最能体现出他形象的黯淡、软弱和面对尴尬局面时的无能。出于某种浅薄的借口，他没有试图阻止她们。这一幕是个很好的例子，说明用第一人称写小说可能会让叙述者搞错自己的定位，与小说主角的身份极不相称，惹得读者极为不满。如果用第三人称的全知角度来进行描写，这个场景依然过于夸张，令人厌恶，虽然有些难度，但至少能让读者接受。当然，人们能在阅读《大卫·科波菲尔》时获得乐趣，并不是因为他们相信生活是或者曾经是狄更斯描述的那样。但这并不是在贬低他。小说如同天国，遍布各种楼宇，小说家可以邀请你进入他所选择的任何一间。其中每一间都有存在的意义，但你必须尽量适应自己所处的环境。你必须用不同的眼光来阅读《金碗》和《蒙帕纳斯的布蒲》。《大卫·科波菲尔》是一部由一位有着丰富想象力和温暖情感的人用回忆写就的关于生活的幻想之作，它时而欢乐，时而哀伤。你必须以阅读《皆大欢喜》的情绪来阅读这本书，它能带来同等的快乐。

1　英国女作家，成名作《东林怨》。

福楼拜和《包法利夫人》

1

一个作家能写出什么样的书,取决于他的经历。福楼拜是一个极不寻常的人,他比任何作家都热情。写作对他来说,不仅极其重要,还集多种功能于一体,能够缓解疲劳、放松身心、丰富经验。他并不认为活着是人生的目的,对他而言,写作才是人生的目的。他献身于文学,为了创作出艺术作品,福楼拜舍弃了丰富多彩的生活,牺牲了尘世的欢乐。他既是浪漫主义者,又是现实主义者。浪漫主义者对现实不满,渴望逃离现实,所以福楼拜醉心于想象,在东方大陆和远古时代寻求精神的庇护。尽管他痛恨现实,厌恶资产阶级的卑鄙、陈腐和愚蠢,但他还是为之着迷。他的天性强烈地引导着他去接近自己最憎恶的东西。人类的愚蠢能给他带来一种病态的快乐。它拥有某种魔力,令他惶恐不安,它就像身上的一处伤口，虽然很痛，但还是忍不住要去摸。他又从现实主义的观点出发，把人性看作一堆垃圾，这么做并不是为了找寻其中的价值，而是为了展示人性的卑鄙。

2

居斯塔夫·福楼拜于1821年出生在鲁昂。他的父亲是医院院长，和妻儿一起住在鲁昂。这是一个幸福、快乐、受人尊敬的富裕家庭。福楼拜和其他同阶层的男孩交朋友，他不常干活儿，读书很多，想象力丰富，十分情绪化。和许多孩子一样，他的内心充满了孤独，敏感的人一生注定为孤独所困。他写道："我十岁就去上学了，很快就对人类产生了强烈的反感。"他从小就是一个悲观主义者。当时十分盛行浪漫主义，随之流行的就是悲观主义。福楼拜就读的学校有两个男孩自杀了，一个是用枪对准了自己的脑袋，另一个是拿领带上吊。人们不明白，福楼拜家境优渥，父母和姐姐都很宠爱他，他竟然也无法忍受生活。尽管如此，他还是健康地长大成人了。

他在十五岁那年的夏天陷入了爱河。那时，他们一家去了特鲁维尔，那是一个海边的小村庄，只有一家旅馆。音乐出版商和冒险家莫里斯·施莱辛格也带着妻子和孩子住在那里。福楼拜后来对意中人的描绘是这样的："她身材高挑，一头乌黑浓密的秀发披散在肩头，她有一个希腊式的高鼻梁；她的眼神灼热，眉毛呈高挑的拱形；她的皮肤晶莹剔透，仿佛被一层金色的迷雾笼罩；她身材纤细、婀娜多姿,在她紫褐色的颈部,可以看见蔓延的青色血管;嘴上的细绒毛加深了她上唇的颜色,给她的容貌增添了几分阳刚和活力,令那些白皮肤的金发美女黯然失色。她说话很慢,声音轻柔悦耳。"我犹豫过是否要将pourpré译成"紫褐色",这样听起来并不悦耳,但它的翻译就是如此,可能福楼拜将这个看作是明亮色彩的同义词。

二十六岁的艾莉莎·施莱辛格正在照看自己的孩子。福楼拜胆子很小,要不是艾莉莎有个友好热情的丈夫,他甚至没有勇气和她说话。莫里斯·施莱辛格带他一起骑马。有一次,他们三个人一起乘船出游,福楼拜和艾莉莎的肩膀靠在一起。她的裙子挨着他的手,她说话时声音低沉甜美,他心里一片混乱,她当时说的话他一个字都想不起来了。到了夏末,施莱辛格一家离开了,福楼拜一家也回到了鲁昂,居斯塔夫·福楼拜也开学了,这是他生命中第一次迸发出激情。两年后他重返特鲁维尔,得知艾莉莎曾经在那里留下足迹。他认为自己当初太慌乱了,还不是真正的爱。现在他有了男人的欲望,距离只会加深思念。回到家之后,他又重新开始创作半途而废的《狂人之忆》,讲述的是那个夏天,他爱上艾莉莎·施莱辛格的故事。

十九岁时,为了奖励他进入大学,父亲送他和克洛凯医生去比利牛斯山和科西嘉岛旅行。那时他已经长大成人,同时代的人都称他为巨人,他自己也是这么说的。尽管他身高还不到六英尺,放到现在根本算不上高,但那时的法国人要比现在矮得多。他身材纤瘦、举止优雅,黑色的睫毛覆盖海蓝色的眼睛,金色的长发垂在肩上。四十年后,一位年轻时就认识他的女士说,那时的他像希腊天神一样俊美。从科西嘉岛返回的途中,两位旅行者在马赛稍作歇息。一天早上,刚洗完澡的福楼拜看到酒店的院子里坐着一个女人,便开始和她交谈。她的名字叫尤拉莉·富科,丈夫是法属圭亚那的官员,她正在等待开船,回到丈夫身边。福楼拜和尤拉莉·福考德一同度过了一个晚上,那晚的爱情火焰就像阳光照在雪地上一样唯美。后来,福楼拜再也没有见过她,但这次经历在他心中留下了深刻的印象。

不久之后,福楼拜为了找工作,去巴黎学习法律。他对法律书籍和大学的生活感到厌烦,对同学们的平庸姿态以及资产阶级的文化品位感到不屑。他创作了一部叫作《十一月》的中篇小说,他在小说中描绘了与尤拉莉·富科的邂逅,但却给了她艾莉莎·施莱辛格那样高挑的弯眉,覆着浅色绒毛的上唇和可爱的脖子。拜访过那位出版商后,福楼拜再次与施莱辛格一家取得了联系,还应邀与他们夫妻二人共进晚餐。艾莉莎和从前一样美丽。上一次见到她的时候,福楼拜还是个毛小子,如今他已经成为一个热切、殷勤、俊俏的男人。他们经常一同用餐,一起旅行。他还是和以前一样腼腆,很长一段时间都不敢表明自己的心意。后来他终于鼓起了勇气,艾莉莎却并没有像他担心的那样生气,而是明白地告诉他,自己只把他当成朋友。

艾莉莎的故事也很不寻常。福楼拜第一次遇见她的时候和大多数人一样,以为她是施莱辛格的妻子。其实不然,艾莉莎的丈夫埃米尔·朱迪亚因为欺诈面临被起诉,施莱辛格提供了足够的钱,令他免于坐牢，条件是要他离开法国，放弃自己的妻子。后来施莱辛格便和艾莉莎一起生活。那时法国还不允许离婚，直到1840年朱迪亚去世后，他们才结婚。虽然朱迪亚已不在人世，艾莉莎却依然爱着他，再加上她忠于施莱辛格，不愿答应福楼拜的恳求。但福楼拜十分殷勤，施莱辛格又对她不忠，艾莉莎最终被他打动，约好了时间去他的公寓。福楼拜在焦急中等候着她，可她却没有赴约。基于《情感教育》的内容，也许这就是值得相信的事实。可以确定的是，艾莉莎从未做过他的情妇。

1844年发生了一件事，彻底改变了福楼拜的生活，对他的文学创作也产生了影响，这件事是这样的。福楼拜和哥哥去看望母亲，乘车回家时已经很晚了。路上，他突然感到一阵焦灼，像一块石头一样摔到了地上。他醒过来的时候浑身是血，原来是他的哥哥把他带到了附近的房子里进行放血治疗。回到鲁昂后，父亲又给他放了一次血，并给了他一些缬草和槐兰当作药材，还禁止他吸烟、喝酒、食肉。在接下来的几天，他的病情总是间歇性发作，神经已经严重受损。他的病情有很大的谜团，医生们从不同的角度进行了分析，其中一些医生坦率地说这是癫痫，福楼拜的朋友们也是这么想的，但他侄女的回忆录里对此却避而不谈。雷恩·杜梅斯尼尔先生是医生，后来也是福楼拜的重要传记作者，他认为这种病是癔病羊癫疯。但不管是哪种病，治疗方法都大同小异，福楼拜连续几年都要服用大剂量的硫酸奎宁，并且终身都在服用溴化钾。

福楼拜的家人们并没有感到很意外。福楼拜曾告诉过莫泊桑，他十二岁时就出现过幻视和幻听。十九岁时，父亲让他和医生去旅行，改变一下生活环境，这也许说明了那时他就出现了癫痫的症状。福楼拜虽然家境富裕，但他的父亲十分保守、毫无情趣、勤俭节约，很难相信他会因为儿子被大学录取，就让儿子和一位医生去旅行。也许正是这种疾病影响了福楼拜的神经系统，让他有了严重的悲观情绪。这种可怕的疾病发作时间不定，他必须改变自己的生活方式。他决定不再学习法律（也许他很乐意这样做），并终身不娶。

1845年，福楼拜的父亲去世了。两三个月后，他最喜欢的姐姐卡洛琳也因难产而死，他们从小形影不离，直到姐姐结婚前，她都是他最亲密的同伴。

福楼拜的父亲在去世前买下了塞纳河畔一处叫作克鲁瓦塞的房子。这栋房子有两百年的历史，由石头精心建成，屋前有一个露台和一个能眺望河面的小亭子。福楼拜的父亲去世后，他的遗孀和儿子居斯塔夫、小女儿卡洛琳一起住在这里。大儿子阿希尔已经结婚了，接替了父亲在鲁昂医院的职位。福楼拜余生一直住在克鲁瓦塞，从很小的年纪起，他就开始断断续续地写作；如今由于生病不能过上正常的生活，他便决定投身文学事业。他在一楼有一间很大的工作室，透过窗户能看到塞纳河。他的生活很有规律，每天大约十点起床，之后阅读信件和报纸。十一点吃一些午餐，随后在露台上闲逛，或是坐在亭子里看书。他从下午一点开始工作，一直忙到七点，然后去花园散步，接着又工作到深夜。有时他会邀请朋友来家里讨论工作，除此之外他谁也不见。他有三个经常见面的朋友：阿尔弗雷德·勒波提文，他比福楼拜年长，是家族的挚友；马克西姆·杜坎，他是福楼拜在巴黎学法律的时候认识的；路易·布勒，他在鲁昂教英语和法语，还是一位诗人。他们都对文学很感兴趣。福楼拜对朋友很忠诚，是个重感情的人；但他占有欲强，且十分挑剔。当他知道他尊敬的勒波提文娶了德·莫泊桑的女儿时，他很生气。他后来表示："这个消息之于我，就像是一位主教引起的丑闻之于他的信徒。"关于马克西姆·杜坎和路易·布勒，我接下来会提到。

卡洛琳死后，福楼拜为她的双手和面部做了模型。几个月后，他去巴黎委托当时著名的雕塑家普拉迪埃为她制作半身像。在普拉迪埃的工作室里，他遇见了一位名叫露易丝·科莱特的女诗人。文学界有很多她这样的作家，以为不断扑腾就可以弥补天赋上的不足；在美貌的加持下，她在文学界站住了脚，人们称她为"缪斯女神"，许多名人都来参加她举办的沙龙。她的丈夫希波利特·科莱特是一位音乐教授；情人维克多·库桑是一位哲学家，同时也是一位政治家，两人育有一个私生子。她的金黄色鬈发垂在脸颊两旁，声音热情而温柔。她说自己三十岁，但是实际年龄还要大几岁。那时福楼拜二十五岁，还不到两天，他就成了她的情人（其中还由于福楼拜的紧张和激动引发了一小段争执）。但福楼拜并没有取代哲学家，照她的说法，她和哲学家是十分正式的柏拉图式关系。三天之后，福楼拜伤心地与露易丝分别，回到了克鲁瓦塞。当晚，他就开始持续地给露易丝写古怪的情书。

许多年后，福楼拜告诉埃德蒙·德贡考特，他曾疯狂地爱过露易丝·科莱特；但他总是夸大其词，从给露易丝的信件中也无法看到他的感情。我们可以推测，他会因为情人是公众人物而自豪。他想象力十分丰富，和许多爱做白日梦的人一样，与对方分别反而会加深感情。他把这种感受告诉露易丝。露易丝催促他来巴黎，但他说父亲和姐姐的死已令他母亲伤心，他不能再离开母亲；于是露易丝恳求他，但他说除非有正当的理由才能出门。露易丝生气地问他："这是不是意味着你像一个女孩一样，受到了严厉的管教？"其实这话说得没错，他的癫痫一旦发作，就会连续几天身体虚弱、心情抑郁，让母亲担心。他喜欢游泳，但母亲不让他游，也禁止他独自坐船游览塞纳河。每次他摇铃叫仆人时，母亲都会冲上楼。他告诉露易丝，如果自己想要离开几天，母亲并不会反对，但这会使她担心。露易丝不会不明白，他完全有离开家门在巴黎待几天的理由。那时他很年轻，如果他很少与露易丝见面，那说明他的性欲被强力镇静剂压抑了。

露易丝写道："你这根本算不上爱，我在你的生活中根本无足轻重。"他给她回信："你想知道我爱不爱你，答案当然是爱，我尽自己最大的能力去爱你。也就是说，爱情在我生命中只是第二重要的事情。"福楼拜还为自己的坦率而自豪，不过他的情商实在太低。他还让露易丝向住在卡宴的一位朋友打听尤拉莉·富科（他在马赛邂逅的那位女子）的消息，甚至还请露易丝给她寄了封信。露易丝对此大为恼火，他却对她的愤怒感到十分吃惊。福楼拜甚至把自己与妓女的情事告诉了她，他说他挺喜欢这个妓女，对此还挺得意。不过男人经常在性生活上撒谎，他甚至把自己没有性能力的事拿来吹嘘。他对露易丝很不上心。有一次，在她的强烈要求下，福楼拜约她在芒特的一家旅馆会面。他提议两个人早些出发，共度一个下午，在天黑之前回家。露易丝的怒火让他十分震惊。在这两年的恋情中，他们一共见了六次面，显然是露易丝先提出分手的。

与此同时，福楼拜在创作一本他早已构思好的小说《圣安东尼的诱惑》，他准备写完后与马克西姆·杜坎去地中海东部旅行。福楼拜的亲友认为温暖的生活环境有益健康。写完后，福楼拜把杜坎和布勒叫到家里，读给他们听，他们说好在听完之前不发表意见。福楼拜连续读了四天，每天读八个小时。第四天午夜，福楼拜读完了小说，用拳头重重地砸了一下桌子，问道："怎么样？"一个朋友回答道："我认为你应该把这本书烧了，再也不要提它了。"这对他来说是一个惨痛的打击。他们争论了几个小时，最终福楼拜接受了这个结论。布勒建议福楼拜学习巴尔扎克，创作一部现实主义小说。他们争论完后已是早上八点，都去睡觉了。当天傍晚，他们再次讨论。根据马克西姆·杜坎在《文学回忆录》中的描述，布勒当时想到的一个故事成了《包法利夫人》中的情节。但是在福楼拜和杜坎之后的旅程中，福楼拜在写给家里的信中提到很多当时正在构思的小说主题，其中并没有《包法利夫人》，因此杜坎的说法并不准确。

福楼拜和杜坎一起去了埃及、巴勒斯坦、叙利亚和希腊，于1851年返回法国。布勒就是在这个时候给他讲了尤金·德拉马尔的故事。德拉马尔在鲁昂的一家医院实习，是一名家庭外科医生。他的第一任妻子是一个比他大得多的寡妇。后来他娶了邻家农民的漂亮女儿。她自命不凡，挥霍无度，很快就对自己迟钝的丈夫感到厌烦。她有好几个情人，买了很多昂贵的的衣服，变得负债累累，于是她服毒自杀了。德拉马尔也自杀了。众所周知，福楼拜非常关注这个小故事。

回到法国后不久，福楼拜又遇见了露易丝·科莱特。她的情况很糟，丈夫去世了，维克多·库桑也不再给她钱，没有人在意她的剧本。她写信告诉福楼拜，她从英国回来时会路过鲁昂，于是他们见面了，又开始互相写信。没过多久，她再一次成了福楼拜的情人。她是一位金发碧眼的女士，金发女郎往往最不抗老，而且当时那些自视甚高的女性都不化妆，也许福楼拜被她的感情打动了。她是唯一一个爱过他的女人。也许福楼拜对自己的性能力不自信，但在他们仅有的几次性生活中，他对自己的表现还算满意。她的信已经被销毁了，但是福楼拜的信还在。我们从这些信里得知，露易丝还是像以前一样固执专横、挑三拣四、令人厌烦。她强行要求福楼拜来巴黎，或是让她到克鲁瓦塞去，而福楼拜继续找借口不去看她，也不让她来看自己。他在信里主要谈的是文学方面的话题，到了结尾才敷衍地表达爱意。有趣的是，他谈到了写《包法利夫人》时遇到的困难。那时他正一心创作，露易丝时不时给他寄来自己的诗作；他的评论很严苛，难怪他们的恋情会走向终结。这是由露易丝的鲁莽导致的。露易丝故意让福楼拜知道她拒绝了维克多·库桑的求婚，她已经下定决心要嫁给福楼拜了，还把这件事告诉了自己的朋友。福楼拜感到屈辱和恐惧，多次争吵后，他告诉露易丝，自己再也不想见到她了。但她并没有退却，而是来到克鲁瓦塞，引发了一场闹剧；福楼拜狠狠地把她赶了出去，就连他母亲都吓了一跳。虽说女性总是只相信她们愿意相信的东西，但这位"缪斯女神"不得不接受两人的分离。据说她为了报仇，写了一部糟糕的小说，把福楼拜写成了一个恶毒之人。

3

这次旅行回来后，马克西姆·杜坎在巴黎定居，购买了《巴黎半月刊》的股份，还到克鲁瓦塞请福楼拜和布勒投稿。福楼拜死后，杜坎为他出版了两卷厚厚的《文学回忆录》。所有给福楼拜写传记的人都能无偿使用，但他们似乎都忘恩负义，傲慢无礼地对待此书的作者。杜坎在书中写道："一共有两类作家：一类是将文学作为手段的人，一类是将文学作为目的的人。我一直是前者，我向文学索取的仅仅是热爱。"杜坎希望成为的人是这样的：他们热爱文学，又有品位和才能，但不具备创作天赋。他们在年轻时候能够写出优美的诗句和平庸的小说，但过不了多久，他们就会找一些更容易的工作，比如为书籍撰写评论，在杂志社当编辑，为已故作家的精选集写前言，为名人写传记，写有关文学主题的文章，最终创作自己的回忆录。他们在文学界发挥着重要的作用，再加上他们文笔优美，创作的文章颇具可读性。我们不应该像福楼拜对待杜坎那样轻视他们。

据说杜坎忌妒福楼拜，我觉得这种说法有失公允。杜坎在自己的回忆录中写道："我从来没想过与福楼拜相提并论，也从未质疑过他的杰出才能。"没人能说出比这更公正的话了。福楼拜在学法律的时候，他们就成为亲密的朋友；他们一起吃饭，一起在咖啡馆里畅谈文学。后来两人一起旅行，他们在地中海晕船，在开罗醉酒，一有机会就去嫖娼。福楼拜暴躁易怒、无法容忍不同意见，可杜坎还是给予他极高的评价。他很了解福楼拜，不可能不清楚他的缺点。和福楼拜的狂热崇拜者不同，他所敬仰的并不是这位年轻时结交的朋友的人性。也正是因为这一点，这个可怜之人受到了恶意的中伤。

杜坎认为福楼拜不应该一直住在克鲁瓦塞，他竭力劝说福楼拜搬去巴黎。在巴黎，他可以融入首都的文艺界，与同时代的作家交流思想，拓宽自己的眼界。表面上看来，这个提议有它的道理。小说家必须生活在自己的素材中，要去主动寻求更多的经历。福楼拜的生活很狭隘，他熟悉的女人只有自己的母亲、艾莉莎·施莱辛格，以及那位"缪斯女神"。尽管福楼拜讨厌别人干涉自己的事，但杜坎并不甘心，从巴黎写信告诉福楼拜，如果他继续过着这样保守的生活，大脑很快就会退化。这句话激怒了福楼拜，让他记了一辈子。这话确实有些不太合适，因为他总是担心癫痫会令自己的大脑退化。福楼拜生气地给杜坎回信，说自己根本看不上那些巴黎的可怜文人，如今的生活正合自己的意。于是他们的关系就此疏远了，虽说后来又重归于好，但再不如以前那般亲密了。杜坎是一个主动积极的人，他坦诚地表示想要跻身于当时的文学界，这引起了福楼拜的反感。福楼拜写道："他已经不再是我们中的一员。"他觉得杜坎的作品鄙俗不堪，风格令人生厌，借鉴其他作者的作品也成了可耻之罪，每次提到杜坎的名字时，他都感到不屑。尽管如此，在看到杜坎在《巴黎半月刊》上刊登布耶创作的关于罗马的三千行诗作之后,福楼拜感到十分欣慰,他接受了杜坎提供的机会,在《巴黎半月刊》上连载《包法利夫人》。

路易·布勒仍是福楼拜最亲密的朋友。福楼拜曾以为他是一位伟大的诗人(如今看来显然是错误的)。他帮了福楼拜很多忙,要是没有布勒的帮助,可能《包法利夫人》根本不会存在。正是在与他进行了无休止的争论后,福楼拜才为《包法利夫人》写了提纲,弗朗西斯·斯蒂格马勒先生在其作品《福楼拜与包法利夫人》中提到过这件事。布勒认为这本书有成功的潜力。1851年,三十岁的福楼拜正式开始创作这部小说。除《圣安东尼的诱惑》以外,他早期的几部重要的作品非常私人化,都是以邂逅为题材的中篇小说。现在他的目标是保持绝对客观,不带任何偏见地陈述事实、揭露人物性格,既不贬损,又不赞扬。就算他同情某个角色,也绝不表现出来;就算某个角色的愚蠢或是另一个角色的恶毒令他恼怒,他也绝不让情绪在字里行间流露出来。总的来说,他做到了这一点,也许这就是读者在小说中体会到了某种冷漠的原因。这种刻意为之的客观实在难以令人感到触动,读者总是希望作者与自己感同身受,我想这是阅读中的一种缺陷。

和其他小说家一样,福楼拜的尝试以失败告终,因为绝对的客观根本无法实现,作者让角色的行为与自身的性格相符就很不错了。如果一位作者故意让你注意某个角色,不断说教或谈论别的事情,是非常惹人讨厌的。但这仅仅是写作方法的问题,一些非常优秀的小说家曾用过这种方法,就算它现在过时了,也不代表这个方法不好。回避此方法的作者只是从表面上看起来客观而已。他在选择角色、主题和视角时，还是会透露自身的个性。福楼拜以阴郁愤慨的眼光看待世界，他极其偏执，对愚蠢的行为毫不容忍；他毫无怜悯之心，资产阶级和市民阶级都令他恼怒。他在成年后饱受疾病的折磨，正如我提到过的，他既是浪漫主义者也是现实主义者。因为生活不得志，生活贫困潦倒，他投身于艾玛·包法利的故事中。这部五百多页的小说为我们介绍了许多人物，但除了拉里维耶医生这个小人物，其他人物都是卑鄙、刻薄、愚蠢、平庸、粗俗之辈。他书中这样的人物非常多。不管一个镇有多小，竟然连一个善良友好的人都找不到，福楼拜没能成功地把自己的个性排除在小说之外。

他挑选了一些平凡的人物，根据他们的性格安排了一系列事件。不过他很清楚，人们不会对如此无聊的角色感兴趣，他们的故事也一定乏味至极。至于他是如何处理此事的，我们稍后再谈。我们先看看他取得了多大程度的成功：书中的角色极具真实性，以至于读者把他们当作活生生的人。就像水管工、杂货商或是医生，我们忘了他们是小说中的人物。举个例子来说，赫麦和米考伯先生一样幽默，法国人对他的熟悉程度就像我们熟悉米考伯先生一样。我们甚至认为他比米考伯先生更加真实，因为他始终没有变过。但艾玛·包法利绝不是普通的农民女儿，她和我们每个人都有共同点：我们都做过不切实际的白日梦，幻想自己变得富有、英俊，成为浪漫冒险故事中的男女主角。可是我们十分理智或太过胆小，不会让幻想影响到我们的日常行为，而艾玛·包法利却不同，她长得十分漂亮，会努力去实现自己的梦想。所以这部小说刚出版的时候，被指控伤风败俗，作者和印刷商都遭到了起诉。我看过公诉人和辩护律师的讲话，公诉人列举的一系列他认为色情的段落，放到现在来看根本不算什么；与现代小说家的性爱描写相比，这些内容实在是保守克制。很难相信在那时（1875年），公诉人会对这些内容感到震惊。辩护律师申辩说这些段落是情节需要，小说的道德观没有问题，艾玛·包法利最终付出了代价。于是法官们宣判被告无罪。但艾玛·包法利的悲惨下场并不是因为通奸，而是因为她欠了太多的钱。如果她能像诺曼的农民一样节俭，那她就完全可以无所顾忌地脚踏几只船。

福楼拜这部伟大的小说一经出版，就成为畅销书，但评论家们对这本书并不感兴趣。说来奇怪，他们更关注同时出版的《范妮》，这是欧内斯特·费杜写的小说。但因为《包法利夫人》给大众留下了深刻的印象，对后来的小说家产生了重要的影响，才迫使评论家们不得不重视此书。

《包法利夫人》讲了一个不幸的故事，但不是悲剧。这是有区别的，悲剧是由人物的性格导致的，而故事只是一个偶然事件。艾玛是个魅力四射的女子，却嫁给了查尔斯·包法利这样一个傻瓜；她希望生下一个儿子来弥补自己即将破灭的婚姻，却生下了个女儿；她的第一个情人鲁道夫·布朗格自私刻薄、懦弱无能，令她十分失望；在她绝望无助，向村里的牧师寻求帮助和指导时，却发现他是一个冷酷无情的傻瓜；当她负债累累、面临诉讼，屈辱地向鲁道夫要钱时，他却身无分文、爱莫能助，他竟然没想到，自己信用良好，律师一定会毫不犹豫地把需要的钱给他。在这个故事中，艾玛只有死路一条，但福楼拜引出结局的方式，是对读者信任度的极大考验。

人们在这个故事中发现了一个缺陷：虽然艾玛是小说的中心人物，但小说是以包法利少年时期以及他的第一段婚姻为开端，并以他的崩溃和死亡而告终的。据我猜测，福楼拜可能是想把艾玛·包法利的故事放在她丈夫的故事中去讲述。也许他觉得这能让故事更加圆满。如果这就是他的本意，那么结局就显得太过仓促了。纵观全书，查尔斯·包法利是个懦弱无能的人，容易被人牵着鼻子走。可在艾玛死后，他却彻底改变了。尽管他破产了，但很难令人相信他会变成一个喜欢争吵、任性顽固的人。他很愚蠢，但也算得上勤恳负责；按理说不应该抛弃病人，况且他很需要病人的钱，他要偿还艾玛的账单，养活自己的女儿。福楼拜应该对包法利性格上的转变给出更多的解释，但最终包法利在年富力强时就去世了，唯一的解释就是福楼拜在经历了五十五个月的艰辛创作之后，想要尽快完成这本书。既然书上明确地告诉我们，随着时间的流逝，包法利对艾玛的记忆逐渐模糊，那想必他的痛苦会大大减弱。这就引起了人们的好奇：为什么福楼拜不让包法利的母亲像安排第一次婚姻一样，再给他安排第三次婚姻呢？这就能为艾玛·包法利的故事平添几分虚无，刚好符合福楼拜强烈的反讽风格。

创作小说不是复制生活，而是通过展示人物行为和安排情节引起读者兴趣。小说中的对话必须是日常对话的总结和提炼，剔除不相关的事件和重复的情节，还必须把被时间阻隔的孤立事件衔接起来，这样才能符合创作目的，吸引读者的注意。没有哪部小说是完全真实的，对于那些常见的荒诞情节，读者都已经习以为常了。小说家并不是把生活搬到纸上，而是创作一幅画作；如果他是一个现实主义者，会努力让作品接近生活，要是读者相信他，那他就成功了。

总的来说，《包法利夫人》给人以强烈的现实感，这不仅是因为人物生动，还在于对细节的刻画。艾玛婚后生活的头四年是在一个叫作托斯特的村子里度过的，那段日子令她无聊透顶，为了保持相同的叙述节奏，书中其他的部分也得做细致的描述。描述一段无聊的日子，很容易让读者乏味，但这一大段内容却让人读得津津有味。福楼拜叙述的都是一系列新鲜的细碎小事，所以读起来不觉得无聊；但由于每件小事（不管是艾玛所做、所感受，还是所见到的）都是如此庸俗，所以能让你生动地感受到她的无聊生活。离开托斯特之后，包法利一家搬去了一个叫作永城的小镇。书中对此只描写了一段，其余部分都是对乡村和城镇的描写，景物描写与内容叙述交织在一起，增强了叙述的趣味性。福楼拜通过连续的行动展示人物的外貌、生活以及所处的环境，就像我们在生活中认识新朋友一样。

4

我在前面说过，以寻常百姓作为小说的主题，可能会导致作品枯燥乏味，福楼拜也意识到了这种风险。他认为，只有借助优美的文体，才能克服因作品丑恶的主题和粗俗的人物而给读者带来的阅读障碍。我不知道世界上是否存在天生的文体家，但福楼拜显然不是。据说他生前未出版的那些早期作品都十分冗长乏味、辞藻浮夸。人们普遍认为，从他的信件里看不出他精通母语，但我不认同这种观点。因为大部分的信都是他在工作到深夜后匆忙写就的，很多单词和语法都是错的；信里还夹杂着许多俚语，有时内容还十分粗俗，但也有一些简短的风景描写，这些描写绘声绘色、富有韵律，就算是放到《包法利夫人》中也不会显得突兀。还有一些段落是他在愤怒的时候写的，它们是如此尖锐直接，根本没有修饰改进的必要，你能从那些简短有力的句子中听见他的声音；但这都不是福楼拜理想的风格，他对这种风格怀有极大的偏见，对其优点视而不见。他视拉布吕耶尔[1]和孟德斯鸠[2]为榜样，他理想中的文章逻辑清晰、细致准确、情节多样、节奏优美，像诗歌一样富有音乐感，同时兼具散文的特色。在他看来，描述事物只有一种方式：措辞必须符合思想，就像手套戴在手上必须合适一样。福楼拜说："当我在自己的句子中发现半谐音或重复时，我就知道自己又犯错了。"[《牛津英语词典》中给出了有关半谐音的例子：人和帽子（man, hat），国家和叛徒（nation, traitor），忏悔和沉默（penitent, reticent）。]福楼拜认为，即便用一个星期来修改，也必须避免出现半谐音。他认为一个单词不能在同一页中连用两次，除非实在无法替换。每个作家天生就带有独特的节奏感（就像乔治·摩尔在其后来的作品中所痴迷的那样），他很谨慎地避免让这种节奏感困扰自己；他挖空心思，将声音和词汇结合起来，给人以迅速或懒散、松懈或紧张的印象。总之，他努力地呈现自己想要表达的效果。

写作时，福楼拜会大致勾勒出想要描述的内容，然后继续构

---

1 法国作家、哲学家和道德家，主要作品是讽刺性的《品格论》。
2 法国伟大的启蒙思想家、法学家。

思和删改。写完后，他就到露台上大声读出自己写下的文字。如果不太顺耳，就继续修改，直到满意为止。泰奥菲尔·戈蒂耶认为，福楼拜想用音韵来丰富文章，可是他觉得，只有在福楼拜大声朗读的时候，音韵才被注意到；句子是用来默读的，而不是用来喊叫的。戈蒂耶总是取笑福楼拜的过分讲究，他说："这个可怜的家伙因为一件事而自责了一辈子，但你不知道他在自责什么，他在《包法利夫人》的一句话中用了两个所有格，一个在另一个之上：une couronne de fleurs d'oranger（一个橘色的花环）。他不论怎么改都无法避免，这让他痛苦不堪。"幸运的是，使用英语就可以避免这个问题，我们只用说："Where is the bag of the doctor's wife？"（那个医生的妻子的包在哪里？）但在法语里，我们必须说："Where is the bag of the wife of the doctor？"这样确实不太悦耳。

路易·布勒会在星期天来克鲁瓦塞，福楼拜为他朗读这一周写下的文字，布勒则作出点评。这就惹得福楼拜大声争论，但布勒坚持自己的立场，直到福楼拜同意修改。福楼拜曾在一封信中表示："周一和周二只写了两行字。"这并不是说他两天只写了两行字，而是虽然写了很多，但只有两行文字能令他满意。福楼拜发现写作让自己疲惫不堪。阿尔丰斯·都德认为，这是长期使用镇静剂导致的。如果真是这样，那就足以说明，他得付出巨大的努力才能把脑子里的想法清晰地写到纸上。我们也知道，福楼拜在创作《包法利夫人》中的展览会那一段时耗费了多少精力。艾玛和鲁道夫坐在当地一家旅馆的窗边，一位行政官的代表前来发表讲话。福楼拜在写给露易丝·科莱特的信中提到了自己的意图："我必须把五到六个人（说话的人），以及其他几个人（其中一个是听众）置于一场对话中，交代事情发生的地点和氛围，描写人物外貌，表现出人群中的一对男女因为相同的品位和爱好而相互吸引。"福楼拜一共写了二十七页纸，花了他整整两个月时间。要是巴尔扎克来写，不出一周就能写好。像巴尔扎克、狄更斯、托尔斯泰这样伟大的小说家，都具备我们称之为灵感的东西。但福楼拜的灵感只是偶尔在文中闪现，其他的内容都是他凭借辛勤的工作、敏锐的观察和布勒给出的指点完成的。这并不是在贬低《包法利夫人》，只是奇怪，这样一部伟大的作品并不像《高老头》或是《大卫·科波菲尔》那样是以挥洒丰富的幻想写就的，而是来自纯粹的推理。

人们不禁想问：福楼拜吃了那么多苦头后，离自己的完美状态还差多远？对于文体这回事，非本国人很难准确评判。即便这个人精通这门语言，也难以抓住微妙的细节与韵律，所以必须参考当地读者的评价。福楼拜去世之后，他的写作风格在法国人中备受推崇；但今不如昔，当代的法国作家认为他的作品不够自然。我之前提到过，福楼拜对"写作就要像说话"这一新准则心怀恐惧，但要想小说具备生机与活力，必须牢牢扎根于当前的会话。福楼拜出生于巴黎以外，常在文章中使用方言，这就令语言纯正论者感到深受冒犯。但一个外国人就很难意识到这一点，而且也很难注意到福楼拜和其他作者犯的语法错误。虽然有些英国人能够轻松愉快地阅读法文，但很少有人能指出下面这句话中的语法错误：Ni moi! reprit vivement M. Homais, quoiqu'il lui faudra suivre les autres au risque de passer pour un Jésuite. 能改正错误的人就更少了。

法语重视修辞，英语侧重意象（这就足以体现两个国家的人之间的巨大差异），福楼拜以修辞为基础，在写作中大量（甚至过度）使用三项式排比句。这种句子由三部分组成，通常按照重要程度依次排列，能够简单有效地达到平衡，这种句子深受演说家的青睐。以下是伯克举出的例子："他们的愿望应该得到极大的重视，他们的观点应该获得高度的尊重，他们的事务应该受到持续的关注。"这种句子使用多了会使小说变得单调，福楼拜也没能避免。福楼拜在一封信中写道："比喻令我受尽折磨，就像饱受虱子之苦的人。我终其一生想要将其碾碎，但它们仍遍布于我的句子中。"评论家们发现，福楼拜书信中的比喻都是自然而然的，但《包法利夫人》中的比喻就不够自然。举个例子来说，查尔斯·包法利的母亲前来拜访艾玛和儿子："Elle observait le bonheur de son fils, avec un silence triste, comme quelqu'un de ruiné qui regarde, à travers les carreaux, des gens attablés dans son ancienne maison.[1]"这句话写得很妙，但里面的比喻让你分散了注意力，使你忽视了其中的情绪；比喻的目的恰恰是加强语气，而不是减弱情绪。

据我所知，当今最优秀的法国作家都提倡简练的表达，他们尽量避免使用三项式排比句和比喻，就像福楼拜躲避害虫一样。也许这就是他们不喜欢福楼拜的文风——至少不喜欢《包法利夫人》的文风的原因。在创作《布瓦尔和佩库歇》的时候，福楼拜已经不再使用修辞了。比起福楼拜写的著名小说，他的书信自然、生动，

---

[1] 该句意为：她忧伤地注视着幸福的儿子，就像一个被毁掉的人，透过窗户，看见别人坐在她老房子的餐桌旁大吃大喝。

更受评论家们的青睐。但这只是流行的问题，我们不能因此评判其优劣。一个作家的写作风格可以像斯威夫特那样直白，可以像杰里米·泰勒那样华美，也可以像伯克那样浮夸。每一种写作风格都有其长处，只是个人喜好不同而已。

5

《包法利夫人》出版后，福楼拜又写了《萨朗波》，这被人们认为是一部拙作。没过多久，《情感教育》再版了，福楼拜再一次在书中表达了自己对艾莉莎·施莱辛格的爱。法国许多文人把这本书看成他的代表作，但这本书杂乱无章，令人难以理解。小说中男主人公弗雷德里克·莫罗的原型一半出自福楼拜眼中的自己，一半出自福楼拜眼中的马克西姆·杜坎。他们的性格相差太大，因此这个角色也显得很不真实。但这本书的开头写得很精彩，快结尾的时候，阿尔努太太（以艾莉莎·施莱辛格为原型）与弗雷德里克凄美分别的场景也很动人。接下来他又写了《圣安东尼的诱惑》。虽然福楼拜声称自己有大量的构思，能够创作到生命的尽头，但这些想法都是模糊的。除了《包法利夫人》是现有的故事情节，他仅有的小说都来源于他年轻时候的想法。他提前衰老了，才三十岁就开始秃顶，大腹便便。也许像马克西姆·杜坎所说的那样，因为神经紊乱与服用镇静剂，他的想象力和创造力都遭到了巨大破坏。

光阴流转，福楼拜的外甥女卡洛琳出嫁了，后来他的母亲也过世了。福楼拜独自住在克鲁瓦塞，偶尔也搬去其他公寓。除了那些每个月在马格尼聚餐两三次的文人,他几乎没有什么朋友。他是个外乡人。埃德蒙·德龚古尔说,他在巴黎住得越久,就越显得粗俗。他无法忍受周围人的吵闹,只能一个人在包间里脱下外套和靴子,才吃得下饭。1870年法国战败后,卡洛琳的丈夫陷入了财务困境,福楼拜拿出了自己的全部财产资助他。除了家里那栋老房子,他就没剩什么钱了,这让他旧病复发。就连出去吃饭,都需要居伊·德·莫泊桑送他安全回家。龚古尔说这时的福楼拜喜欢挖苦别人,任何事都能让他大动肝火,但他在日记中还补充了一点:"只要你由着他的性子,就算自己感冒也让他开着窗户,那他就还是个讨喜的伙伴。虽然他的欢乐总是慢半拍,但他的笑很有感染力,像个小孩子一样。在日常接触中,可以感受到他的亲切和深情,可谓是魅力十足。"龚古尔的评价很公正。杜坎这样评价他:"他是个鲁莽冲动、固执专横的巨人,但同时也是每一位母亲梦寐以求的最温柔体贴的儿子,这一点都不矛盾。"只要读一读他给外甥女写的信,就会知道他有多温柔。

　　福楼拜的最后几年是孤独的,他大部分时间都待在克鲁瓦塞。他抽了很多烟,动不动就暴饮暴食,而且根本不锻炼。他的生活很拮据,朋友们为他找了个闲职,每年有三千法郎的收入。尽管这令他倍感屈辱,但他还是接受了这个职位。不过他还没拿几天工资,就去世了。

　　他发表的最后一部作品是三部小说的合集,其中《纯朴的心》是一本难得的佳作。他还创作了一本叫作《布瓦尔和佩库歇》的小说,为了收集素材,他阅读了一千五百页资料。他决心在此书中对人类的愚蠢再做一次嘲讽。这本书分为两卷，那是1880年5月8日上午11点，他已经快写到第一卷的结尾了，女仆去书房给他送午餐，看到他躺在沙发上，嘴里说着让人听不懂的话。女仆马上把医生带到书房，但医生已经无能为力了。还不到一个小时，居斯塔夫·福楼拜就去世了。

他唯一真心爱过的女人只有艾莉莎·施莱辛格。他在马格尼和奥菲尔·戈蒂埃、泰恩、埃德蒙·德龚古尔吃晚饭时，说自己从来没有真正拥有过一个女人，他还是个"处男"，曾经的所有女人都是他梦中情人的替代品。莫里斯·施莱辛格的投机买卖失败，导致破产，于是便携妻带子搬去了巴登。1871年，施莱辛格过世了。暗恋艾莉莎整整三十五年之后，福楼拜才给她写了第一封情书。他没有按照常用的方式开头，而是写道："我的旧爱，我唯一爱着的人。"她到克鲁瓦塞来了。两人都有了很大的变化，福楼拜留着浓密的胡须，大腹便便，红红的脸上布满斑点，戴着一顶黑帽子来掩盖自己的秃头。艾莉莎变得消瘦，她的皮肤失去了光泽，头发也白了。《情感教育》中对阿尔努太太和弗雷德里克最后一次见面的凄美描述，也许就是福楼拜和艾莉莎见面时的真实写照。在这之后，他们还见了一两次面，而在此之后，就再也没有见过了。

福楼拜去世后一年，马克西姆·杜坎在巴登度过了夏天。一天，他外出狩猎时，路过了伊莱诺精神病院。病院的大门是敞开的，女病人在看护的照料下出来散步。有两个人并排出来了，其中有一位病人向他鞠了一躬，她就是艾莉莎·施莱辛格——福楼拜一生徒劳地爱着的人。

赫尔曼·梅尔维尔和《白鲸》

1

自从研究小说以来，我发现尽管小说之间存在差异，但它们都是由很久以前的虚构故事直接演变而来的。我在《不列颠百科全书》中了解到，"小说已经成为讽刺、教导、政治或宗教宣传、技术信息的载体，但这些作用都是次要的。小说最直接的目的是通过对自然景物的描写，以及一系列情感叙事，以供读者消遣。"这是比较概括的说法。我还了解到，虚构故事在亚历山大时代很受欢迎，那时人们生活轻松，很容易对虚构人物的冒险和感情（无论是真实的还是虚构的）产生兴趣。第一部能称为小说的虚构作品，是一个叫作朗格斯的希腊人创作的，名为《达夫尼与克罗埃》。经过漫长的发展，才产生了我现在一直在讨论的这些小说。正如《不列颠百科全书》中说的，它们的直接目的是通过对自然场景的描绘及情感叙事来愉悦读者。

不过，还有另一种小说，包括《白鲸》《呼啸山庄》《卡拉马佐夫兄弟》以及詹姆斯·乔伊斯和卡夫卡的作品。这类小说家和小说家的父母一般是预备主教、酒吧老板、警察和政客等普通人，由于"基因突变"而产生了这些文学家。这种"突变"极为反复，但是生物学家告诉我们，大多数突变是有害甚至致命的。小说家能创作出怎样的作品取决于他是怎样的人，部分原因在于父母的不同基因在染色体上的关联，还有部分取决于他所处的环境。值得注意的是，小说家一般没有后代。历史上只有狄更斯和托尔斯泰这两位小说家有很多子女。这种突变的破坏性极强，不过也不要紧，牡蛎能生出牡蛎，但小说家只能生出傻瓜。据我所知，我很在意的这些"特殊变种"，他们的后代基本上没有出过文学家。

我首先要介绍这本伟大奇书——《白鲸》的作者。我读过雷蒙德·韦弗的《赫尔曼·梅尔维尔：水手与神秘主义者》，路易斯·芒福德的《赫尔曼·梅尔维尔》，查尔斯·罗伯茨·安德森的《梅尔维尔在南海》，威廉·埃勒里·塞奇威克的《赫尔曼·梅尔维尔：心灵的悲剧》以及牛顿·阿文的《梅尔维尔》。读这些书很有趣，令我了解了很多事情，但我绝不敢说自己对梅尔维尔的认识比以前多。

据雷蒙德·韦弗所言，在1919年梅尔维尔百年诞辰时，有一位"不谨慎的评论家"写道："由于一些未被解释过的奇怪的心理体验，他的写作风格以及对生活的看法发生了翻天覆地的转变。"我不明白人们为什么说这位不知名的评论家是不谨慎的，每一个对梅尔维尔感兴趣的人都想弄清楚这个问题。于是人们研究他的生活细节，阅读他的书信（其中一些书不下苦功是读不下去的），只为了发现一些解开这个谜团的线索。

这些内容是传记作者告诉我们的：赫尔曼·梅尔维尔出生于1819年，他的父亲艾伦·梅尔维尔和母亲玛丽亚·甘赛沃特都出身名门。艾伦是个博学多识、见多识广的人，玛丽亚则是一位优雅虔诚的贵族小姐。他们婚后在奥尔巴尼住了五年，之后定居在纽约。艾伦在那里做法国纺织品的进口商，生意一度很兴旺。梅尔维尔就在那里出生，他是八个孩子中的老三。1830年，艾伦碰上霉运，搬回了奥尔巴尼。据说他后来疯了，两年之后就身无分文地过世了，留下贫穷的一家子。赫尔曼在奥尔巴尼古典男子学院待到十五岁，毕业后被聘为纽约银行的职员。1835年，赫尔曼在哥哥甘斯沃特的皮草店工作，第二年又去了叔叔在匹茨菲尔德的农场，还在塞克斯区的一所小学教了一个学期。十七岁的时候，他出海了。关于这事有很多说法，但我觉得梅尔维尔自己给出的理由就足够了："我为自己将来所作的描绘和规划都落空了，我必须为自己做点什么。出海当水手刚好符合我放浪的性格，正在我的计划之中。"他尝试过很多职业，但都以失败告终，据我们对他母亲的了解，她一定没有掩饰过自己的不满。于是梅尔维尔像很多男孩子一样，因为待在家里不开心而离家出走。梅尔维尔的确是一个不寻常的人，但完全没有必要在这件理所当然的事情里挑骨头。

他浑身湿透地到了纽约，身上穿着一件打着补丁的裤子和一件猎装。他身无分文，只有哥哥甘斯沃特给他的一把猎枪。他穿过整个城市，在哥哥的一个朋友家过了夜。第二天他们在码头发现了一艘开往利物浦的船，梅尔维尔以每月三美元的价格签下了合同，在船上做小伙计。十二年后，他在《雷德伯恩》中写下了自己在利物浦往返和逗留的事。他觉得这部作品有些拙劣，其实写得很生动、直白，是他可读性最强的作品之一。

我们不太了解接下来的三年他是怎么度过的。据已知的说法，他在不同的地方"教书"，其中之一就是纽约的格林布什，每个季度给六美元，还提供食宿。他为省报写了一些毫无趣味的文章，人们发现了其中的一两篇，从中可以看出他读了大量的书，还有着直到后来都无法摆脱的文风，即莫名其妙地引用神话人物和知名作家的故事。雷蒙德·韦弗巧妙地说："他引用了伯顿、莎士比亚、拜伦、弥尔顿、柯尔律治、切斯特菲尔德、普罗米修斯、辛德瑞拉、穆罕默德、克里奥佩特拉、圣母玛丽亚、天堂美人、美第奇家族、穆斯林，任他们分散在自己的书中。"

喜欢冒险的他无法忍受平淡的生活，终于决定再次出海。1841年，他乘坐一艘捕鲸船从新贝德福德市驶向太平洋。水手舱的水手都是粗俗野蛮、缺乏教养的人，只有一个叫作理查德·托比亚斯·格林的十七岁男孩除外。梅尔维尔这样描述他："托比有着十分出众的容貌，他穿着蓝色的卜衣和帆布裤，比其他水手都时髦。他身材瘦小、四肢灵活，鬓角乌黑的鬈发，给他那双黑黑的大眼睛蒙上了一层阴影。由于长期暴露在热带的阳光下，他本就黝黑的肤色变得更黑了。"

经过十五个月的航行，"阿库什内特号"在位于马克萨斯群岛中的努库伊瓦岛靠岸。这两个小伙子厌倦了捕鲸船上艰苦的生活和船长的暴行，于是决定离开。他们带着许多烟草、饼干和给当地人的白棉布，逃进了小岛。他们艰难地走了几天，最终到达了泰比人居住的山谷，受到了他们热情的款待。不久后，托比就以梅尔维尔受伤、外出求医为借口离开了。他只是找借口逃走，泰比人是食人族，不能指望他们会一直这么热心善良。托比走后就没再回来。后来人们发现，托比一到海岸就被一艘捕鲸船给绑走了。据梅尔维尔自己回忆，他在山谷里待了四个月，受到了不错的招待。他还和一个叫作菲亚维的女孩子交了朋友，和她一起划船游泳，除了有些担心被吃掉，他在那里住得还算开心。后来碰巧"茱莉亚号"捕鲸船来到了努库伊瓦岛，船上的水手都逃走了。船长听说有个水手在泰比人手里，于是他让一群当地人来救出这位水手。梅尔维尔说服当地人让自己去海滩，后来发生了冲突，他用船钩杀死了一个人才得以逃脱。

　　这艘新船比"阿库什内特号"还要糟糕，连续几周都没有找到鲸鱼，船长只好把船停在塔西提岛。一些叛乱的水手被关进了当地的监狱，"茱莉亚号"签了新船员重新启航。被关进监狱的船员没过多久就被释放了。老船员中有一个家道中落的医生，梅尔维尔管他叫"长鬼医生"。他们一起航行到临近的莫里亚岛，为农场主种土豆。梅尔维尔本来就不喜欢干农活，更别说在波利尼西亚这样的热带地区的阳光下劳作了。他和"长鬼医生"一起离开，靠当地人的接济生活。最终他抛下了医生，跟着"利维坦号"捕鲸船的船长走了。他乘着这艘船到达了火奴鲁鲁，但我们不确定他在这里做了什什么。据说他找了一份文员的工作。后来，他以普通海员的身份乘坐美国护卫舰出海，船一到美国，他就辞职离开了。

这时已经到了1844年，梅尔维尔二十五岁了。他没有留下自己年轻时的画像，根据他中年的画像推测，他年轻时是一个身材高大、健康强壮、活泼开朗的小伙子。他的眼睛很小，鼻子笔挺，还有红润的脸色和一头美丽的头发。

回到家后，他发现母亲和妹妹们搬到了奥尔巴尼郊区的兰辛堡。大哥甘斯沃特已经不再经营皮草店，而是改行当了律师和政治家。二哥艾伦也成为一名律师，住在纽约。最小的弟弟汤姆才十几岁，不久后也要像赫尔曼一样去做水手了。人们对他和食人族一起居住的经历很感兴趣，想了解他的故事，还强烈要求他出一本书，他就照做了。

他以前尝试过写作，但几乎都以失败告终。然而他必须要挣钱，和古往今来许多受到误导的作者一样，他把写作看成是赚钱的捷径。当他完成了《泰比》这本描绘了他在努库伊瓦岛的短暂经历的作品之后，已经做了美国大使秘书的甘斯沃特·梅尔维尔去了伦敦，将此书交给了约翰·默里（一位著名的出版商）。没过多久，这本书就在美国出版了。此书出版后大受欢迎，受到鼓励的梅尔维尔接着写了《奥穆》，描绘了他在南太平洋的冒险和奇遇。

《奥穆》于1847年问世。这一年，梅尔维尔娶了伊丽莎白为妻，妻子是肖大法官的女儿，这两个家庭曾经有过交往。婚后不久，夫妻俩搬去了纽约，和梅尔维尔的妹妹奥古斯塔、芬妮和海伦一起住在二哥艾伦·梅尔维尔位于第四大道的房子里。我们无从得知这三个年轻女人为什么要离开自己的母亲。赫尔曼开始从事写作。1849年，他的长子马尔科姆出生了。他再次穿越了大西洋，不过这次是去见出版商，商讨《白外套》的出版事宜。这本书描述了他乘坐美国护卫舰从伦敦到巴黎，从布鲁塞尔到莱茵河的经历。他的妻子在自己的回忆录里这样写道："1849年的夏天，我们待在纽约，他创作了《雷德伯恩》和《白外套》。那年秋天我们去了英国，出版了这两本小说。这段旅途并不算满意，因为思念家乡，我们没能赴那些名人的邀约，匆匆回了家。鲁特兰公爵邀请我们去贝尔沃城堡住上一周，我们也没答应，我们去了匹茨菲尔德，在1850年的夏天上了船，在八月份搬到了'箭头农场'。"

"箭头农场"是梅尔维尔给匹兹菲尔德的一个农场起的名字。他向大法官借钱买下了这个农场，和妻子、孩子以及妹妹们定居在此。梅尔维尔太太在日记里实事求是地写道："《白鲸》（或《莫比·迪克》）的创作过程极为艰辛——他一整天都坐在书桌前，但到下午四五点才能写出点东西来；天黑之后他会骑马到村子里去；他起得很早，早餐之前会去散步；有时会通过劈柴来锻炼身体。我们都很担心他会累坏了身子。1853年春。"

梅尔维尔发现霍桑也住在箭头农场附近，他就像女学生一样迷恋着霍桑。这让沉默内向、寡言少语的霍桑有些不知所措。他怀着满腔热情给霍桑写了信，信中写道："能够认识您，就算让我离开这个世界，我也心满意足了。与您相识比《圣经》更让我相信永恒。"傍晚的时候，他会骑马到莱诺克斯的红楼去，聊"天意和未来，以及人类无法理解的一切事物"（霍桑对此感到有些厌烦）。

霍桑太太目睹了两位作者的谈话，在写给母亲的信中以自己的角度描述了梅尔维尔："我不敢说他是一个十分伟大的人……他是个真诚热心的人，既有灵魂又有智慧，他是个活生生的人。他认真虔诚、温柔谦虚。他有敏锐的洞察力，眼睛不大，眼窝也不深，他眼睛这么小，竟然能准确地洞察一切事物。虽然他的眼睛算不上犀利出众，但他的鼻子笔挺俊俏，说话十分具有情感表现力。他高大挺拔、神采奕奕，颇具男子气概。他谈话的时候会做很多充满力量的手势，沉浸在自己的主题中，没有什么风度。有时，他会从目光中流露出一种奇异而安静的神态，让你感到他在沉思，能深深地吸引你。"

霍桑一家离开了莱诺克斯，他们的友谊也结束了。梅尔维尔把《白鲸》献给了他，霍桑写给他的信已经找不到了，但从梅尔维尔的回信上看，他好像猜到了霍桑不太喜欢这部小说。公众和评论家也不喜欢这部作品，而他接下来写的《皮埃尔》更是恶评如潮。他不仅要养活妻子和四个孩子，还要照看三个妹妹。从梅尔维尔的信中可以得知，不论是为自己耕地，还是为叔叔在匹茨菲尔德耕地，又或者是在莫里亚岛挖土豆，都令他感到厌烦。"看看我的手，手掌上有四个水疱，都是这几天用锄头和锤子害的。今天早上下雨了，所以我没有出去干活，所有的活都搁置了。我还挺开心的……"一个双手娇嫩的农民，是干不好农活的。

他的岳父时常接济他。既然他善良又理智，那么他肯定会建议梅尔维尔另谋生路。为了帮他找工作，岳父为他拉了不少关系，不过都失败了，他只好继续写作。他患病之后，大法官再一次来帮助他。1856年，他去了君士坦丁堡、巴勒斯坦、希腊和意大利，回来时靠讲课赚了点小钱。1860年，他最后一次出行，他最小的弟弟汤姆在中国贸易中掌管着一艘名为"流星号"的快速帆船。梅尔维尔乘着这艘船绕过合恩角，航行到旧金山。人们也许会以为他会抓住去远东的机会。但也许兄弟两人闹了矛盾，他在旧金山下船后就回家了。1861年，大法官去世了，给女儿留下了一笔数量可观的遗产。他们决定从梅尔维尔在纽约的富有的哥哥艾伦那里买一套房子，还拿箭头农场的房子抵了一部分钱。梅尔维尔在这所位于东二十六街104号的房子里度过了余生。

雷蒙德·韦弗说，要是他一年能挣一百美元的版税，那就算不错了。1866年，他找到了一份海关检查员的工作，每天能挣四美元。次年，他的大儿子马尔科姆被枪杀，我们不知道是他杀还是自杀；二儿子斯坦维克斯离家出走，再无音讯。梅尔维尔在海关工作了二十年，在妻子获得她哥哥塞缪尔的遗产后他就辞职了。1878年，叔叔甘斯沃特资助他出版了一部叫作《克拉瑞尔》的有着两万行诗句的长诗。去世前不久，他创作（或重写）了一本叫作《比利·巴德》的小说。梅尔维尔于1891年去世，享年七十二岁，很快就被世人遗忘了。

2

以上就是传记作家们眼中的梅尔维尔的生平，但还有许多内容没被提到。他们略过了马尔科姆的死和斯坦维克斯的离家出走，仿佛这都是无关紧要的事。大儿子的意外去世无疑让父母感到万分悲痛，二儿子的失踪也让他们忧虑不安。大儿子十八岁时因开枪去世后，梅尔维尔太太肯定和她的哥哥们通了许多信，也许这些信都被藏起来了。1867年，梅尔维尔已经不再有名气了，但媒体和报纸可能会重新注意到他。美国的报纸从来不放过任何一条新闻，他们难道不去调查这个男孩的死亡吗？如果他是自杀，那原因是什么？斯坦维克斯为什么要离家出走？众所周知，梅尔维尔太太是一位和蔼可亲的好母亲，可她好像从来没有寻找过儿子。我们知道，只有她和两个女儿参加了梅尔维尔的葬礼，这是他仅有的直系亲属，所以可以猜测，斯坦维克斯已经去世了。梅尔维尔在晚年时期非常疼爱自己的孙子孙女，但他对自己的孩子的感情却十分模糊。刘易斯·芒福德所写的传记比较符合实际，他认为梅尔维尔和孩子们的关系很糟糕。他似乎是一个严厉且不耐烦的父亲，他的一个女儿一提到他，就感到痛苦和恶心。"恶心"是一个很强烈的词，如果一位父亲对自己的女儿毫不关心，用"烦人"或"生气"来表述要更为恰当。他在家里吃不起面包的时候，还花十美元去买版画或雕像，这种行为难免会给孩子留下负面的印象。梅尔维尔似乎常常开一些她们理解不了的玩笑，这很可能是他的酒后之言。不过斯托尔教授在《思想史杂志》发表的一篇文章中提到，梅尔维尔滴酒不沾，但我对此保持怀疑。他很开朗，以前当水手的时候，他很可能会和其他人一起坐在桅杆前喝酒。第一次去欧洲旅行时，他彻夜未眠，和一位年轻学者阿德勒一边喝威士忌一边畅谈形而上学。后来他住在箭头农场，经常和朋友游览附近的名胜，一路上不停地谈论香槟、杜松子酒和雪茄。再后来，梅尔维尔在海关检查进港船只，可以肯定，除非当时的美国船长和现在不一样，否则他肯定经常会被叫去喝酒。如果他是因为对生活失望，而在酒精中寻求慰藉，那就再正常不过了。我要补充一点，他和海关里大多数同事不一样，他十分正直地履行着自己的职责。

梅尔维尔是个与众不同的人，很难参考其他人来评价他的性格。我们可以从他的书中看到他年轻时候的样子。我觉得《奥穆》比《泰比》更具有可读性，这本书直白地讲述了他在莫里亚岛上的经历，内容大体上真实准确；而《泰比》更像是真实和想象的大杂烩。根据查尔斯·罗伯茨·安德森的说法，梅尔维尔在努库伊瓦岛上只待了一个月，并不是他所说的四个月；他在去泰比山谷途中所经历的也不像他说的那样惊险，他从食人族中逃跑的经历也没有那么恐怖；他显然是为了让自己成为主角，才写了一个传奇故事。但梅尔维尔不应该为此受到责备。他一再向热情的听众讲述自己的冒险经历，每次讲故事的时候，他都自然地把故事讲得更加精彩，更何况写小说。事实上，梅尔维尔似乎是在游记小说中搜集到一本材料，结合大肆渲染过的自身经历，才创作了《泰比》。勤奋的安德森先生表明，梅尔维尔不仅重复了游记里的错误，而且经常引用上面的原话。也许这就是读者觉得这本书略显沉闷的原因。不过《奥穆》和《泰比》习惯用书面语代替口语，他把一栋楼称为"大厦"；一间茅屋不是"靠近"另一间茅屋，而是"临近"；他更倾向于"展露"，而不是"表现"感情；使用"疲惫"，而不是"累"。

两本书都清晰地展示了作者的形象，我们能轻松地看出他是一个坚强勇敢、坚毅果断的年轻人。他意气风发、喜爱玩乐，不爱干活儿但绝不懒惰；他生性乐观、和蔼可亲、为人友好、无忧无虑。和大多数年轻人一样，他被波利尼西亚姑娘们的美貌所吸引，如果他拒绝她们的好意，那才奇怪呢。如果他身上有什么不寻常的地方，那就是他对美有着强烈的喜爱，而年轻人往往对此很冷漠。他对大海、天空、青山的描写中都蕴含着深厚的感情；另外，他喜欢沉思。他后来写道："我喜欢思考。出海的时候，我常常在晚上爬到高的地方，独自坐在帆桁，身上裹着夹克，任自己自由地思考。"

是什么把这个正常的年轻人变成了那个写《皮埃尔》的愤怒的悲观主义者？是什么让这位创作《泰比》的平庸作家变得富有幻想、充满灵感、能言善辩，能创作出《白鲸》这样的作品？有人归结为精神错乱。梅尔维尔的崇拜者极力否认这一说法，仿佛这是一件不太光彩的事。当然，这并不比得了黄疸要羞耻到哪儿去。我在此书中没有提到《皮埃尔》，因为这本书荒唐得离谱，尽管书中有些意味深长的言论。梅尔维尔痛苦不堪地创作，偶尔激情迸发，写出一些雄辩有力的段落，但书中的内容都不大真实，人物动机缺乏可信度，对话也略显僵硬。《皮埃尔》给人的印象是，这本书是梅尔维尔在晚年神经衰弱的情况下完成的，但并不意味着他的精神错乱了。据我所知，还没有证据能表明梅尔维尔已经疯了。还有人认为，梅尔维从兰辛堡搬到纽约时，阅读了大量的书籍，这对他影响很深。还有人认为他为托马斯·布朗爵士疯狂，就像堂吉诃德为骑士传记疯狂一样，但这种想法太过天真，没有说服力。这位平凡的作家不知为何拥有了才华，在那个对性十分敏感的时代，人们很自然会从性上寻找原因。

《泰比》和《奥穆》是梅尔维尔娶伊丽莎白·肖之前创作的。婚后的第一年，他写了《玛迪》。此书继续以他的航海经历为开头，后面的内容都是异想天开的想象。我认为这本书冗长乏味，对于主题的评价，我的描述也不及雷蒙德·韦弗的评论："《玛迪》试图完全沉浸在他处于求爱期感受到的圣洁且神秘的快乐，对母亲的爱让他痛苦不堪时，他感受到了这种快乐；对伊丽莎白·肖的爱情令他倾倒时，他感受到了这种快乐……《玛迪》是对失去的美好的朝圣，这本小说追寻的是一个来自快乐之岛奥罗利亚的少女——伊拉。为了追寻她，人们要进行穿越文明世界的航行。他们（小说中的人物）有很多的机会可以谈论国际政治及其他一系列话题，但始终没能找到伊拉。"

一个想象力丰富的人，很可能会把这个奇怪的故事看作是梅尔维尔对婚姻失望的一个迹象，我们只好从伊丽莎白·肖——也就是梅尔维尔太太——仅存的几封信中猜测她是一个什么样的人。她并不擅长写信，也许信中所展现的并不是她的全貌，但至少可以看出她深爱着自己的丈夫。她是一个理智、善良、务实的女人，虽然目光不算长远，思想也比较传统，心甘情愿地过着贫穷的生活，但她并不明白丈夫的转变。在丈夫决心要抛弃《奥穆》和《泰比》带来的名声时，也许她会觉得遗憾，但她仍然信任着丈夫，始终如一地爱慕着他。她并不聪明，但她是一个善良包容、温柔亲切的女人。

梅尔维尔爱她吗？他在求爱时连一封信都没有留下，也许那种"圣洁且神秘的快乐"只是人们的猜测。虽然他们结了婚，但男人结婚并不只是因为爱情，还有可能是他受够了漂泊的生活，想要过安稳的日子。这个怪人虽然自称"天生喜欢流浪"，但去完利物浦，在南海生活了三年之后，他就对冒险失去兴趣了，后来的旅程也只是为了游玩。梅尔维尔之所以与伊丽莎白结婚，也许是因为到了该结婚的年龄，也许是为了减轻抑郁。刘易斯·芒福德指出："和伊丽莎白在一起的时候，梅尔维尔从未开心过；离开她的时候，他也不觉得快乐。"芒福德还猜测，梅尔维尔不仅对她有感情，而且分开一段时间之后，对她的感情还越发强烈，但紧随其后的就是厌倦。他绝不是第一个在分开时更爱妻子的男人，对性爱的憧憬比性爱本身更能刺激他。梅尔维尔或许受不了婚姻的束缚，或许认为婚姻无法带给他想要的生活，但他仍与妻子维持着关系，还生了四个孩子。据大家所知，他对妻子一直很忠诚。

任何一位梅尔维尔的读者都注意到了他对男性美的喜爱。从巴勒斯坦和意大利回来后，他做了一场关于雕塑的演讲，提到了被称为"贝尔维德尔的阿波罗"的希腊-罗马雕像。这尊雕塑的亮点在于它塑造了一个非常英俊的青年男子。我先前已经提到了托比（和他一起离开了阿库什内特的男孩）给梅尔维尔留下的印象。在《泰比》中，梅尔维尔详细描绘了这个和自己厮混在一起的年轻人的肉体之美，他的形象甚至比与他调情的女子还要生动。梅尔维尔十七岁时，坐上了一艘开往利物浦的船，在船上和一个叫作哈利·博尔顿的男孩成了朋友。梅尔维尔在《雷德伯恩》中是这样描述这个男孩的："他是那种个子矮小但身材匀称的人。他有着一头鬈发,光滑的肌肤仿佛是从蚕蛹里孵出来的;他的皮肤呈现出微微的褐色,脸庞像女孩一样柔美;他有着一双小巧的脚,双手白皙;双眼又大又黑,活脱脱像个女孩;他的声音不仅和诗歌一样动听,还像竖琴一样优美。"有人质疑过他们是否真的去过伦敦旅行,甚至有人怀疑哈利·博尔顿是否真的存在;但如果梅尔维尔只是为了增添一个有趣的插曲,那像他这样的阳刚之人,为何会创造一个同性恋的形象呢?

在"美国号"护卫舰上,梅尔维尔和一位叫作杰克·蔡斯的英国水手成了朋友。他"身材高大健壮,眼睛炯炯有神,眉目清秀,有着浓密的棕色胡须"。梅尔维尔在《白外套》中写道:"他给人一种极其理智且良好的感觉,要是有人不喜欢他,那一定是在说谎。"梅尔维尔还进一步表示:"亲爱的杰克,无论你漂浮在哪片湛蓝的海域,我的爱都与你同在。无论你身处何方,愿上帝都保佑你。"这是梅尔维尔少有的温柔。梅尔维尔给这位水手创作了一部中篇小说《水手比利·巴德》,这部小说完成于五十五年后,也就是在他去世前三个月。小说紧紧围绕主人公的美貌而展开,每一位船员都喜爱他,间接引发了悲剧。

显然,梅尔维尔是个受压抑的同性恋。书上说,在那个时代的美国,这种类型的人比现在更加常见。作者的性取向和读者无关,除非影响到了作品。一旦他们坦然承认事实,很多隐晦且难以置信的事情就解释清楚了。也许我在这个问题上多谈了几句,但这可能是他婚姻生活不幸福的原因。也许是性生活的挫败导致了他的变化，让那些对他感兴趣的人困惑不解。也许是他的道德感占了上风，他从未告诉过别人他的性取向；就算偶尔显露过，也被狠狠地压了下去，只能在想象中得到满足，这可能是他性格发生天翻地覆的变化的原因。

3

梅尔维尔读书很广，他对17世纪的诗人和散文作家感兴趣。也许他们与梅尔维尔的古怪性情相符。这些内容对他是利还是弊，全凭个人判断。他早期没有受过太多教育，成年后也难以吸收接触到的文化。文化并不是像衣服一样，能立即穿上，而是塑造人格的养分，就像食物让人变得强壮一样。文化不是为了辞藻和点缀，也不是用来炫耀的学识，而是灵魂的充实，必须通过辛勤努力才能获得。

为了创作《白鲸》，梅尔维尔进行了一项危险的实验，参照了17世纪作家的写作风格。顺利的话，会给人留下富有诗意的深刻印象。不过这终究是对其他作家的模仿，这样说并不是在贬低它，模仿的作品也能拥有极强的美感。雕像《米罗的维纳斯》于公元前1世纪完成，它是模仿而成的作品；之后的《挑刺的少年》也是如此：这两件作品都曾被认为是5世纪中叶雕塑家的作品。杜乔是锡耶纳的一位伟大画家，他模仿的是12世纪早期的绘画，而不是两个世纪以后他那个时代的拜占庭绘画。然而，当一个作家尝试模仿时，就很难实现连贯性。约翰逊博士的老同学爱德华兹先生也发现，就像心情愉快的时候无法思考哲学一样，在创作古代风格的作品时，现代语言也会影响到作者。梅尔维尔写道，"想要创作一部伟大的作品就必须选择一个宏伟的主题。"显然，他主张要用宏伟的方式处理作品。罗伯特·路易斯·史蒂文森说梅尔维尔没有听觉，我不懂这句话的意思。梅尔维尔具备真实的节奏感，不管他写的句子有多长，都能保持极佳的平衡。他喜欢使用庄严的词汇，常常能达到美的效果。有时，这种偏好会促使他运用同义反复。明明只是指"shady shade"（树荫），却偏要说成"umbrageous shade"，但你不得不承认其中的声音很丰富。有时，人们会愣在"hasty precipitancy"（火急火燎）这样的同义反复的词上，却发现令人敬重的弥尔顿也写过："Thither they hasted with glad precipitance."（他们愉快并火急火燎地赶到那里）有时，梅尔维尔会别出心裁地使用常见的词汇，往往能获得出其不意的效果。就算你觉得这个词不能用在这个意思上，那也不该"火急火燎"地责备他，因为没准真的存在这种用法。当他说"redundant hair"（多余的毛发）的时候，你可能想到的是少女嘴唇上的绒毛，但绝不会想到它是长在年轻人头上的。但要是你查查字典，就会发现"redundant"还有"浓密"的意思，弥尔顿就写过"redundant locks"（浓密的头发）。

梅尔维尔创作《白鲸》面临的难题就是全文都要保持同样的修辞水平，内容必须与风格相适应。作家既不能感伤，又不能幽默。但梅尔维尔常常两者都用，读起来难免令人有些尴尬。

他的品位极不稳定，有时想加点诗意，但表现出来的却总是荒唐:"但亚哈的脑海里几乎没有其他想法,他像一尊铁铸的雕像,习惯性地站在后桅帆前方,一个鼻孔无心地闻到女妖岛的甜麝香(想必一定有温柔的恋人在那片树林里漫步),另一个鼻孔有意地呼吸着新发现海域的咸湿空气⋯⋯"两个鼻孔分别闻到不同的气味,这根本不切实际。我不太能理解为什么梅尔维尔特别喜欢使用古语和专门用于诗歌的词汇:o'er 代指over;nigh代指near;ere代指before;以及anon和eftsoons等,这些词给本该是紧凑有力的散文增添了几分俗气。梅尔维尔的词汇量很大,在每一个名词前,都要加上一个形容词"mystic",指代"奇怪的、神秘的、令人敬畏的、吓人的"这些他当时想表达的所有意思。前面提到过,斯托尔教授曾写过一篇文章,这篇文章和他的其他文章一样优秀,它批判这本小说是"伪诗歌",这是正确合理的。斯托尔教授指出了一个让所有读者都感到不满的地方——梅尔维尔喜欢用分词构成副词,也许这就是史蒂文森说梅尔维尔没有耳朵的原因,这样的构词实在算不上悦耳。我注意到的最难听的一个词是"whistlingly",斯托尔教授还举了些别的例子——"burstingly""suckingly",他还能找出一百多个类似的词语。牛顿·阿尔文呕心沥血地完成了《美国作家系列》丛书,其中给出了一些梅尔维尔造的例子,"footmanism, omnitooled, uncatastrophied, domineerings",等等,他似乎觉得这些词让小说的风格更加突出,但我觉得有些独断;这些词汇的确增强了文章的特色,但绝对无法增添美感。如果梅尔维尔的学识能再渊博一些,品位能再稳定一点,那么无须变动词汇就能达到理想的效果。

梅尔维尔文中的对白极具个性。由于"裴廓德号"上的主要人物是贵格会教徒,梅尔维尔使用第二人称单数也是很正常的。不过我觉得,他是发现了使用第二人称单数会给对话增加几分神圣的意味,增添几分诗意。他并不擅长区分不同人物的说话方式,所有角色的说话方式都差不多。亚哈船长和部下一样,部下又和木匠、铁匠差不多,他们的语言高度修辞化,大量使用暗喻和明喻。奎格觉得自己快要死了,于是躺在他为自己做的棺材里;一个失去理智的黑人小男孩皮普却"走近他躺着的地方,轻声啜泣着,一只手牵着他,另一只手握着自己的铃鼓"。他对这个夏威夷土著说:"可怜的流浪汉!你是不是不愿再这样困倦地流浪了?你要去哪里呢?如果潮水把你带到一个叫作安的烈斯、海滩上长满睡莲的可爱小岛上,你能帮我一个忙吗?帮我找到皮普,他失踪很久了,他一定很难过!他的铃鼓丢了,被我找到了。奎格,你走吧,我会为你摇一首死亡之歌。"大副斯塔巴克正"凝视着舷窗",看着这一幕,他喃喃自语道:"听说人们在发高烧时,会不自觉地用古语说话,这是因为在他们被遗忘的童年时代里,听到过一些崇高的学者这么说话。所以,可怜的皮普啊,他这种奇怪又可爱的疯狂行为,捎来了天堂的消息。如果不是从天堂,那他又能从哪里听来这些话呢?"

当然,小说中的对话应该别具风格,绝不能完全照搬生活里的对话。但是对话要真实,不能惊动读者。亚哈对二副斯图布说起白鲸的时候,大声说道:"我要绕着这无穷尽的地球整整十圈,上天入地,也要亲手杀了它!"对于这样的高谈阔论,我们只能一笑了之。

尽管如此，梅尔维尔的语言水平也称得上不同凡响，虽然有些人会持保留意见。我之前说过，有时他的写作风格会让文章过于华丽，但要是用得好，就会产生一种宏伟庄严、振聋发聩、优雅端庄、气势雄浑的效果。据我所知，还没有哪一位现代作家能做到这一点。有时它会让人想起托马斯·布朗爵士的精美用词，以及弥尔顿所处的那个文学兴盛的时代。我想请读者注意一下，梅尔维尔如何巧妙地将水手们在日常工作中使用的普通航海用语融入精美的语言中。其效果是给《白鲸》这部奇幻、有力的忧郁交响乐增添了几分现实气息和新鲜的海盐味。我们在评论作家时，应该以其最出色的作品作为标准。读者可以通过阅读《海峡奇情》这一章来了解梅尔维尔的最佳水准，他对行动的描述宏伟有力，庄严的写作风格也极具震撼力。

4

任何一个看过我文章的人都不会指望我把《白鲸》——正是因为这部作品，梅尔维尔才能成为最伟大的小说家——说成是寓言故事。这样想的读者只能另寻他处了。我只从一个不才的小说家的角度来评论，我认为小说的目的是带来审美乐趣，它并没有什么实际的作用。小说家的任务并不是完善哲学理论——这是哲学家的工作，他们能做得更好。但既然有些学识渊博的人觉得《白鲸》是一部寓言，那我就有必要对此进行讨论。他们把梅尔维尔的话看作是反讽："他担心自己的作品会被人看作是恐怖寓言，甚至是更糟糕可憎、令人难以忍受的寓言。"听到一位有经验的作家说的话，认为他想表达的是自己的意思，而不是评论家的意思，应该不算轻率吧？不错，他在写给霍桑太太的信中说，在写作的时候，他有"一种模糊的想法，认为这本书容易受到寓言结构的影响"，但这并不足以说明他打算创作寓言。也许存在这样一种可能，也只是出于偶然，从他对霍桑太太说的话中可以看出，他对此也感到十分意外。我不知道评论家是怎么写小说的，但我清楚小说家是如何创作的。他们并不会采用一个像"诚实乃上策""是金子总会发光"这样的宏观命题，接着说："让我们就这个主题写一篇寓言吧。"通常，一系列人物引发了他们的想象；接下来，一件事情或一些事件（也许是亲身经历，也许是听说或杜撰而来）突然浮现在他们的脑海，让他们可以对此加以合理利用，通过结合角色和事件，推动已经在脑海里形成的主题的发展。梅尔维尔不是个异想天开的人，他在《玛迪》里这么尝试过，但却受了挫。他的想象力很丰富，但他的想象必须以坚实的现实基础作为支撑。事实上，有些评论家因此指责他缺乏创造力，我认为这是没有道理的。有现实经历（不管是他的还是别人的）作为基础，他的创作就会更加具备说服力，但大多数小说家也都是这样。满足这个条件的话，他就能更加自由且有效地发挥想象力。而创作《皮埃尔》的时候，梅尔维尔不具备这样的基础，就写得有点莫名其妙。梅尔维尔的确热爱思考，随着年龄的增长，他开始沉迷于玄学。奇怪的是，雷蒙德·韦弗却说玄学是"溶解于思想中的痛苦"。这个观点很狭隘，人们应当给它更恰当的关注，毕竟这是直击灵魂的最大问题。梅尔维尔对于玄学的态度并不理智,而且过于感性。他之所以这样想,是因为他有这样的感觉,但这并不能阻止他的一些观点被世人铭记。我早该想到,刻意写一个寓言故事需要智力上的超脱,但梅尔维尔并不具备这种能力。

斯托尔教授已经证明了对《白鲸》的象征性解释是多么荒谬和矛盾,虽然他受到了公众没有恶意的责骂,但他的观点已经很有说服力了,对此我便不再赘述。不过我也要为这些评论家说几句话:小说家并不是照搬生活,而是根据自己的喜好和个性对事件进行组合,创造出一个连贯的叙述。这个模式会根据读者的态度、兴趣和特质而改变:你可以将白雪皑皑、光彩庄严、高耸入云的阿尔卑斯山看作是人类渴望接近无限的象征;或者你还可以这么想,一座山脉是由地底的剧烈运动而形成的,可以把它看作是一个人内心的黑暗和邪恶的象征,渴望将人摧毁;如果你想要追赶思潮,就可能会把它当作是生殖器的象征。牛顿·阿尔文把亚哈的象牙腿看作是"一个模棱两可的象征,既象征着他的性无能,又直接针对他的独立男性准则",白鲸则是"典型的父母,既是父亲,又是母亲,它替代了父亲"。埃勒里·塞奇威克认为,"象征主义成就了这部伟大的作品。亚哈是一个人——一个有感觉的、思辨的、有目的的、虔诚的人,面对神秘造物者依然坚持自我。他的敌人——莫比·迪克,就是这巨大的谜;它并不是创造者,但它的公正却和宇宙中的法则或混沌一致,以赛亚虔诚地认为这是造物主的杰作。"刘易斯·芒福德认为莫比·迪克是邪恶的象征,亚哈与它的对抗就是正义和邪恶的对抗,正义最终输给了邪恶。此话有一定的道理,也很符合梅尔维尔的悲观主义。

但寓言是很难驾驭的,你只能抓住它的头或者尾巴。对我来说,就算是完全相反的解读也同样讲得通。为什么要把莫比·迪克看作是邪恶的象征呢?亚哈想要对那只愚蠢的野兽复仇,因为它让自己残废了,而梅尔维尔也的确让叙述者伊什梅尔接受了这项计划。但这只是他不得不采用的文学策略,首先是因为文中已经有代表理智的斯塔巴克了,其次是因为他需要有人分担,在某种程度上也算是同情亚哈执着的目标。这样一来就能引导读者接受此事,而不会觉得不合理。芒福德教授所说的"无意之恶",指的是莫比·迪克在受到攻击时的自我防卫。

> Cet animal est très méchant,
> Quand on l'attaque, il se défend.[1]

为什么白鲸代表的是邪恶,而不是正义呢?它美丽超凡、体形庞大、气宇轩昂,在大海中自由游弋。而亚哈残忍无情、心胸狭隘、狂妄自大,他才邪恶。最后,亚哈和船上那些"各种各样的叛徒、流浪汉和食人族"被彻底消灭,而神秘的白鲸则平静地离开,善良最终击败了邪恶。对我来说,这种解释和其他说法一样有道理。我们别忘了,《泰比》赞颂了那些高尚的野蛮人,因为他们没有被文明社会中的恶行所腐蚀;梅尔维尔认为,自然人就代表着

---

[1] 该句意为:这个畜生实在凶恶,我们进攻,它就防守。

善良。

幸运的是，如果不考虑书中的寓意，《白鲸》依然能给我们带来极度愉快的阅读体验。我多次强调过，阅读小说并不是为了教导或启迪人，而是为了给人带来思想上的欢愉；如果你不能从阅读中获得快乐，那就干脆不读。但梅尔维尔似乎极力避免读者愉快地阅读这部小说，他想创作一个离奇恐怖的故事，用的却是直截了当的叙述方式。小说传奇般的开头十分扣人心弦，人物真实鲜活地呈现在读者眼前，有条不紊。随着情节的发展，气氛越来越紧张，你也越来越兴奋。故事的高潮十分具有戏剧性，不知道梅尔维尔为什么要故意弃读者的兴致于不顾，介绍起鲸鱼的体形、骨骼、情感之类的东西，简直太愚蠢了；就像一个在餐桌上讲故事的人，隔一会儿就停下来给你讲讲他所用词汇的词源意思一样。蒙哥马利·贝尔吉安在《白鲸》其中一个版本的介绍中审慎地表明，既然这是一部关于追寻的故事，那就要无限推迟追寻的结果，所以梅尔维尔会写那些无聊的话。这话我可不信，如果他想这样，那他可以把他在太平洋三年航行的经历写进去。我认为，梅尔维尔之所以写这些内容，原因很简单：他和许多自学成才的人一样，把自己辛苦学来的知识看得太重，忍不住要卖弄卖弄。他早期的作品也是一样，时不时就要把伯顿、莎士比亚、拜伦、弥尔顿、柯尔律治、切斯特菲尔德和普罗米修斯、辛德瑞拉、穆罕默德、克里奥佩特拉、圣母马利亚、天堂美人、美第奇家族和穆斯林拿出来说一说。

对我来说，这本书的大部分内容都很有趣，但有些内容和主题无关，破坏了紧张的气氛。梅尔维尔缺乏法国人口中的"流畅灵感"，说这本书结构精巧是愚蠢的观点。但他的创作手法源于他的构思，而且自成一派，你接受也好，不接受也罢。他很清楚《白鲸》并不讨人喜欢。他的脾气很倔，也许大众的冷漠、评论家的猛烈抨击、亲人的不理解，反而更能促使他这样写。你只有忍受他糟糕的品位、无聊的想象和结构上的失误，才能看见他卓越的才华、出彩的语言、激动人心的情节、对美感的讲究，以及那神秘的悲剧性力量（也许正是因为他有些笨拙马虎，不具备惊人的推理天赋，才能在情感上令人印象深刻），亚哈船长这个阴险且高大的形象贯穿始终，给小说赋予了一种独特的力量。你会从这个人物身上体会到一种宿命感，如同古希腊和莎士比亚的戏剧作品。梅尔维尔创造了这个角色，所以《白鲸》在人们对其观点有所保留的情况下，仍是一部伟大的小说。

我曾再三强调，想要真正了解一部伟大的作品，必须了解它的作者。但是对梅尔维尔来说，这句话应该要反过来：与其研究作者的生平经历，不如一遍又一遍地阅读《白鲸》。他的天赋被邪恶所摧毁，就像龙舌兰一样，一经绽放就已经凋谢。一个郁郁寡欢的人，因自己避而远之的天性受尽折磨；他意识到自己身上的美德正在逐渐消失，在失败和贫穷中挣扎；他渴望友谊，却发现友谊不过是虚无。在我看来，梅尔维尔就是这样一个人，你只会对他怀有深深的同情。

艾米莉·勃朗特和《呼啸山庄》

1

1776年,邓恩郡一位年轻的农民休·普朗蒂和埃莉诺·麦克洛里结婚了,次年圣帕特里克节[1]时他们的第一个孩子出生了,他们给孩子取了与爱尔兰守护神一样的名字。普朗蒂不识字,在教堂洗礼记录上,他的名字被误写成了"勃朗蒂"或是"勃朗提"。他的农场很小,所以他还在石灰窑里干活儿,不景气时还会在附近的一个庄园里当雇工。可想而知,长子帕特里克要一直帮着父亲干活儿。后来,帕特里克成了一名织布工人。这个小伙子很聪明,也很有抱负,十六岁的时候,在家附近的一所乡村学校里当教师。两年后,他又在庄柏立洛尼的教区学校里任教。对于后来发生的事情有

---

[1] 每年的3月17日,该节日是为了纪念爱尔兰守护神圣帕特里克。

两种说法：一种说法是他的能力很强，给卫理公会的牧师们留下了深刻的印象，他们希望他能成为一名牧师，于是定期给他几英镑的资助，让他去剑桥学习；还有一种说法是，他离开了教区学校，成了一位牧师的家庭教师，在这位牧师的帮助下，他进入了圣约翰学院。那时他二十五岁，正是上大学的年纪。他高大强壮，样貌英俊，充满自信。他靠着奖学金、两份助学金和执教挣到的钱维持生活。二十九岁时他取得了学士学位，在英国国教担任圣职。如果卫理公会的牧师真的资助他去了剑桥，他们一定会觉得这是一笔不划算的投资。

在剑桥大学读书时，帕特里克·勃朗蒂（他的姓氏在录取名单上是这么写的）把姓改成了"勃朗特（Bronte）"，后来才加上了重音符，变成了"帕特里克· 勃朗特（Patrick Brontë）"。他被任命为埃塞克斯郡的威瑟斯菲尔德的助理，并在那里与玛丽·伯德小姐相爱。伯德小姐那时十八岁，虽然不是家财万贯，但也算得上富足。他们订婚了，但勃朗特先生抛弃了她。人们认为，在了解自己的优势之后，他认为自己能找到更合适的结婚对象。玛丽·伯德伤心欲绝。勃朗特先生的行为在教区引起了许多尖锐的评论，因此他离开了威瑟斯菲尔德，去了什罗普郡的惠灵顿担任助理牧师。几个月后，他又去了约克郡的哈特谢德，在那里遇见了一位三十岁的平凡女子，她叫玛丽亚·布兰韦尔。她出生于一个体面的中产阶级家庭，一年有五十英镑的收入。帕特里克·勃朗特三十五岁了，也许他认为尽管自己长相英俊，爱尔兰口音也很讨人喜欢，但理想中的妻子也不过如此了。于是他们在1812年结婚。还在哈特谢德的时候，勃朗特太太就生下了两个孩子，一个叫玛丽亚，一个叫伊丽莎白。没过多久，勃朗特先生又去另一个地方当了助理牧师，这次是在布拉德福德附近，勃朗特太太在这里又生了四个孩子，分别叫作夏洛蒂、帕特里克·布兰韦尔、艾米莉和安妮。结婚前一年，勃朗特先生自费出版了一部《乡村诗集》，一年后又出版了一部名为《乡村吟游诗人》的作品。住在布拉德福德附近时，他写了一本叫作《林中小屋》的小说。读过这些作品的人都认为它们乏善可陈。1820年，勃朗特先生被任命为约克郡霍沃思村的"终身助理牧师"，直到去世一直住在那里。也许他实现了自己的野心，已经心满意足了。自从离开爱尔兰之后，他就从未回去看望过自己的父母和兄弟姐妹；但母亲在世的时候，他每年都会给她寄去二十英镑。

　　1821年，玛丽亚·勃朗特在结婚九年后因为癌症去世。那位鳏夫说服自己的小姨子伊丽莎白·布兰韦尔离开彭赞斯，来帮忙照顾六个孩子。他还想再婚，于是找时机给伯德太太（十四年前他深深伤害过的那个女孩的母亲）写了封信，询问她的女儿是否还是单身。几个星期后，他收到了回信，随即给玛丽本人写了信。他的信实在是不堪入目，表现出一副扬扬得意、自以为是、虚情假意的样子。他厚颜无耻地说自己对她旧情复燃，迫不及待想要见她一面，其实这是在向她求婚。她的回信很伤人，但他没有退缩，紧接着又写了一封信，直言不讳地告诉她："随便你怎么说，也随便你怎么想，但我毫不怀疑，要是你跟我在一起的话，一定比单身更加幸福。"（他故意用了斜体）被玛丽·伯德拒绝后，他换了个目标。但他没有想到，一个带着六个年幼孩子的鳏夫，根本没有吸引力。

他还向伊丽莎白·弗里斯小姐求了婚，在布拉德福德附近当助理牧师的时候他们就认识了，但她也拒绝了。后来他觉得这件事是白费力气，于是放弃了这个想法。但是不管怎么说，有伊丽莎白·布兰韦尔在那里帮他照料家事、照顾孩子，也是一件值得庆幸的事。

霍沃思牧师的家坐落在陡峭的山头上，那是一座外墙是褐色沙石的小房子，房屋前后都有一小块花园，左右两边是墓地。为勃朗特一家写传记的作家认为这样的居住环境过于阴郁，对于医生来说也许的确如此，但牧师也许认为这个环境能够启迪思想、慰藉心灵。无论如何，这个牧师家庭已经习惯了这样的居住环境，就像卡普里岛的渔夫一样，不会注意维苏威火山或是夕阳下的伊斯基亚。

这幢住宅很大，一楼有一间客厅、一间书房、厨房和储藏室，楼上有四间卧室和一间大厅。除了客厅和书房，其他房间都没有地毯，窗户上也没有窗帘，因为勃朗特先生最怕火。楼梯和地板都是石头做的，冬天的时候又冷又潮；布兰韦尔小姐害怕着凉，总是穿着木鞋。屋外有一条小径通向沼泽。也许传记作者都没有意识到，为了渲染凄苦的氛围，他们笔下的霍沃思总是一副破败荒凉、寒冷沉闷的景象。其实没那么糟，冬季的冷空气让人精神抖擞，草地、沼泽和树林都被涂上了柔和的色彩，有时还能看见蓝天和明媚的阳光。有一天我去霍沃思走访，整个村子都沐浴在银灰色的雾霭中，从远处只能看见模糊的轮廓，显得十分神秘。叶子掉光的树有着特殊的美感，像是日本画。道路两旁的山楂树篱上闪着白色的霜。艾米莉的诗歌和《呼啸山庄》告诉人们，荒野上的春天是多么令人激动，夏天有多么美丽多姿。

勃朗特先生常在荒野里散步。晚年时，他吹嘘自己一天能走四十英里。以前还在做助理牧师的时候，他很擅长交际，喜欢参加聚会和应酬。现在他变得有些不同了，除了附近的牧师有时会下山来喝一杯茶，他只会见教会委员和教区居民。如果有人找他帮忙，他就过去，但不怎么和其他人来往。他出身于一个穷困的爱尔兰农民家庭，却不让自己的孩子与村里的孩子一起玩。孩子们不得不坐在一楼寒冷的大厅里读书，那里是他们的书房。父亲心情不好时总是一声不吭，为了不打扰到父亲，他们只能低声说话。他上午给他们上课，布兰韦尔小姐教他们缝纫和做家务。

妻子在世时，勃朗特先生消化不良，所以终身保持在书房用餐。艾米莉曾在日记里写道："我们晚餐吃煮牛肉、萝卜、土豆和苹果布丁。"1846年，夏洛蒂从曼彻斯特写信说："爸爸只能吃普通的牛羊肉、茶、面包和黄油。"这个食谱似乎并不适合一个慢性消化不良的患者。我的看法是，勃朗特先生不喜欢被孩子们打扰，所以才单独吃饭。他每晚八点做家庭祷告；九点锁上前门；经过孩子们的房间时，会提醒他们不要睡得太晚；楼梯上到一半的时候，会停下来给钟上发条。

加斯克尔太太认识勃朗特先生很多年了，她觉得他是个自私暴躁的人。夏洛蒂的一位好友玛丽·泰勒曾在信中说："我一想到夏洛蒂为这个自私的老头做出了这么大的牺牲，气就不打一处来。"最近有些人想要粉饰他，但再怎么粉饰，也无法掩盖他给玛丽·伯德写信的恶劣态度。克莱门特·肖特在《勃朗特一家和他们的朋友》一书中刊载了这些信件。当他的助理牧师向夏洛蒂求婚时，他的所作所为也同样无法被掩盖，这件事我稍后再说。加斯克尔太太写道："勃朗特夫人的女仆跟我说，有一天，孩子们在荒野上，突然下起雨了，她担心孩子们会淋湿，翻出了朋友送她的几双彩色靴子。她把这几双靴子放在厨房的炉火边，但孩子们回来的时候，靴子已经不见了，只留下一股强烈的皮革烧焦的气味。原来是勃朗特先生回来后看到了这些靴子，觉得它们过于鲜艳和奢侈，于是把它们扔进了炉子。任何不符合他喜好的东西，他都容不下。很久以前，有人送给勃朗特夫人一件丝绸礼服，无论是式样、颜色还是材料，都和勃朗特先生一贯的礼节规范相悖，结果勃朗特夫人从没穿过这件衣服。她将礼服珍藏在抽屉里，常年锁着。有一天，她听到勃朗特先生上楼的声音，突然想起来自己没把钥匙藏好，便有一种不祥的预感，急急忙忙地跑上楼，发现礼服已经被撕成碎片了。"她的女仆讲了另一件事："有一次，他把壁炉前的地毯塞进炉子里，地毯被烧得干瘪，再也不能使用，屋子里充满了怪味。还有一次，他找来了几把椅子，把椅背全都锯掉，椅子变成了板凳。"勃朗特先生声称这些故事都是假的，但他专横是不争的事实。我曾怀疑勃朗特先生的性格是否源于他对生活的失望。他和许多出身卑微的人一样，为了超越自己所在的阶层和获得教育，付出了艰苦的努力。他有时会高估自己的能力，他对自己英俊的外表很自豪，但没能在文学上取得成功。当他发现自己与逆境抗争了那么多年，却只换来约克郡荒野的永久助理牧师的职位，那也难怪他会感到如此痛苦。

人们夸大了勃朗特的孤独，才华横溢的姐妹们似乎对这样的生活还算满意。说实在的，如果她们想到自己父亲的出身，就会觉得自己还算幸运。全英国牧师的女儿们都和她们一样，过着这样与世隔绝、经济拮据的生活。勃朗特一家也有住得很近的邻居，他们也与乡绅、磨坊主和小制造商来往。就算他们离群索居，那也是他们自己的选择。他们算不上富裕，但也不贫穷。牧师的职务为勃朗特先生提供了一座房子，他每年有二百英镑的收入，妻子每年也有五十英镑，在她死后，应该由勃朗特先生继承。伊丽莎白·布兰韦尔搬到霍沃思来的时候，也带来了每年五十英镑的收入。一家人每年有三百英镑，购买力相当于现在的一千二百英镑。就算加上要交的税，如今的许多牧师也会觉得这是一笔可观的收入。对于现在的牧师妻子来说，家里请得起一个女仆就谢天谢地了，而勃朗特家里有两个女仆，事情多得忙不过来的时候，还会从村子里请人来帮忙。

1824年，勃朗特先生让年长的四个女儿去了科恩桥的一所学校读书，这是专门为贫穷牧师的女儿们开设的学校。这里的环境不太卫生，食物很糟糕，管理者也很无能。两个较大的女儿在这里去世了，夏洛蒂和艾米莉的身体也受到了影响；不过奇怪的是，她们又在学校待了一个学期才离开。后来由姨妈辅导她们学习。比起三个女儿，勃朗特先生更偏爱自己的儿子。帕特里克·布兰韦尔被看作是家里最聪明的孩子，勃朗特先生没有送他去上学，而是让他在家自学。这个男孩天赋过人，讨人喜欢。他的朋友F. H. 格伦迪是这样描述他的："他的小个子是他一辈子最痛苦的事。他为了让自己看起来高一点，梳了一头高高的红发。他那个巨大饱满、充满智慧的脑门儿几乎占了整张脸的一半。一双雪貂似的眼睛深陷在眼窝中，藏在眼镜后面。他的鼻子很挺。下半张脸就比较普通了。他总是一副垂头丧气的样子，除了偶尔朝某处快速地瞥一眼，几乎没什么变化。他身材很瘦小，第一眼看上去不算讨喜。"他有些才华，姐姐们都很钦佩他，希望他将来能成大器。他的口才很好，十分健谈，也许他的社交天赋和令人愉快的谈吐是遗传自某位爱尔兰祖先，因为他的父亲有些沉默寡言。要是一位孤单的旅客打算在黑牛旅馆过夜，老板就会问他："先生，你想找人喝一杯吗？如果想的话，那我去把帕特里克叫来。"布兰韦尔很乐意做这种事。我还要补充一件事，几年后，夏洛蒂·勃朗特出名了，有人向旅馆老板打听这件事，但他却说道："根本不用特意去找布兰韦尔。"现在的黑牛旅馆中还有一个摆了几张温莎椅的房间，那就是布兰韦尔和朋友们喝酒的地方。

夏洛蒂在十六岁时又回到了学校，这次去的是罗黑德学校，她在那里生活得很开心。一年后，她再次回到了家，辅导两个妹妹学习。虽然我之前说过，这个家庭并不像人们说的那么穷，但家里的姑娘也没什么好期待的。如果勃朗特先生去世，那么他的养老金将会被停发，而布兰韦尔小姐仅有的一些钱也将全部留给她喜欢的外甥。于是姐妹们想，只有努力去成为家庭教师或是学校女教师才行。对于当时那些自认为是淑女的人来说，这是唯一可行的职业。布兰韦尔这时已经十八岁了，他面临着职业选择。他和姐姐们一样，拥有绘画天赋，渴望成为一名画家，于是他决定去伦敦的皇家美术院学习。可他把时间都花在了观光游览上，没过多久便回到了霍沃思。他还尝试过写作，但也没有成功。随后他让父亲给自己在布拉德福德建了个画室，他想靠给当地人画肖像来谋生；这条路也行不通，于是勃朗特先生就让他回家了。后来他成了巴罗内弗内斯镇的波斯尔思韦特先生的教师，他在那里干得似乎还不错。但不知道为什么，六个月后，勃朗特先生就将他带回了霍沃思。不久后，他又找到了一份在利兹和曼彻斯特铁路线上的索尔比桥站当办事员的差事，后来又去了卢登福德车站工作。这里的工作很无聊，他经常酗酒，因严重失职被解雇。同时，在1835年，夏洛蒂回到了罗黑德当老师，艾米莉成了她的学生。但艾米莉因为过于想家而生病了，只好被送回家，于是性格更沉着顺从的安妮就代替她去了学校。夏洛蒂在那里工作了三年，最后因为身体不好也回家了。

　　这时夏洛蒂二十二岁。布兰韦尔花钱太多，让家里人发愁。夏洛蒂刚一康复，就打算去找一份家庭教师的工作。她并不喜欢当老师，和父亲一样，她们几个姐妹都不喜欢孩子。她曾在信中说："拒绝孩子们的过分亲近对我来说实在太难了。"她讨厌寄人篱下的生活，时刻担心被别人轻视。从她的信中可以看出，她并不好相处，雇主让她做一些理所应当的事，她却觉得这是在额外帮他们。她三个月后就离开了。大约在两年后，她又在布拉德福德附近的怀特夫妇家当家庭教师。夏洛蒂觉得他们不够优雅，"简直不敢相信怀特太太是一个税务官的女儿，我能肯定怀特先生的出身一定很低"。她在这里的日子过得相当不错，但她在写给好友的一封信中说："只有我自己才知道，家庭教师的生活对我来说有多么痛苦，因为除了我自己，没人知道我有多么厌恶这份工作。"她很早以前就打算和妹妹们一起开办学校,如今又提起了这件事。善良正派的怀特夫妇鼓励了她,但也提出了建议:想取得成功必须具备一定的资质。她虽然看得懂法语,但不会发音,也不懂德语,于是她决心出国学习语言。她说服了布兰韦尔小姐出钱,于是夏洛蒂和艾米莉动身去了布鲁塞尔,由勃朗特先生护送她们。二十六岁的夏洛蒂和二十二岁的艾米莉成为黑格尔寄宿学校的学生。十个月之后,由于布兰韦尔小姐病重,她们被召回了英国。很快,布兰韦尔小姐去世了。帕特里克由于行为不端被剥夺了继承权,姨妈仅有的一笔钱都留给了外甥女们。这笔钱已经够她们创办一所自己的学校了。考虑到她们的父亲年纪大了,视力也不好,于是她们决定把学校办在自己家里。夏洛蒂觉得自己的能力还不够,所以接受了黑格尔先生的邀请,回到了布鲁塞尔教授英语。她在那里工作了一年,回到霍沃思之后,三姐妹开始招生,夏洛蒂还给朋友写信,要他们帮自己的学校做宣传。牧师住宅里只有四个房间,都是她们自己住的。至于怎么安排学生住宿,她们也不用操心,因为根本没有学生来。

2

勃朗特姐妹从小就开始断断续续地写作,1846年,三人以柯勒、埃利斯和阿克顿·贝尔为笔名自费出版了一本诗集。出版这本诗集花费了五十英镑,但只卖出去了两本。她们每个人都创作了一部小说,夏洛蒂(柯勒·贝尔)的书是《教师》,艾米莉(埃利斯·贝尔）的书叫作《呼啸山庄》，安妮（阿克顿·贝尔）的书是《阿格尼丝·格雷》，她们接二连三地遭到了出版商的拒绝。后来，史密斯·埃尔德公司给夏洛蒂回信了，他们希望她创作一部篇幅更长的小说。这时她快要完成《简·爱》了，不出一个月就能寄给出版商，他们同意出版这部作品。艾米莉和安妮的小说最终也获得了纽比出版社的认可，但"开出的条件对两位作者来说有些过分"。在夏洛蒂把《简·爱》寄给史密斯·埃尔德公司前，这两本书就已经校对完了。尽管《简·爱》收到的评价并不好，但它深受读者的喜爱，成了畅销书。因此，纽比先生想让读者相信《呼啸山庄》和《艾格尼丝·格雷》是出自《简·爱》的作者之手，于是他把三本书作为合集出版。然而，这些作品并没有给读者留下深刻的印象，许多评论家认为这是科勒·贝尔早期不成熟的作品。经过旁人的劝说，勃朗特先生同意阅读《简·爱》。读完之后，他在喝完茶进来的时候说道："姑娘们，你们知道夏洛蒂一直在写一本书吗？而且写得相当不错。"

布兰韦尔小姐去世后，安妮在索普格林给罗宾逊太太的孩子当家庭教师，温柔可爱的她比暴躁易怒的夏洛蒂更容易相处。她对自己的现状并不满意，回霍沃思参加姨妈的葬礼后，她带着在家游手好闲的帕特里克·布兰韦尔去了索普格林，给罗宾逊太太的儿子当家教。埃德蒙·罗宾逊先生是一位富有的牧师，他年纪大了，又生着病，妻子却很年轻。布兰韦尔虽然要比她小十七岁，但却爱上了她。他们的关系很复杂，但无论如何，他们最后都被发现了。布兰韦尔只好收拾东西走人，罗宾逊先生命令他"永远不许再与孩子的母亲见面,再也不许踏进她的家门半步,永远不许再与她谈话或给她写信"。布兰韦尔"暴跳如雷、怒气冲冲地赌咒发誓,说自己没有她活不下去,对着选择要留在丈夫身边的她大声哭喊,还祈祷让这位病人快点死去,好成全他们的爱情"。布兰韦尔总是酗酒,后来甚至开始吸食鸦片。但他好像一直和罗宾逊夫人保持着联系,而且在他被解雇的几个月后,他们似乎还在哈罗盖特见过面。"据说她舍弃了自己的尊严,提出私奔,还是布兰韦尔提出再等等。"这话只可能出自布兰韦尔之口,所以不太可能是真的,我们可以把这些话看作是一个年轻人的愚蠢想象。有一天,他得知了罗宾逊先生的死讯,于是"他就像疯了一样,在教堂院子里翩翩起舞,他深深地爱着这个女人",有人这样告诉艾米莉的传记作家玛丽·罗宾逊。

"第二天,他早早地起来,精心打扮了一番,准备要出门。但他还没从霍沃思动身,就有两个人骑着马从乡村驿站赶来,他们是来接布兰韦尔的。等他兴冲冲到了地方,其中一人下了马,同他一起走进了黑牛旅馆。"那个人捎来了罗宾逊夫人的一封信,乞求他不要再靠近自己,因为如果他们继续见面,她就会失去所有的财产和孩子的抚养权。这也是布兰韦尔说的,但这封信从未出版过,也没有在罗宾逊先生的遗嘱中发现过这样的条款。我们不知道真假,唯一可以肯定的是,罗宾逊太太想让他离开自己。也许她是为了给他留个面子而编了一个借口。勃朗特一家确信她是布兰韦尔的情妇,还把他后来的种种行为归罪于她的影响。也许她的确是他的情妇,但他可能只是和许多男人一样,把一件没有结果的事情拿来吹嘘。就算她真的短暂地迷恋过布兰韦尔,她也没有嫁给他的理由。后来,布兰韦尔一直酗酒,直到去世。当他知道自己的生命快要结束时,一位在他病重时照顾过他的人对加斯克尔太太说,他执意要站着死。他只在床上躺了一天。夏洛蒂十分难过,不得不离开;但他的父亲、艾米莉和安妮一直在旁边看着。他艰难地站了起来,不到二十分钟就去世了。他如愿了。

在他死后的一个星期里,艾米莉一直都没有出过门。她感冒了,一直咳嗽,病情越来越糟。夏洛蒂给艾伦·努西写信说道:"我担心她的胸口会痛,有时她走得快一些,我都能感觉到她呼吸不过来。她看起来十分瘦弱、脸色苍白;问她也无济于事,因为她不会回答,她沉默寡言的性子真令我心神不安。让她去看病她也不听。"一两周后,夏洛蒂写信给另一位朋友:"我很希望艾米莉今晚能好受些,可她病得太重了。她一声不吭,不寻求帮助也不接受别人的同情。不管提出什么问题,或是提供任何帮助,都只会让她恼怒。面对疾病和痛苦,她一步也不退缩,也不放弃任何一项爱好。你只能看着她做那些不适合她做的事,一句话都不敢说……"一天早上,艾米莉像往常一样开始做针线活儿,她的呼吸十分急促,目光有些呆滞,可手中的活儿还没停下来。她的症状越来越严重,终于肯叫人去请一位医生来,但已经太晚了。下午两点,她就去世了。

夏洛蒂正在写另一部小说《雪莉》,但她不得不先去照顾安妮。安妮当时感染了急性肺结核,布兰韦尔和艾米莉就是因为这个病去世的。艾米莉死后不到五个月,安妮这个温柔的姑娘也因病去世了,这本书也是在那时才创作完成的。1849年和1850年,夏洛蒂去了伦敦,在那里受到了人们的尊崇。有人把她介绍给了萨克雷,乔治·里奇蒙还给她画了像。史密斯公司一位名叫詹姆斯·泰勒的员工(她说此人是一个严肃且苛刻的小个子)还向她求婚了,不过被她拒绝了。在这之前她还拒绝过两位牧师的求婚。还有两三个她父亲或是邻近牧师的助理牧师也对她表露过明显的好感。但艾米莉劝退了这些追求者(她姐姐说她是个专家,因为她应付这些人很有一套)。再加上父亲也不同意,于是都不了了之。夏洛蒂最终嫁给了父亲的一位助理牧师,名字叫阿瑟·尼科尔斯。他于1844年来到了霍沃思。那一年,夏洛蒂写信给埃伦·纳西,信中提到了他:"我这辈子都看不出你发现的那些优点,印象最深刻的就是他的狭隘。"几年后,她把他加进了自己最看不起的助理牧师之列。"他们觉得我是个老姑娘,我觉得他们这些人才是这个世界上最无趣、最狭隘、最讨人厌的臭男人。"尼科尔斯先生是爱尔兰人,休假的时候会回爱尔兰。夏洛蒂照常写信给朋友:"尼科尔斯先生还没回来,我很遗憾地说,许多教民希望他不要大费周章地跨海峡回来了。"

1852年,夏洛蒂给埃伦·纳西写了一封长信,随信附上了来自尼科尔斯先生的一封信,她写道:"我心底深深地焦虑着……""我不会去问爸爸看到了什么或是听到了什么,但我能猜得到。他不悦地察觉到,尼科尔斯先生情绪低落,身体不好,还说要搬到国外去。但他对此却丝毫不同情,甚至还冷嘲热讽。星期一晚上,尼科尔斯先生过来喝茶,我没有看清,但隐隐约约地感觉到了,有时我不用看就感觉得到，他持续投来的目光，以及他不寻常的极度克制里蕴含的深意。喝完茶之后，我像往常一样回到餐厅，尼科尔斯先生也像平常一样在客厅，和爸爸从八点待到九点。我听到客厅的门开了，好像他要离开了。我正等着前门关闭的声音，但他在走廊停了下来，敲了敲门，后来将要发生的事情就像闪电一样出现在我脑海里。他走了进来，站在我面前，你能猜到他说的话，但你搞不懂他的举止，我永远都忘不掉他的样子。他脸色苍白，声音低沉，从头到脚都在颤抖，说起话来十分艰难。他让我第一次觉得，一个男人在心里没底的情况下表白时，需要付出多大的代价。

"平常像尊雕像一样一动不动，如今却颤抖又激动，一副慌张的样子，这番景象着实让我大为震惊。他说自己忍受了几个月，无法继续忍受，只想一走了之。我只能请他先离开，答应在第二天给他答复。我问他是否和爸爸谈过此事，他说他不敢。我把他送出了房门。在他走后，我立刻去找爸爸，把这件事告诉了他。一阵出人意料的激动和愤怒随即爆发了。如果我爱着尼科尔斯先生的话，听到父亲冲着他说的这些话，我就会难以忍受。事实上，我的热血开始沸腾，感到十分不公平；但是爸爸已经听不进我的话了，他太阳穴上的青筋像编绳一样暴起，他的眼里突然布满血丝。于是我急忙答应，明天一定会明确地拒绝尼科尔斯先生。"

三天后，夏洛蒂写了一封信："你想知道爸爸在尼科尔斯先生面前有多失态吗？我真希望你能亲眼看看他当时的样子，这样你就知道他是个什么人了。他对尼科尔斯先生十分苛刻，可以说是彻头彻尾的轻蔑。两人至今没有当面谈过，所有讨论都在信上进行。

我必须要说，爸爸在星期三给尼科尔斯先生写了一封残忍至极的信。"她接着说，父亲认为"他实在是太穷了，这样的结合是在贬低自己的身份，我这是在自讨苦吃，如果我要结婚的话，他希望我能找个不一样的人"。事实上，勃朗特先生的表现和几年前对待玛丽·伯德时一样糟糕。勃朗特先生和尼科尔斯先生之间的关系变得十分紧张。没过多久，尼科尔斯先生就辞去了助理牧师一职，但是在霍沃思接替他的人也没有让勃朗特先生省心。面对勃朗特先生的抱怨，夏洛蒂也不耐烦了，说他这是自作自受。只要他让夏洛蒂嫁给尼科尔斯先生，一切都会迎刃而解。爸爸还是"非常反对，极力阻拦"，但她见到了尼科尔斯先生，还与他保持联系。后来他们订婚了，并于1854年结婚。那时她三十八岁，九个月后，她因为难产而去世。

牧师帕特里克·勃朗特在埋葬了自己的妻子、妹妹和四个孩子之后，只得一个人孤零零地用晚餐了。他趁着身子还好，便尽可能地在草地上行走。他阅读报纸、布道，睡觉前给钟上好发条。有一张他年老时期的照片：穿着黑色西装，脖子上戴着一条巨大的白领巾，头发剪得很短，眉毛浓密，鼻子直挺，嘴巴紧闭，眼镜后面是一双怒目。他在霍沃思去世，享年八十四岁。

3

写这一章的时候，我说了很多关于艾米莉的父亲、弟弟、夏洛蒂的事情，甚至比说她本人的事情都要多，这么做是有道理的。

因为在描写这个家庭的书中，他们也是出现最频繁的人物。安妮和艾米莉几乎没怎么提到。安妮是个温柔漂亮的小姑娘，但她微不足道，才华也算不上出众。艾米莉很不一样，她为人古怪、神秘莫测。没有人直接见到过她，至多在池塘中看见过她的倒影。你只能从她唯一的小说、几篇诗歌和零零散散的轶事里推测出她是一个怎样的女人。她为人冷漠、性格尖锐，让人不舒服。在荒野散步的时候，她会无拘无束地放声大笑，这就更让人不自在。夏洛蒂和安妮都有要好的朋友，但艾米莉却是孤身一人。她的性格很矛盾：一方面，她严厉、独断、固执、阴沉、易怒、偏执；另一方面，她又十分虔诚、尽职尽责、勤奋刻苦、任劳任怨，她对自己爱的人耐心且温柔。

玛丽·罗宾逊形容十五岁时的她是："高个子、长手臂的女孩，发育得很好，步子矫健有力。穿上她最好的衣服时，她那苗条的身材看起来就像女王一般；而她在荒野上慵懒地漫步、吹着口哨，在崎岖的土地上大步前行的时候，看起来就有些吊儿郎当，有几分像男孩子。她是一个又高又瘦、关节松散的女孩子；她长得不丑，但五官算不上端正，粗糙的皮肤呈现苍白的色泽。她有着自然美丽的深色头发，后来她用一把梳子将头发松散地梳在脑后，看起来也十分不错。1833年，她留了鬈发，这就不太适合她了。她有一双浅褐色的美丽眼睛。"她和家人一样，也戴眼镜。她有一个鹰钩鼻，嘴巴很大，而且突出。她不追求时髦，羊腿袖的衣服都过时很久了，直筒的长裙紧紧贴着她那瘦长的身体。

她和夏洛蒂一起去了布鲁塞尔，但她讨厌这个地方。朋友们想对这两个女孩友善一些,于是邀请她们在周末和假期去自己家里玩。可她们实在太害羞了,这样的邀请反倒让她们痛苦不堪。过了一段时间,他们发现不邀请她们反而才是友好的表现。艾米莉一点都不喜欢社交,因为聊的都是琐碎的内容,只不过是出于礼貌而表示友好。艾米莉既害羞又傲慢,不敢参与其中。如果她真的厌恶社交,就一定不会打扮得这么引人注目。腼腆的人一般不喜欢表现自己。尽管她在人们面前紧张得说不出话,但也要穿着那件可笑的羊腿袖上衣,为了表示对这些平庸之辈的蔑视。

两姐妹经常在午休时一起去散步,艾米莉总是一言不发,紧紧地靠着姐姐。别人和她们说话时,总是夏洛蒂来回答,艾米莉从不和任何人说话。两姐妹比其他的女孩大几岁,她们不喜欢女孩子的吵闹、浮躁以及这个年纪特有的愚蠢。院长发现艾米莉很聪明,但又很固执,要是和她的意愿相悖,她就听不进任何道理。他还发现艾米莉是个自负、严苛的人,在夏洛蒂面前非常专横。艾米莉的性格像个男人,院长评价说:"她有着强韧且专横的意志,绝不会被逆境或困难给吓倒,她这一生从未屈服过。"

布兰韦尔小姐去世后,艾米莉回到了霍沃思,此后再也没有离开过,这对她来说也是件好事。似乎只有在这里,她才能活在幻想之中,这幻想既是她生命中的慰藉,又是对她的折磨。

艾米莉每天早晨都最先起床,在年老体弱的女仆塔比下楼之前,她就把一天里最辛苦的工作做完了。她负责烫平衣服和做饭。她把面包烤得很好,揉面团的时候,她还会瞥两眼摆在面前的书。"忙不过来的时候,她会叫一些女孩子来帮忙。她们都记得艾米莉会在身边放着一支笔和一张纸,闲下来的时候,她就会记下一些匆忙之中产生的想法,然后继续干活儿。她对这些女孩子一直很友好,有时就像男孩一样欢快活泼,讨人喜欢。"了解她的人这么评论她:"她既和蔼亲切,又有些男子气概。但陌生人面前的她十分胆小,如果屠夫的儿子或是面包师来到厨房,她就会像鸟儿一样躲进门厅,直到传来他们的鞋子踩在小路上的声音。"她不喜欢男人,甚至对自己的父亲以及他的助理牧师都不礼貌,但只有一个例外,那就是威廉·韦特曼牧师。他年轻英俊、能言善辩、幽默风趣,长相、举止和品位都有些女孩子气,勃朗特姐妹偷偷叫他"西莉亚·阿米莉娅小姐"。艾米莉和他相处得很不错,原因想必也不难猜。梅·辛克莱在自己的书《勃朗特三姐妹》中,经常用"阳刚"这个词来形容艾米莉。罗默·威尔逊在提到艾米莉的时候曾发出这样的疑惑:"孤独的父亲难道没有在她身上看到自己的影子?觉得她是这个家里除自己之外唯一的男子汉?她很早就发现了自己内心的男孩,后来又长成了男人。"据说,夏洛蒂小说里的雪莉,就是以艾米莉为原型而创作的。奇怪的是,雪莉的老家庭教师居然因为她老是把自己说成男的而责备她。这并不是女孩应该做的事,这可能是艾米莉的一个习惯。也许她的性格和行为在今天可以得到解释,但那个时代的人很难理解。那个时代的人不会公开谈论同性恋,虽然这很尴尬,但它确实存在,也一直如此。也许艾米莉自己、她的家人或是她家人的朋友(我曾说过,她一个朋友也没有),从来不知道为什么她会这么奇怪。

　　加斯克尔太太并不喜欢她。有人告诉过她"艾米莉从来没有尊敬过任何人，她所有的爱心都留给了动物"，她喜欢小动物的野性和桀骜不驯。她得到了一只叫作"基珀"的斗牛犬，加斯克尔太太讲了一个关于它的奇怪的故事："它和朋友待在一起时，就会展现出忠实的本性；但要是用棍子或者鞭子打它，它残忍的一面就会被唤起，立刻向那人的喉咙扑去，死死抓住不放，直到那人快要咽气。它还有一个毛病，就是喜欢偷偷地上楼，在柔软舒适、刚铺上白色床单的床上伸展它那结实的黄褐色四肢。但牧师住宅布置得干净整洁，这个坏习惯令人十分反感。听到了塔比的抱怨之后，艾米莉表示，要是它还敢再犯，就狠狠地揍它一顿，打得它再也不敢犯了。在一个秋日的黄昏，塔比既得意又害怕，带着愤怒来了。她告诉艾米莉，基珀正躺在家里最好的床上睡觉。艾米莉脸色惨白，双唇紧闭；夏洛蒂不敢说话。艾米莉出现这种表情时，没人敢和她说话。艾米莉上了楼，塔比和夏洛蒂站在楼下阴暗的过道上，天快要黑了，过道上布满了黑色的影子。过了一会儿，艾米莉拖着满脸委屈的基珀走下来。基珀的脖子被紧紧抓住，但它一直发出低沉蛮横的怒吼，并用后腿拖着地板。旁观的人本想说些什么，但却一句话都不敢说，她们怕打扰到艾米莉。艾米莉将它放到了楼梯底下黑暗的角落里；为了防止基珀反抗，她没有去拿棍棒，而是直接打向它的眼睛，嘴里还吐出几句脏话。她'惩罚'了它，它的眼睛肿了起来。这个被打得神志不清的狗被带到自己的狗窝，由艾米莉亲自照顾它那肿起来的脑袋。"

夏洛蒂是这么描述艾米莉的："她是一个冷酷又精力充沛的人，如果她不像我想象的那么温顺随和、开诚布公，我就必须记住,并不是所有人都是完美的。"艾米莉的脾气很不稳定,姐妹们好像都很怕她。从夏洛蒂的信中可以看出,她常常被艾米莉搞得又糊涂又生气。显然,她不知道《呼啸山庄》这本书是怎么创作出来的,也不知道自己的妹妹居然写出了一本构思如此独特的作品;和这本书相比,她自己的作品只能算平庸。她对此感到十分抱歉。当有人提议重新出版这本书的时候,她答应担任此书的编辑。"我强迫自己再次从头到尾读一遍这本书,这是妹妹死后我第一次翻开此书,"她写道,"书中蕴含的力量让我再次肃然起敬,但也让我深感压抑,读者几乎无法从中领略纯粹的愉悦,每一束阳光都从后面密布的乌云中倾泻而下,每一页都充斥着强烈的紧张情绪,而作者对此却一无所知。"她还写道:"如果有人朗读她的手稿,听众会被如此残忍无情、毫不妥协的人物和他们迷茫堕落的灵魂吓得战栗;如果有人抱怨被可怕的场景吓得夜不能寐,心神不宁,埃利斯·贝尔一定会觉得这些人是在无病呻吟。要是她还活着的话,她的思想一定会长成一棵枝繁叶茂的大树,还会开出灿烂的花朵,结出馥郁成熟的果子。但只有时间和经验才能对她的思想产生影响,因为她根本听不进其他人的建议。"人们认为,夏洛蒂从来不了解自己的妹妹。

4

《呼啸山庄》是一部非凡的作品。小说的写作风格、思想观念和道德观能反映时代的特点。大卫·科波菲尔年轻时可能写过

《简·爱》这样的小说（尽管天赋稍逊），阿瑟·潘登尼斯也许写过《维莱特》这样的作品（尽管劳拉的影响会让他避开赤裸裸的性爱描写，但这给夏洛蒂·勃朗特的作品平添了几分辛辣）。《呼啸山庄》却和其他的作品不同。这是一部最糟的作品，也是一部伟大的作品；这是一部丑陋不堪的作品，也是一部富有美感的作品。这部作品既让人恐惧、痛苦，又让人充满力量和激情。有人认为一个牧师的女儿，过着单调乏味、退隐在家的生活，根本不认识几个人，也没见过什么世面，绝不可能写出这样的作品。但《呼啸山庄》是一部纯粹的浪漫主义作品。如今，浪漫主义者不再耐心地观察现实，他们醉心于漫无边际的想象，时而热情，时而忧郁，沉浸在恐惧、神秘、激情和暴力的想象之中。结合艾米莉·勃朗特的性格，以及她所表现出来的强烈的、被压抑的情绪，《呼啸山庄》正是她能创作出来的作品。但从表面上来看，这本书更像是她那个轻浮的哥哥布兰韦尔写的，有的人相信，此书的部分内容或全部内容是由他写成的。其中一个叫弗朗西斯·格兰迪的人曾说："帕特里克·勃朗特曾告诉过我，他写了《呼啸山庄》的大部分内容，他姐姐的话也证实了这一说法。以前我们一起在卢登福德散步的时候，他常常给我讲一些病态天才的奇异幻想，如今这些故事出现在了这部小说中，所以比起他的妹妹，我更愿意相信这些情节是他创作的。"有一次，布兰韦尔的两个朋友——迪尔登和莱兰，约他在通往奇利的路上的一家旅店见面，互相朗诵他们文采斐然的诗作；二十年后，迪尔登给哈利法克斯的《卫报》写道："我读完《恶魔女王》的第一幕，在布兰韦尔把手伸进帽子里的时候——他通常把自己的即兴创作藏在那里——他以为自己的诗稿就放在里面,但他发现自己拿出的是用来练笔的'小说'。正当他气恼地准备把手稿放回帽子的时候,我们恳切地要求他读一读,好奇他能写出什么样的小说。犹豫了一会儿之后,他终于答应了我们的要求。我们聚精会神地听了大约一小时,他每读完一页纸,就把手稿扔进帽子。读到某句话的中间的时候,故事突然中断了,于是他又亲口给我们讲了之后发生的情节,以及作品中人物原型的名字,由于其中一些人尚在世,我不便将他们公之于众。他说他还没有确定这本书的名字,也担心遇不到一位有勇气出版这部作品的出版商。布兰韦尔给我们读的一些片段和场景,以及书中的人物(就目前为止),都和《呼啸山庄》一模一样,而夏洛蒂却自信地断定是她妹妹艾米莉的创作。"

  这或许是一派胡言,或许就是事实。夏洛蒂看不起自己的弟弟,在基督教允许的范围内憎恨他。众所周知,基督教允许人们坦诚仇恨,所以夏洛蒂的话是不可信的;她可能会像很多人一样,只相信自己愿意相信的。但布兰韦尔的友人讲得很详细,如果没有什么特殊的原因,编造这样的一个故事实属奇怪。这要怎么解释呢?对此并没有解释。有人说是布兰韦尔创作了前四章,后来他就开始酗酒和吸毒,放弃了创作,让艾米莉接手了这部作品。有人说后面几章的写作风格要比前面几章更为矫揉造作,我觉得这个观点是站不住脚的。如果说后面几章在写作上略显夸张,也是因为艾米莉想要证明洛克伍德是一个愚蠢自大的人。我毫不怀疑《呼啸山庄》是由艾米莉独自创作完成的。

不得不说，这本书写得很糟糕。勃朗特姐妹的文笔一般。作为家庭教师，她们写作的风格过于迂腐浮夸，对此有人还生造了litératise这个词来形容她们的文风。故事的主要部分是由迪恩夫人讲述的，她是约克郡的一名女仆，就像勃朗特家的塔比一样。尽管对话的方式更适合讲故事，但人物的语言并不自然。举一个典型的例子："我屡次强调那次背叛（如果应该说得这么严重的话）一定是最后一次了，以此来消解人们的不安。"艾米莉·勃朗特似乎意识到这样的语言是不合适的。艾米莉为了辩解，于是说迪恩夫人在干活儿的空隙中读了几本书；但即便是这样，她的矫揉造作仍然令人震惊。她并不是"读一封信"，而是"研读书卷"；不是寄一封"信"，而要说成"信函"；不是"走出一个房间"，而是"离开一间厢房"；她将"一天的工作"称为"日间职业"；把"开始"说成是"着手"；人们不是在"喊叫"，而是"喧嚷"；不是"听见"，而是"聆听"。这位牧师的女儿努力地模仿淑女，但结果却是装腔作势，令人悲哀。然而，人们并不指望《呼啸山庄》的语言有多么优雅，文辞优美也不见得是好事。就像佛兰德斯画派早期的一幅埋葬耶稣的图画，画中人物骨瘦如柴，脸上流露出痛苦的表情；他们身姿僵硬、姿态笨拙，似乎渲染了这一画面的恐怖，增添了几分真实的残忍。对于同样的场景，提香的描绘就更为优美，相比之下这幅画面就更显得辛酸和悲惨。因此，粗糙的语言也能为故事情节增添几分激情。

《呼啸山庄》的结构不太合理，这并不奇怪，因为这是艾米莉·勃朗特的第一部作品，而且这是一个涉及两代人的复杂故事。

作者必须把两组人物和两组事件结合起来，还必须平衡两者的描写。这样做非常困难，艾米莉的尝试失败了。凯瑟琳·厄恩肖死后，小说的力量有所减弱，直到小说结尾才出现了一些富于想象的内容。小凯瑟琳这个人物刻画得也不尽如人意，艾米莉·勃朗特似乎不知道如何塑造这个人物。显然不能让她和凯瑟琳一样热情独立，不能让她和父亲一样软弱愚蠢，也不能让读者对她产生同情，因为她从小就被宠坏了，愚蠢任性，十分无礼。我们无从得知是什么让她一步步地爱上了年轻的哈里顿。哈里顿的人物形象很模糊，除了性格阴沉、相貌英俊，我们对他所知甚少。我在想，为了让读者能全面理解故事情节，艾米莉不得不将流逝的岁月压缩成一幅巨大的壁画，只看一眼就能让人一目了然。我并不认为艾米莉是故意将一个统一的故事写得零散，但我认为，她一定考虑了如何让故事连贯。也许她认为最好的办法就是让一个角色把这一连串的事件讲给另一个人听。这样讲故事很简便，她也不是第一个使用这种方法的人。但叙述者一下子讲述一连串的事情时，很难统一对话的风格，就好比描写景物一样，正常的人不会这么讲话。当然，如果文中出现了一位叙述者（迪恩太太），那就必须有一位倾听者（洛克伍德）。也许一位有经验的小说家能找到一种更好的叙述方式，但我相信，艾米莉·勃朗特还是有自己的考虑的。

除此之外，要是把她极端的性格、病态的害羞和沉默寡言的特点考虑进去，你就会觉得她采用的写作手法再正常不过了。她采取的是全知视角，譬如《米德尔马契》和《包法利夫人》就是这样写成的。但我认为，要是把这个荒诞的故事说成是自己的经历，那就违背了她那严格的道德观。而且如果她真的这么做了的话,那在希斯克利夫离开呼啸山庄时一定会就此谈谈这几年发生的事,比如在哪里上学或挣钱。但她不知道该怎么写,读者接受的理由也不合理。另一种方式是让迪恩太太给艾米莉·勃朗特讲这个故事,再用第一人称说出来。但这可能会让她和读者的距离过于密切,暴露她敏感的内心。故事一开始由洛克伍德讲述,后来再由迪恩太太转述给洛克伍德,艾米莉把自己藏在了一个双层面具的后面。勃朗特先生给加斯克尔太太讲过一个故事,有必要在这里提一下。孩子们还小的时候,他想了解他们的性格,但由于孩子们过于胆怯,看不出来,于是他让他们轮流戴上一个旧面具,在面具的保护下,他们便可以更自由地回答他提出的问题。当他问夏洛蒂世界上最好的书是什么的时候,她回答说是《圣经》;当他问艾米莉要怎么对付她那个麻烦的弟弟布兰韦尔的时候,她回答说:"跟他讲道理,要是他不听,就用鞭子抽他。"

在创作这部充满力量、狂热且骇人的作品时,艾米莉为什么要把自己隐藏起来呢?我想也许是因为她在书中展现了自己内心深处的本能。她望向内心深处的孤独之井,发现里面藏着无法言说的秘密,创作冲动让她吐露了自己的秘密。据说父亲给艾米莉讲过自己小时候在爱尔兰的故事;在比利时上学时,霍夫曼的作品又启发了她的想象力。回到牧师住宅后,她也经常坐在壁炉前的地毯上,一边抱着基珀,一边继续阅读着这些故事。我很愿意相信,在德国浪漫主义作家笔下的神秘、暴力和恐怖的故事中,她找到了能与自己激烈的性格产生共鸣的东西。但我认为,她在自己的灵魂深处看到了希斯克利夫和凯瑟琳·恩肖的影子。我想，希斯克利夫和凯瑟琳·厄恩肖都是她本人的写照。她把自己同时写成了两个角色，难道这不奇怪吗？一点也不。我们任何人都不是浑然一体的，而是多个角色共存，它们神秘莫测、形影不离。小说家的独特之处在于，他能够将这些不同的人格具体化；而可悲的是，要是人物的性格不体现在作者身上时，那么就算情节再怎么需要，作者都无法将它栩栩如生地呈现出来。这就是人们会对《呼啸山庄》里的小凯瑟琳这个角色不满意的原因。

  我认为艾米莉对希斯克利夫倾注了自己的全部，连同她剧烈的怒火、猛烈却受挫的性欲、求而不得的爱情，以及她的忌妒、对人类的蔑视和仇恨、她的残忍和施虐倾向。读者也许对这件事还有印象，为了一件小事，她就用拳头狠狠打在自己心爱的小狗的脸上，而她对这只狗的爱超过了任何人。埃伦·纳西还讲了一件怪事："她喜欢带夏洛蒂去她不敢去的地方，夏洛蒂十分害怕陌生的动物，但艾米莉很喜欢拿她的恐惧取乐，跟她说自己对它们做了什么，是怎么做的。"我想，艾米莉对凯瑟琳·厄恩肖怀有希斯克利夫那样阳刚的爱情。当她像希斯克利夫一样，践踏厄恩肖，拿他的头朝着石头撞去的时候，她笑了；当她像希斯克利夫一样，一巴掌打在凯瑟琳的脸上，不断羞辱她的时候，她也笑了，就像嘲笑夏洛蒂的胆小一样。当她伤害、辱骂和恐吓自己创造的角色时，内心会有一种解脱的快感，因为在现实生活中遭受了屈辱的是她。凯瑟琳有两张面孔，尽管她与希斯克利夫做斗争，尽管她看不起他，知道他禽兽不如，却还是全心全意地爱着他，享受着他对自己的控制。因为施虐者的性格里也有受虐的成分。凯瑟琳迷恋他的暴力和残忍。她觉得他们两个人是同类，事实也的确如此，也许他们两个都是艾米莉·勃朗特本人。"奈莉，我是希斯克利夫，"凯瑟琳喊道，"他一直在我的脑海里，他无法让我幸福，但他就是我自己。"

《呼啸山庄》也许是有史以来最古怪的爱情故事，小说中的所有恋人都始终保持着贞洁。凯瑟琳和希斯克利夫狂热地爱着彼此。而对于埃德加·林顿，凯瑟琳只能宽容（有时是气恼）地忍受。有些读者好奇，这两个人未来的生活会很贫困，但他们既然深爱着彼此，为什么不一起私奔呢？还有人好奇他们为什么没有发展成真正的情人，也许是艾米莉的成长经历让她把通奸看成是不可饶恕的罪行，也许是男女之事让她觉得恶心。我相信这两姐妹都很迷人。夏洛蒂相貌平平、皮肤蜡黄、鼻子很大，但当她还是个默默无闻、身无分文的姑娘时，就有人向她求婚了；而在那个时候，每个男人都希望妻子能给自己带来丰厚的陪嫁。美丽的容貌并不是让一个女人具备吸引力的唯一原因，事实上，倾城的美貌往往会让人畏惧。你会欣赏它，但并不会为此感动。如果一个年轻男子爱上了夏洛蒂这么一个挑三拣四的女人，那一定是因为她很性感。嫁给尼科尔斯先生的时候，夏洛蒂并不爱他，觉得他思想狭隘、固执己见、性格沉闷，看上去不太聪明。但结婚后不久，夏洛蒂就对他有了很大的改观，从她的信中可以看出，这或许是因为他们两人都变得更活泼了。有了爱情后，他的缺点也不那么显眼了。最合理的解释是她的性需求终于得到了满足。而艾米莉的性感应该也和夏洛蒂不相上下。

5

人们都好奇一部小说是从何而起的,每个小说家的第一本小说(据我们所知,艾米莉只写了一本),或多或少都包含着作者想实现的愿望,或类似于个人自传,而《呼啸山庄》纯粹是幻想的产物。在漫漫长夜中,或是当她整个夏天都躺在花丛中的时候,谁知道她的心里会有怎样的幻想呢?每位读者应该都注意到了夏洛蒂笔下的罗切斯特和艾米莉笔下的希斯克利夫有多相似。希斯克利夫没准是罗切斯特家的哪个浑小子和爱尔兰女佣在利物浦生下的私生子。他们两个人都皮肤黝黑,为人暴躁,狂热且神秘。这两个人物之所以不同,是因为两姐妹性格不同。这些角色的诞生是因为作者在满足自己迫切但受阻的性需求。但对于一个有着正常天性的女人来说,罗切斯特算得上是梦中情人,她渴望把自己交给这位专横无情的男子;但艾米莉却将自己的男子气概和暴躁脾气赋予了希斯克利夫。两姐妹笔下这两个粗鲁、难以讨好的男性的原型,应该就是她们的父亲帕特里克·勃朗特牧师。

正如我所说的,《呼啸山庄》可能完全出自艾米莉的幻想,但我并不认为事实真是如此。只有在极少数的情况下,作者脑海里才会闪过一个可行的想法,创作出一部小说,这就像流星坠落一样难得。大多数情况下都是来自于作者本人的经历,通常是情感上的经历。还有可能是别人给他讲的故事引发了他的情感共鸣,由此展开想象,完善人物和情节。很少有人知道,点燃作者的创造力的火花有多么微小,情节是多么琐碎。当你欣赏一朵仙客来时,看着它心形的叶子环绕着繁盛的花朵，漫不经心的花瓣摆出一副任性的样子，仿佛它们的生长纯属偶然。令人不可思议的是，如此妖娆的魅力、如此艳丽的色彩竟源自于一粒比针头还要小的种子。正是因为有了这样强大的"种子"，才能成长为一部不朽的作品。

在我看来，要想了解艾米莉是如何从写作《呼啸山庄》的痛苦中恢复的，只有通过阅读她的诗作，猜测她的情感历程。她写了很多诗，水平参差不齐，有些作品很平淡，有些则感人至深，还有一些可爱迷人。她最擅长的是赞美诗的韵脚，星期天时她常在霍沃思教区的教堂里吟唱，而她所采用的平庸韵脚也掩盖不住字里行间的激情。她的许多作品都收录在《贡达尔纪事》中，这是她和安妮小时候写来自娱自乐的故事，内容是一个虚构岛屿的悠久历史。成年以后，艾米莉仍在继续编写这本书，也许她发现这是一个倾诉内心苦闷的好办法。由于她天生不爱表达，因此只能通过诗歌宣泄情感。1845年，也就是她去世前三年，她创作了一首叫作《囚犯》的诗。就目前所知，她从未阅读过任何神秘主义之作，然而在这些诗句中，她所描述的神秘体验令我们很难不相信这是她的亲身经历。她所使用的语言和神秘主义者在描述与上帝分开的痛苦时完全一样：

多么骇人的支配——多么剧烈的痛苦——
当耳朵开始听见，眼睛开始看见，
当脉搏开始跳动，大脑重新思考，
灵魂感受到肉体，肉体感受到锁链。

这些诗句无疑反映了一种深刻的体验，为什么会有人把艾米莉的爱情诗看作是一种文学尝试呢？我认为这些诗歌清晰地表明她坠入了爱河，失败的爱情让她陷入了深深的痛苦。艾米莉在哈利法克斯附近的洛希尔的一间女子学校教书时创作了这几首特别的诗，十九岁的她不可能在那里遇见男性（我们都知道，她见了男人躲都躲不及），因此根据我们对她性格的推测，她很可能是爱上了女教师或女学生。这是她一生中唯一的爱情，也许是这段情感给她埋下了痛苦的种子，让她写出了这部古怪的作品。我想不出还有哪本小说能如此有力地表现出爱情中的痛苦、狂热和残忍。《呼啸山庄》有许多不足之处，但这都不重要，它们就像倒下的树干、散落的岩石、飘落的雪花一样微不足道，它们会阻碍阿尔卑斯山的河水沿着山坡汹涌而下，但绝不会让河水停止。你无法将《呼啸山庄》和其他作品相比较，只能把它比作埃尔·格列柯的伟大画作，在一片阴郁荒凉的景色中，乌云密布，雷声阵阵，几个瘦长的身影呈现扭曲的姿态，被一种异常的氛围所笼罩，无法呼吸。一道闪电划过铅灰色的天空，给画面增添了几分神秘的恐怖。

陀思妥耶夫斯基和《卡拉马佐夫兄弟》

1

费奥多尔·陀思妥耶夫斯基出生于1821年,他的父亲是莫斯科圣玛丽医院的一名外科医生,在当时是贵族。陀思妥耶夫斯基很看重贵族的身份,因而他在被定罪并被剥夺头衔时表现得十分沮丧。出狱后,他强烈要求自己的权贵朋友帮他恢复头衔。俄国的贵族与欧洲其他国家的贵族不同,一个人在政府部门有了一定的地位之后,就能获得贵族头衔,但这无法让你变成一位绅士,也不能把你和农民以及商人区分开来,陀思妥耶夫斯基的家庭当时只是白领阶层。陀思妥耶夫斯基有个严厉的父亲,为了给七个孩子提供更好的教育,他不仅放弃了奢侈享受,甚至牺牲了舒适的生活。孩子才几岁的时候,他就教导他们必须要习惯艰苦和不幸,为将来生活中的责任和义务做准备。孩子们一起在拥挤的医生宿舍里居住,他们不能单独外出，既没有零花钱，也没有任何朋友。除了医院的工作，陀思妥耶夫斯基的父亲还开了一家私人诊所。随着时间的推移，他攒下了一笔钱，在离莫斯科大概一百英里的地方购置了一处房产。从那个时候开始，陀思妥耶夫斯基的母亲就会带着孩子们去那里度过夏天，这是他们第一次尝到自由的滋味。

在陀思妥耶夫斯基十六岁时，他的母亲去世了。医生带着较大的两个儿子——米哈伊尔和费奥多尔搬到了圣彼得堡，让两个儿子在军事工程学校上学，大儿子米哈伊尔身体不好，没有被学校接受，而二儿子陀思妥耶夫斯基就这样离开了自己在乎的家人，这令他孤独又难过。父亲不愿意，或是没钱给他寄生活费；他买不起书和靴子这样的必需品，甚至连学费都付不起。安置好了两个较大的儿子之后，这位医生父亲又把三个较小的儿子交给莫斯科的姑妈，自己放弃了医生的工作，带着两个女儿回到了乡下。他开始酗酒，对孩子们很严厉。由于他恶劣地对待农奴，最后被他们杀死了。

费奥多尔当时十八岁，虽然并不热爱这份学业，但他的成绩还算不错。完成学业后，他进入作战工程部工作。算上工资和父亲留下的遗产，他每年能获得五千卢布的收入，相当于那时的三百英镑多一点。他租下了一套公寓，并对台球产生了极大的热情。他四处挥霍钱财，一年后就辞去了工作，因为工程部的工作"就像土豆一样乏味"。他大手大脚、挥霍无度，虽然他将自己逼到了绝境，但没有强大的意志力来克制自己的任性，所以直到去世的前几年，他都欠着债。他的一位传记作家表示，他习惯挥霍金钱的大部分原因是缺乏自信，花钱给了他一种短暂的支配感，满足了他的虚荣心。

待会儿我们会谈到,这个不幸的弱点让他陷入过怎样的窘境。

还在上学的时候,陀思妥耶夫斯基就开始创作小说,后来他决心要当一个专职的小说家。他完成的第一部作品,名字叫作《穷人》。他在文学界只认识一个叫作格里戈罗维奇的人,这个人和涅克拉索夫很熟,后者刚好开始创作书评,于是格里戈罗维奇就请他看看这本小说。一天,陀思妥耶夫斯基花了一个晚上的时间给朋友读自己的小说,就文章的内容进行讨论。直到凌晨四点,他才回到了家。他打开窗户,刚坐在窗边,就被一阵门铃声吓了一跳。格里戈罗维奇和涅克拉索夫冲进了房间,他们一次又一次拥抱他,几乎要落下泪来。原来,他们两人轮流给对方朗读这部小说,读完之后已经很晚了,但他们还是决定要立刻去找陀思妥耶夫斯基。他们说:"不管他有没有睡着,我们都要去把他叫醒。这件事比睡觉重要多了。"第二天,涅克拉索夫把手稿交给了当时最有名的评论家别林斯基,他也和这两个人一样兴奋。小说出版后,陀思妥耶夫斯基一夜成名。

他还不太习惯成功的感觉。一位叫作帕纳耶夫·戈洛瓦切夫的女士描述了自己第一次见到陀思妥耶夫斯基时,他给自己留下的印象:"第一眼看上去,人们可以看出,这位文坛新秀是一个异常紧张、敏感冲动的年轻人。他又矮又瘦,有着浅色的头发,脸色蜡黄。一双灰色的小眼睛不安地四处张望,苍白的嘴唇一直不断地发抖。在场的所有人他都认识,但他却十分害羞;为了让他融入这个圈子,在场的成员陆续找他聊天,他仍然不敢开口。但那个晚上之后,他就会经常来拜访我们,也不像以前那么拘束了。他甚至开始……参与争执，甚至撒谎。他的年轻气盛和胆怯的性格结合在一起，导致他对自己的作家身份过于夸耀和自负了。突然成功地进入文学殿堂令他有些不知所措。文学界的大人物对他赞不绝口，他就和所有易受影响的年轻人一样，在其他平庸的年轻作家面前流露出得意的神情。我们可以从他的吹毛求疵和过度自负的语气中看出，他认为自己的水平远远超过自己的同伴。陀思妥耶夫斯基怀疑所有人都企图贬低他的才能，他在每一行诚恳的文字中，都能看出对方想贬低自己的作品、侮辱自己的人格。他常常怀着一种怨恨的情绪到我们的家里来，渴望挑起一场争吵，把一腔怒火发泄在他想象出来的诽谤者身上。"

凭借着自己的成功，陀思妥耶夫斯基签署了一些小说和一系列故事的合同。拿到合同的预付款之后，他又开始过上了放荡享乐的生活。几个为他着想的朋友责备了他，他跟他们吵了一架，其中就有对他帮助很多的别林斯基，因为他无法确定别林斯基对他的仰慕是否纯粹。他相信自己是一个天才，是俄国最伟大的作家。随着债务不断增加，他不得不仓促地写作。他一直患有严重的神经紊乱，如今他病倒了，担心自己会发疯或是患上肺结核。他这段时期的作品都是败笔，以前的疯狂赞扬都变成了猛烈抨击，所有人都觉得他已经才思枯竭了。

2

1849年4月29日清晨，陀思妥耶夫斯基被捕，他被带到彼得保罗要塞。这是因为他曾加入社会主义青年组织，这个组织一心想要采取某些改革措施，特别是解放农奴和废除审查制度。他们每周召开例会，分享自己的观点。他们还创办了一家印刷厂，发行小组成员的文章。警方监视了他们一段时间，将他们一举抓获。在监狱待了几个月后，这群人受到了审判，其中有包括陀思妥耶夫斯基在内的十五个成员被判处了死刑。在一个寒冬的早晨，他们被带到了执行死刑的地方，但是当士兵们准备执行判决时，一个信使赶来，告诉他们死刑改成了流放西伯利亚。陀思妥耶夫斯基在鄂木斯克坐了四年牢，之后他以一名普通士兵的身份服役。在他被带回彼得保罗要塞时，他给自己的哥哥米哈伊尔写了这样一封信：

"今天是十二月二十二日，我们被带到了塞门诺夫斯基广场。他们当场向我们宣读了死刑判决书，我们亲吻了十字架，匕首在我们头上折断，丧服（白衬衫）也已经准备好了。我们每三个人一组，轮流被带到木栅栏前执行死刑。我是第六个人，所以排在第二组。已经没有多长时间了，我想到了你，我的哥哥，我想念你的一切。在生命的最后一刻，你是我脑海中的唯一一个人。那是我第一次意识到自己有多爱你！最后我还拥抱了站在我身边的普列什耶夫和杜洛夫，与他们诀别。然后，死刑的命令被终止，被绑在栅栏前的人也回来了，沙皇陛下赦免了我们的死罪，有人向我们宣读了最终的判决……"

陀思妥耶夫斯基在《死屋手记》里描绘了监狱生活的恐怖。其中值得一提的是，他在书里说，一个新来的犯人不出两个小时就能和其他犯人熟络起来。"可对于一个绅士、一个贵族来说就不一样了。不论他多么谦逊、脾气有多好、有多聪明,他最终都会遭到一致的憎恨和鄙视。没人能理解他,也没人会相信他,没人会把他当作朋友或是同志。虽然随着时间流逝,不会再有人侮辱他,但他还是无法过好自己的生活,也无法摆脱内心的孤独和疏离。"

如今,陀思妥耶夫斯基已经不再是一位高贵的绅士了,他的出身和他的生活一样普通。除了片刻的荣光,他不过是个穷光蛋。他的伙伴杜洛夫受到了大家的爱戴,而陀思妥耶夫斯基的痛苦至少有一部分源于他的自负、利己、猜疑和易怒。但是另一方面,孤独感又促使他重新依靠自己,他写道:"这种精神上的孤立给了我一个机会,让我重新审视过去的人生,探求自己的过去,严酷地剖析、批判自己。"《新约》是他唯一能读的书,他读了一遍又一遍,这本书对他产生了很大的影响。他开始变得谦卑,学着压抑普通人的欲望。他写道:"凡事都要谦卑。想一想你过去的生活,想一想你未来可能发生的事,想一想你的灵魂深处潜伏着怎样的吝啬、狭隘和卑鄙。"监狱(至少在那一段时间里)的生活磨灭了他的自大,他也不再是一位坚定的革命者,他变成了一个坚定维护皇权和既定秩序的人。同时,监狱生活让他患上了癫痫。

监禁结束后,他被送到了西伯利亚的一个驻军小镇,作为一个二等兵完成刑期。这段生活很艰苦,但他认为这是自己应受的惩罚,他已经确信,过去参与改革活动是有罪的。他在给哥哥的信中写道:"我没什么好抱怨的,这是我应受的惩罚。"1856年,一位老同学替他求情,于是他获得升迁,过上了安逸的生活。他交了几个朋友,还坠入了爱河,恋爱对象是一个名叫玛丽亚·德米特里耶芙娜·伊萨耶娃的女子。她有一个年幼的儿子，她的丈夫是一个政治流亡者，因酗酒和肺结核而奄奄一息。人们都说她是个相当漂亮的女人，有着金黄色的头发，中等个头、身材纤细，为人热情高尚。我们只知道她生性多疑、妒忌别人，像陀思妥耶夫斯基一样喜欢自我折磨。没过多久，她的丈夫就从陀思妥耶夫斯基驻扎的村庄搬到了四百英里外的另一个边防哨所，并死在了那里。于是陀思妥耶夫斯基写信向她求婚，但这位寡妇有些犹豫不决。他们两个人都很贫穷，而且她已经成了一位"高尚且富有同情心"的年轻教师的情人。深爱着玛丽亚的陀思妥耶夫斯基忌妒得发狂，他同时又渴望品尝心碎的滋味。也许作为小说家，他喜欢将自己看成小说中的人物。他做了一件非同一般的事情，他说自己把那位教师看得比兄弟还要亲，还恳求朋友借钱给教师，好让玛丽亚·伊萨耶娃能嫁给自己的情人。

然而，陀思妥耶夫斯基未能演好这出戏，尽管他准备好要牺牲自己的幸福，成全自己的爱人，可玛丽亚只想嫁个有钱人。教师维古诺夫"高尚且富有同情心"，却是个穷光蛋，而陀思妥耶夫斯基现在是一名军官，想必过不了多久就会被释放，很可能会再写出几部成功的作品。于是他们在1857年完婚。两个人婚后的生活很贫困，陀思妥耶夫斯基不断地借钱，直到借不到为止。他又开始了文学创作，但作为一名前科犯，他很难获得出版许可。他的婚姻生活也一样不尽如人意，他把这归罪于妻子的多疑和耽于幻想；殊不知他现在仍然像刚成功时一样急躁、自卑、斤斤计较、敏感多疑。他开始创作各种各样的小说，但是经常虎头蛇尾，到头来只完成了一小部分，根本不值一提。

1859年，陀思妥耶夫斯基在自己的申请以及朋友的帮助下，获得了返回圣彼得堡的许可。哥伦比亚大学的欧内斯特·西蒙斯教授创作了一本有趣且富有教育意义的陀思妥耶夫斯基传记。他在书中公正地指出，陀思妥耶夫斯基为了重获自由，运用了一些手段。"他创作了一些爱国主义诗歌，其中一首庆祝亚历山德拉皇后的诞辰，另一首庆祝亚历山大二世的加冕，还有一首是给尼古拉斯一世写的悼词。他给位高权重的人写信，甚至直接恳求新任沙皇。他在信中宣称自己深深地崇拜这位年轻的君主，时刻准备为他献身，还把他比作阳光，照耀着正义与邪恶之人。他还承认自己以前犯下的罪行，并坚称这给自己带来了极大的痛苦，并一直在忏悔。"

陀思妥耶夫斯基与妻子和继子一起在首都安顿下来，距离上一次他作为罪犯被迫离开这里，已经过去十年了。他和哥哥米哈伊尔一起创办了一本名叫《时间》的文学杂志，这本杂志刊登了他创作的《死屋手记》和《被侮辱与被损害的》，取得了很大成功，他的经济情况也逐渐好转起来。1862年，他把杂志社交给哥哥接管，动身前往西欧游历。他并不喜欢欧洲，巴黎对他来说是一个无聊透顶的城市，那里的人贪得无厌、心胸狭窄。伦敦穷人的悲惨和富人的虚情假意也令他大为吃惊。他还去了意大利，并不是因为对艺术感兴趣，他在佛罗伦萨待了一个星期，并没有去乌菲兹美术馆。为了打发时间，他阅读了维克多·雨果四卷本的《悲惨世界》。他还没去罗马和威尼斯看看就回到了俄国。这时，他的妻子患上了慢性肺结核，他已经不再爱自己的妻子了。

出国前几个月，四十岁的陀思妥耶夫斯基结识了一位年轻女子，还让她在自己的文学杂志上发表短篇小说。她的名字叫作波利娜·苏斯洛娃，是个二十岁的少女，长得很漂亮。为了彰显自己的学识，她把头发剪短，还戴了一副墨镜。陀思妥耶夫斯基被她深深地迷住了。回到圣彼得堡之后，他就骗她上了床。后来，由于杂志的一位撰稿人写了一篇不合时宜的文章，导致杂志被封，于是他以治疗癫痫病为由再次出国。他想去威斯巴登赌博，因为他觉得这是一种赢钱的好办法。他还和波利娜·苏斯洛娃约好在巴黎幽会，于是他把生病的妻子留在离莫斯科有一段距离的弗拉基米尔镇上，向贫困作家基金会借了笔钱就出发了。

他在威斯巴登输掉了一大笔钱，要不是他对波利娜·苏斯洛娃的热情更胜一筹，他是不会从赌桌上下来的。他们说好一起去罗马，但在等待陀思妥耶夫斯基的过程中，这位思想开明的年轻女性就和一个西班牙的医学生有了一段露水情缘。这位医学生的离开令她沮丧心碎，这种事往往令女人难以平静地接受。她拒绝了和陀思妥耶夫斯基再续前缘。陀思妥耶夫斯基提议两人以兄妹的身份共赴意大利，大概她是因为也无事可做，便答应了。由于他们手头都没什么钱，有时必须典当掉一些小东西，因此这次旅行并不愉快。互相伤害了几周后，两人便分开了。陀思妥耶夫斯基回到了俄国，发现自己的妻子已经奄奄一息。他给朋友写的信如下：

"我的妻子——那个深爱着我，我也深爱着的人，在莫斯科过世了，她因为肺结核去世。自从我们在前一年搬到了那里，我就一直陪着她，整个冬天都不曾离开她的病床半步……朋友啊，她深深地爱着我,我对她的爱也超越了言语,但我们的婚姻生活却并不幸福。下次见面的时候,我会把事情一五一十地讲给你听。可我现在只想说,就算生活并不幸福,我们也不应该停止对彼此的爱,而是应该互相扶持。生活越困难,越应该依靠彼此。也许你会觉得奇怪,但这就是事实。她是我所认识的最优秀、最高贵的女人……"

陀思妥耶夫斯基有些夸大了自己的付出。因为杂志的缘故,他在那年冬天去了两次圣彼得堡。但这本杂志并不像《时间》那样具有自由主义倾向,最终宣告失败。米哈伊尔因为一场急病去世,留下了一屁股债。陀思妥耶夫斯基不得不帮哥哥赡养妻儿、情妇以及私生子。他向一位富有的姑妈借了一万卢布。1865年底,他宣告破产,这时他手上还有一万六千卢布的欠条,以及五千卢布的口头债务。债主总是缠着他不放,为了摆脱他们,他又从贫困作家基金会借了些钱,又拿上一部小说的预付款,动身去了威斯巴登,打算到赌桌上去碰碰运气。他和波利娜见面了,便向波利娜求婚,但她拒绝了。就算波利娜以前爱过他,现在也显然不再爱了。有人也许会猜测,波利娜是由于他作家和编辑的身份才屈从于他的。杂志已经被封了,他的长相也算不上好看,已经四十五岁,头顶稀疏,还患有癫痫。我想,一个女人最厌恶的事情,莫过于一个自己在生理上厌恶的男人渴望和自己发生性关系。直言不讳地说,要是他不接受对方的拒绝,也许就会遭到她的痛恨。我想,波利娜就是这么做的。陀思妥耶夫斯基将她的变心归因于一个让自己更有面子的解释。我会在适当的时候讨论此事。他们把钱都输光了,陀思妥耶夫斯基想到了屠格涅夫,虽然他曾经和屠格涅夫吵过架,并从心底鄙视他，但他还是向屠格涅夫写信借钱。屠格涅夫给他寄了五十塔勒，波利娜用这笔钱去了巴黎。陀思妥耶夫斯基在威斯巴登待了一个月。他患有重病，穷困潦倒，不得不待在家里，免得激起食欲，又没有钱解决。他被迫给波利娜写信借钱，但她似乎正忙于另一段恋情，没有给他回信。他被迫开始创作另一本小说，就是《罪与罚》。最后，他给以前在西伯利亚认识的一位老朋友写信求助，在朋友进一步的帮助下，他才回到了圣彼得堡。

当陀思妥耶夫斯基还在创作《罪与罚》的时候，他突然想起来自己还有一本书要在约定时间交稿。根据他与编辑签的不平等合同，如果他没能交稿，出版商就有权免费出版他在接下来的九年里写的所有作品。眼看就要到截止日期了，陀思妥耶夫斯基束手无策。后来有个聪明的人建议他雇一个速记员，他照做了，于是只用二十六天就完成了《赌徒》这本书。这位速记员名叫安娜·格里戈列夫娜，二十二岁，长相平平，但她的工作效率很高，既务实又有耐心，且十分敬业，令人佩服。1867年初，陀思妥耶夫斯基娶她为妻。他的继子以及哥哥的妻儿料到他以后不会再像以前一样赡养他们，便对这个可怜的女孩怀恨在心，对她的态度也很恶劣，这令她痛苦不堪。于是她说服陀思妥耶夫斯基再次离开俄国，因此他再次欠下了沉重的债务。

这次他在国外待了四年。起初，安娜·格里戈列夫娜发现和这位大名鼎鼎的作家在一起生活很困难。他的癫痫不断恶化，而且脾气暴躁、为人轻率、自视过高，还继续和波利娜·苏斯洛娃保持着信件往来，这让安娜的内心很不安。但是作为一个明事理的年轻女孩,她把自己的不满憋在心里。他们一起去了巴登巴登,陀思妥耶夫斯基又开始赌博,像以前一样把所有的钱都输光了,给所有可能帮助他的人写信借钱;钱一到手,他又拿到赌桌上去输光。他们把所有值钱的东西都典当了,住的地方也越来越便宜,有时甚至连饭都吃不饱。不久,安娜·格里戈列夫娜怀孕了。以下的段落摘自陀思妥耶夫斯基的一封信,那时他刚刚赢了四千法郎:

"安娜·格里戈列夫娜劝我见好就收,赶紧离开赌桌。但这是个机会,我不费力气就能补救这一切,就不用我举例了吧?一个人除了自己赢的钱,还可以看到每天都有人赢两三万法郎(但看不见输钱的人)。世上有圣人吗?钱对我来说比对他们更重要。我下的赌注比我输掉的钱还要多,甚至连最后的本钱也要输了,这令我怒火中烧。我输了,典当了我所有的衣服,安娜·格里戈列夫娜也当掉了她所有的东西,把她最后几件首饰也当掉了(真是个天使!)。在这该死的巴登巴登,我们两个人一起躲在锻造厂上面的小房间,她给我带来了多大的安慰,她又是多么疲惫啊!最后,我们失去了一切。(噢,这些卑鄙的德国人!他们全都是高利贷者、流氓、恶棍。店主知道我们没钱离开,就提高了价格。)最后我们只好逃离了巴登巴登。"

他们的孩子在日内瓦出生了。陀思妥耶夫斯基还在继续赌博,他把养活妻子和孩子的钱输光之后感到追悔莫及,但只要口袋里有几法郎,他又急忙跑到赌场去。三个月后,他的孩子就夭折了,这令他悲痛万分。后来安娜·格里戈列夫娜又怀孕了。夫妻俩非常缺钱,陀思妥耶夫斯基只好时不时地向熟人借五到十法郎,来填饱自己和妻子的肚子。《罪与罚》取得了惊人的成功后，他又开始创作另一本小说，他给这本书取名为《白痴》。出版商同意每个月给他寄二百卢布，但他的恶习又令他陷入了困境，只好一次又一次地预支款项。《白痴》并没有赢得读者的喜爱，于是他又开始写另一部小说《永久的丈夫》，接着又写了一部长篇小说，名叫《群魔》。同时，根据当时的情况（这里我指的是他们耗尽了别人对他们的信任），陀思妥耶夫斯基带着妻子和孩子四处搬家，但他们都很思念家乡。他对欧洲的厌恶从未停止过，无论是面对巴黎的文化特色、德国的音乐、佛罗伦萨的艺术宝库，还是壮丽的阿尔卑斯山、明媚神秘的瑞士湖泊、优雅可爱的托斯卡纳，他都不为所动。他认为西方文明过于腐败堕落，并确信它终有一天会解体。"这里让我变得迟钝又狭隘，"他在米兰写道，"我离俄国越来越远了。我想要呼吸俄国的空气，想见到俄国的同胞。"他还觉得自己要是不回俄国的话，就永远完成不了《群魔》。安娜也渴望回国，但他们没有足够的钱，陀思妥耶夫斯基的出版商把连载版权的费用都预付给他了。出于绝望，陀思妥耶夫斯基再次向出版商求情。《群魔》已经连载两期了，出版商担心他停止写作，于是给他寄了回家的路费。陀思妥耶夫斯基一家就这样回到了圣彼得堡。

此时是1871年，陀思妥耶夫斯基五十岁，离去世还有十年。

《群魔》受到了读者的欢迎，这本书对当时的激进分子进行了抨击，作者也因此交到了许多保守派的朋友。这些人认为他可以帮助政府反对改革，于是给他提供了一份高薪的工作——给政府资助的一份名为《公民报》的报纸当编辑。一年后，他因为与出版商意见不合而辞职。安娜说服丈夫让她自行出版《群魔》，这个尝试非常成功。从那以后，她就陆续出版了丈夫的其他作品，赚得盆满钵满，以后的日子都不用再为贫穷所困。

他的余生可以一笔带过。他偶尔以《作家笔记》为题写一些散文，这些文章受到了人们的欢迎，他也开始把自己看作是一位老师和先知，许多作家都想扮演这个角色。他还成了一个狂热的亲斯拉夫者，怀着兄弟般的情谊（他认为这是俄国人特有的品质）和为全人类服务的渴望，他在俄国民众身上看到了治愈俄国乃至全世界的顽疾的唯一可能，可历史的发展表明他过于乐观了。他创作了一部叫作《少年》的小说，后来又写了《卡拉马佐夫兄弟》。他越来越有名气，当他在1881年突然去世时，受到了那个时代许多伟大作家的尊敬。据说他的葬礼是"俄国首都有史以来最令人瞩目的公众集会之一"。

3

我试图不加评论地叙述陀思妥耶夫斯基的主要生平，他给人留下了非常不友好的印象。虚荣心是艺术家的通病，不论是作家、画家、音乐家还是演员都有这个特点，但是陀思妥耶夫斯基的虚荣心已经到了令人难以忍受的地步。在他眼里，似乎所有人都听不腻他谈论自己及其作品。这种心理必然源自缺乏自信，现在人们一般称之为"自卑情结"。也许正是因为这个原因，他才如此公开地蔑视其他作家。任何有骨气的人都不会因为坐牢而变得如此卑躬屈膝。他接受了审判,认为自己罪有应得,但这并没有阻止他竭尽所能地争取宽恕,这似乎不合逻辑。我之前就提到过,他在向有权有势的人求助时,表现得有多卑微。他缺乏自控力,当他完全被激情占据,无论是谨慎还是礼仪都拦不住他。所以当他的第一任妻子病重,没多长时间可活的时候,他就抛下妻子,跟着波利娜·苏斯洛娃去了巴黎,直到被那个轻浮的女子抛弃之后,才回到妻子的身边。但最能体现其弱点的莫过于他对赌博的狂热,这让他一次又一次地陷入穷困。

读者应该记得,为了履行合同,陀思妥耶夫斯基写了一本叫作《赌徒》的小说。这本小说写得不是很好,吸引人的地方在于他在书中生动形象地描述了让自己深受其害的赌徒心理。读过这本书之后,你就会明白,尽管这件事给他带来了屈辱,给他自己和他爱的人带来了痛苦,让他面临不光彩的诉讼(贫困作家基金会给他钱是让他去创作,而不是去赌博),还让他透支了自己的信誉,但他还是抵制不了赌博的诱惑。有创造力的人,不论他们从事的是哪种艺术,都或多或少有出风头的倾向。他还在书里描述道,每当好运一来,他的虚荣心就能得到极大的满足。围观的人们看着这位幸运的赌徒,仿佛他因此就高人一等似的。人们既惊讶又羡慕,他成了最引人注目的中心人物。对于这个极度怯懦的不幸之人来说,这是何等的慰藉啊!赢钱的时候,他被随之而来的权力感冲昏了头脑,他觉得自己就是命运的主宰,因为他是如此聪明,有着如此绝对的直觉,一切机会都在他的掌控之中。

"这是我展示意志力的唯一机会,一个小时之内,我就能改变自己的命运。"这就是他的赌徒宣言,"意志力是多么伟大。记得七个月之前我在莱滕堡的遭遇,这个例子足以证明意志力的重要性。那时我输掉了一切,我正打算走出赌场,却发现我的上衣口袋里还有一个荷兰盾金币,于是我想:'那我就去买点东西吃吧。'但在我走了一百步之后,我又改变主意回到了赌场。我拿这枚金币当赌注……当你独自一人站在陌生的国度,远离家乡和朋友,不知道这一天还能不能填饱肚子的时候,你押上了自己的最后一个荷兰盾,这是一种奇怪的感觉。我赢了。二十分钟之后,我走出了赌场,兜里还装着一百七十个荷兰盾。千真万确。有时,最后一个荷兰盾就是这么有用。可如果我当时丧失自信了呢?如果我不敢冒险呢?"

陀思妥耶夫斯基的官方传记由他的一位老朋友斯特拉霍夫所作。为了这部作品,他还给托尔斯泰写了一封信。艾尔默·莫德在他的传记中刊登了这封信。以下是这封信删减过后的译文:

"在我写这部传记的时候,不得不同一种厌恶感斗争,努力抑制自己的不良情绪……我无法将陀思妥耶夫斯基看作是一个善良或快乐的人。他卑鄙无耻、放荡无度、忌妒心极强。他这一生受尽了激情的折磨,这让他变得既可笑又悲惨,他不再聪明,也不再邪恶。在为他写传记的时候,我对这些感受有着清楚的体会。他在瑞士当着我的面对自己的仆人如此恶劣,以致那人反抗道:'我也是一个人!'我还记得这句话给了我怎样的触动。这句话反映了当时盛行于瑞士的道德观念,这句话是对一个始终向他人宣扬人道情怀的人说的。这样的场面十分常见,他控制不住自己的脾气……最糟糕的是，他从不为自己做过的龌龊事后悔，反倒因此自豪。这些龌龊行径吸引着他，他以此为荣。维斯科瓦托夫（一位教授）告诉过我，陀思妥耶夫斯基是如何吹嘘自己在浴室里玷污了一个小女孩的，这个小女孩是由她的家庭教师带到他身边的……与此同时，陀思妥耶夫斯基还喜欢无病呻吟，提出崇高的人道主义梦想。这些梦想让他的文学作品深受读者的喜爱。总之，所有的作品都在为他开脱、洗白，试图告诉我们，最顽固的恶棍也能有最高尚的情操……"

诚然，他的无病呻吟令人恶心，他的人道主义也徒劳无益。他对人民（和知识分子相对）困苦的命运毫无同情，却指望俄国复兴。他还猛烈地抨击那些想要缓和局势的激进分子，面对那些处于水深火热之中的穷苦人民时，他提供的解决办法是"将他们的痛苦理想化，使之成为一种生活方式"。他没有进行实际的改革，而是想从宗教和玄学中获得慰藉。

陀思妥耶夫斯基在浴室玷污小女孩的事让他的仰慕者深感不安，他们怀疑这件事的真实性。安娜坚称他从来没有跟自己提过这件事。斯特拉霍夫的想法显然是基于传闻的，但为了证明此事的真实性，他声称，悔恨万分的陀思妥耶夫斯基将这件事告诉了一个朋友。这个朋友建议他向自己最讨厌的人忏悔，而这个人就是屠格涅夫。屠格涅夫曾在陀思妥耶夫斯基初入文坛的时候热情地赞美过他，而且还在经济上援助过他；但陀思妥耶夫斯基讨厌他，说他是一个贵族出身的"西方人"，既富有又成功。他向屠格涅夫忏悔了，屠格涅夫则安静地倾听。陀思妥耶夫斯基停顿了一会儿，也许像安德烈·纪德所想的那样,他希望屠格涅夫扮演陀思妥耶夫斯基笔下的一个角色,把他拥入怀中,满含着热泪亲吻他,这样他们就能和解了。但这一切都没有发生。

"屠格涅夫先生,我必须要告诉你,"陀思妥耶夫斯基说道,"我必须要跟你坦白,我深深地鄙视着我自己。"他等待着屠格涅夫开口,但对方保持着沉默。接着,陀思妥耶夫斯基大发雷霆,大声喊道:"但我更鄙视你!我要跟你说的就是这些了。"他冲出房间,砰的一声关上身后的门。就这样,他失去了一个绝佳的写作素材。

说来也怪,他的作品中两次提到了这个插曲。《罪与罚》中的斯维德里盖洛夫对同样的丑恶行径供认不讳,《群魔》中的斯塔夫罗金也做了同样的事。陀思妥耶夫斯基的出版商拒绝出版这本书。在这本书中,陀思妥耶夫斯基以屠格涅夫为原型,刻画了一个邪恶的人物;这既无聊又愚蠢,看上去仅仅是为了发泄,这只会让本就不成型的作品变得更加混乱,导致出版社拒绝出版。陀思妥耶夫斯基不是唯一一个受到资助却反咬一口的作者,和安娜·格里戈列夫娜结婚之前,陀思妥耶夫斯基愚蠢地将这件丑事当成一个故事,讲给一个他正在追求的女孩听。但我想事实就是那样,他就像自己小说中的人物一样喜欢自我贬低。在我看来,他会把这件丑事告诉别人也不是没有可能的。尽管如此,我并不相信他真的犯下了他亲口承认的那项罪行。我敢说这只是一个顽固的白日梦,令他着迷又恐惧。他笔下的角色经常做白日梦,很可能他也是这样,事实上我们都是这样。由于他更具天赋,因此这位小说家的白日梦可能会比大多数人的更加准确和详细。有时，这些幻想是如此自然，以至于他把它们写进小说后就将之抛到脑后了。对我来说，陀思妥耶夫斯基就是这样，他在小说中提了两次后，就不再对它感兴趣了，也许这就是他没有将这个白日梦告诉安娜·格里戈列夫娜的原因。

陀思妥耶夫斯基虚荣、善妒、喜好争论、多疑、胆怯、自私自利、大言不惭。他一点儿也靠不住，也不为别人着想。总而言之，他的性格极其令人厌恶；但情况并不是这么糟糕，否则很难想象他能够创造出阿廖沙·卡拉马佐夫和佐马西神父这样的角色。陀思妥耶夫斯基是最不挑剔的人，他在蹲监狱时了解到，人们可能会犯下像谋杀、强奸、抢劫这样可怕的罪行，但他们同时又勇敢、慷慨、仁慈。陀思妥耶夫斯基很仁慈，他从来不会拒绝乞丐和朋友的乞求，他在一贫如洗时还想办法凑了些东西送给他的嫂子和哥哥的情人，还有他那不中用的继子以及他的弟弟安德鲁——那个一无是处的酒鬼。当别人接济他的时候，他也在接济别人，他非但没有怨恨，反而因为自己不能为他们做更多的事情而感到苦恼。他爱着安娜·格里戈列夫娜，并且钦佩她、尊敬她，在任何一方面，他都把她看得比自己重要。在他们背井离乡的四年里，他一直担心安娜和自己待在一起会感到无聊，这是很令人感动的。他很难相信，他终于找到了一个人，尽管知道他各种各样的缺点，却依然全心全意地爱着他。

我想不出有谁能像陀思妥耶夫斯基这样，作为一个人和一个作家有这么大的差别。也许所有具有创造力的艺术家都是这样，但是这种特性在作家之中表现得更为明显，因为作者以文字作为媒介，他们的文字与交流之间存在着更大的矛盾。也许这是一种与生俱来的创造力，在童年和青年时期十分常见，可如果在青春期之后还存在的话，就成了一种疾病，只有以牺牲人类的正常特性为代价才能发展起来，就像由粪肥育成的瓜要更甜一样。陀思妥耶夫斯基那惊人创造力并非来自他心底的善，而是来自邪恶，邪恶让他成为世界上最伟大的小说家之一。

4

巴尔扎克和狄更斯创造了大量的角色。他们被人类的多样性深深吸引，他们的想象力被人类所表现出来的独特的个性点燃。不论一个人是善良或邪恶、愚昧或聪明，他都是他自己，这就是绝佳的素材。我想，陀思妥耶夫斯基只对自己感兴趣，除非是其他人严重影响到了他。在某种程度上，他是那种拥有之后才懂得珍惜的人，只有当美丽的物品属于自己时才会关心它们。他满足于自己创造的少数几个人物，并让这些人物反复出现在不同的作品中。《卡拉马佐夫兄弟》中的阿廖沙就和《白痴》中的梅斯金公爵是同一个人；《群魔》中的斯塔夫罗金也是对《罪与罚》里斯维德里盖洛夫性格的细化；《罪与罚》中的主人公拉斯科尔尼科夫，和《卡拉马佐夫兄弟》里的伊万相同，只是没那么强势。这些角色都是由陀思妥耶夫斯基饱受折磨、病态扭曲的情感孕育而成的。他笔下的女性角色就更少了，《赌徒》中的波利娜·亚历山德罗夫娜、《群魔》里的丽莎维塔、《白痴》中的纳斯塔西娅、《卡拉马佐夫兄弟》里的卡捷琳娜和格卡都是同一个人，她们都是直接以波利娜·苏斯洛娃为原型而创造的。波利娜给他带来的痛苦和侮辱，是满足他的受虐心理的重要因素。他知道波利娜痛恨他，也确信波利娜爱着他，因此那些以她为原型塑造的女性都想要控制和支配她们的爱人，同时又屈服于他们，受其摆布。这些女性角色都歇斯底里、心狠手辣，和波利娜十分相像。两人分手几年后，陀思妥耶夫斯基在圣彼得堡再次遇见了她。他再次向她求婚，但她拒绝了。他不肯相信对方根本就不爱自己，于是就想出了这个理由，来宽慰自己那受伤的虚荣心——女人往往把自己的贞洁看得太重，因此她们痛恨那个将它夺走却不对自己负责的男人。

"你不能原谅我，"他对波利娜说，"因为你曾把自己交给了我，你正在为此进行报复。"

陀思妥耶夫斯基确信这一点，还不止一次提到了这个概念。在《卡拉马佐夫兄弟》中，格鲁申卡在故事开始前就被一个波兰人诱奸了，尽管之后她一直被一个富商包养，但她一直觉得只有嫁给强奸她的人，才能得到救赎。在《白痴》里，纳斯塔西娅也因为托洛茨基诱奸了自己而不肯原谅他。在这里，我觉得陀思妥耶夫斯基的想法是不对的，处女的特殊价值只是男性捏造出来的，一方面是因为迷信，一方面源自男性的虚荣心，还有部分原因是不希望孩子不是自己亲生的。而女性之所以重视这一点，是因为男性对此很看重，还有就是担心它带来的后果。在一个男人看来，满足自己的性欲就像饿了要吃饭一样自然，他的性交对象可能根本不合自己的胃口；而对一个女人来说，如果不是出于爱，或至少是出于感情，那性交对她来说就只是一种义务。我确信,当一个处女把自己"交给"一个自己不喜欢或讨厌的人,绝对是一次不快甚至是痛苦的经历。这件事会让她耿耿于怀好多年,甚至因此改变她的性格,这实在是令人不可思议。

陀思妥耶夫斯基深刻地意识到了自己的两面性,并将它赋予给自己笔下一个个固执的人物。他写过性格温顺的人物,譬如梅诗金公爵和阿廖沙,他们尽管友好可爱,但都软弱无能。但是"两面性"意味着人性的简单化。人类并不是完美的生物,其存在的主要目的就是为了自己,否认这一点是愚蠢的。然而,忽略人的高尚和无私也是愚蠢的。我们都知道,人类在危急关头能够多么勇敢地站出来,展现出连他自己都不相信的高尚情操。虽然斯宾诺莎曾告诉过我们,"万物都在努力地坚持自己的存在",但我们也知道,为朋友献出生命的事也不算少见。人类是恶习和美德、善良与邪恶、自私与无私、恐惧和勇气的结合,这些特性都会影响到一个人。人是由如此不和谐的因素构成的,但令人惊讶的是,这些不同之处能在一个个体中共存,形成一个看上去十分和谐的整体。陀思妥耶夫斯基笔下的人物并没有这么复杂,他们都是由支配和屈服的欲望、缺乏温柔的爱和满怀恶意的恨所构成的。他们身上不具备人类的正常属性,这是很奇怪的一点。他们没有自控力和自尊,主导他们行动的只是激情。他们的邪恶本性也不会因为教育、人生经验或廉耻心得到减弱。这就是他们的行为极不符合常理的原因。

我们这些西欧人惊讶于他们的行为,但我们也接受了(如果是真的接受的话),仿佛俄国人平常就是这样的。俄国人真的是这样的吗？陀思妥耶夫斯基那个时代的俄国人真的会这么做吗？屠格涅夫和托尔斯泰和他是同时代的人，但屠格涅夫笔下的人物和普通人没什么两样。我们都对托尔斯泰笔下像尼古拉斯·罗斯托夫这样的年轻人非常了解，因为英国也有很多，他们性格开朗、无忧无虑、不切实际、勇敢无畏、温柔亲切、善良友好；我们也至少认识几个像他妹妹娜塔莎一样美丽迷人、天真善良的女孩；在英国也不难找到像彼得·贝佐霍夫那样肥胖愚蠢，但是慷慨善良的人。陀思妥耶夫斯基宣称自己笔下那些古怪的人物要比现实中的人还要真实，我不懂他这话的意思。一只蚂蚁也可以和一位主教一样真实。如果他的意思是这些人的道德品质要胜于普通人的话，那他就大错特错了。如果艺术、音乐、文学能够剔除人性里的邪恶，能够缓解痛苦，将灵魂从人类的躯壳中释放出来，他们对此也一无所知。他们没有文化、举止粗鲁，粗暴地伤害和羞辱对方，并以此为乐。《白痴》一书中，瓦尔瓦拉因为哥哥要娶一个自己不喜欢的人为妻，于是朝着他的脸吐了口唾沫；《卡拉马佐夫兄弟》里，德米特里向霍赫拉科娃太太借钱，被对方拒绝，于是愤怒地朝客厅地板上吐了口唾沫。这些人粗暴无理，但十分有趣。拉斯科尔尼科夫、斯塔夫罗金、伊万·卡拉马佐夫和艾米莉·勃朗特笔下的希斯克利夫以及梅尔维尔笔下的亚哈船长……都是有鲜活生命力的人。

5

陀思妥耶夫斯基对《卡拉马佐夫兄弟》进行了很长时间的构

思，付出了很大的努力，自从这部小说出版后，他的经济状况已经不允许他这么做了。这是他所有作品中结构最为精良的一部，从他的信中可以看出，他坚定地相信我们称为灵感的神秘之物的存在，并指望它能帮助自己将脑海中的模糊图像转化成文字；可灵感是反复无常的，它更容易在单独的段落中出现。创作一部小说必须要有连续性的构思，这样才能连贯地排列素材，完整地讲出故事。陀思妥耶夫斯基对此并没有什么天赋，这就是为什么他最擅长的是景物描写。但他在制造悬念和戏剧化场景方面算得上天赋异禀。据我所知，没有哪部小说中有比拉斯科尔尼科夫谋杀当铺老板更恐怖的场景，也很少有比《卡拉马佐夫兄弟》里伊万看见自己不安的良心变成魔鬼出现在自己眼前时那样震撼的场景。陀思妥耶夫斯基无法克服自己啰唆的习惯，小说中全是长篇大论的对话，即使小说中的人物如此不可思议地表达自己的情感，他们还是令你深深地着迷。我顺便说一下他常常激起读者恐惧的办法。他笔下人物的情绪要比表达出来的更为剧烈，他们因激动而发抖，或者互相侮辱，放声大哭，争得面红耳赤。尽管作者使用的是最普通的文字，但读者却被这些肆意的肢体动作、歇斯底里的情绪所牵动，也跟着紧张起来。当故事高潮快要发生时，读者已经准备好要体验一场真正的震撼，否则便会有些心烦意乱。

阿廖沙是《卡拉马佐夫兄弟》中的主要人物，小说的第一句话就点明了这一点："阿列克谢·费奥多罗维奇·卡拉马佐夫是当地有名的地主费奥多·帕夫洛维奇·卡拉马佐夫的第三个儿子。费奥多在十三年前去世了，死状十分凄惨，如今还叫人记忆犹新。以后有机会我会详细地说说这件事。"陀思妥耶夫斯基是一个十分老练的小说家,他在开头明确地介绍阿廖沙一定是有道理的,但是他和哥哥德米特里和伊万相比,只是配角。他穿插在整个故事之中,似乎对小说中的其他重要角色没有什么影响。他主要和一群男孩一起活动,只负责展现自己的善良和魅力,与主题没有什么关系。

尽管加内特夫人翻译的《卡拉马佐夫兄弟》有八百三十八页,但这也只是陀思妥耶夫斯基计划要写的一小部分。他想要在后来的几卷中进一步介绍阿廖沙,让他历经沧桑和变迁,犯下重大的罪行,在饱受煎熬后实现救赎。陀思妥耶夫斯基还没实现自己的计划就去世了。《卡拉马佐夫兄弟》是一部未完成的作品。尽管如此,它仍然是有史以来最伟大的小说之一,在少数几部最精彩的小说中名列前茅。尽管这些小说的优点各不相同,但是它们的强烈张力使其在众多小说中脱颖而出,其中《呼啸山庄》和《白鲸》就是两个激动人心的例子。

费奥多·帕夫洛维奇·卡拉马佐夫是个糊涂可笑的人,他有四个儿子:德米特里、伊万和阿廖沙,还有一个叫作斯默德亚科夫的私生子,在他家里当厨师和贴身男仆。大儿子和二儿子对他们那个无耻的父亲恨之入骨,阿廖沙是书中唯一讨人喜爱的角色,他对任何人都恨不起来。E. J. 西蒙斯认为德米特里应该是小说的主人公,那些宽容的人很容易把他看成仇敌,而这样的男人一般很受女人欢迎。"他的本性单纯、情深意重,"西蒙斯教授继续说道,"他的灵魂里充满诗意,这在他的行为和言辞中都有所体现。他的一生就像一部史诗,偶尔闪现的诗情画意缓和了他的冲动。"他的确高调地宣扬了自己的道德追求,但这并没有让他的行为变得更好,难怪人们对此不太重视。他有时能够做到慷慨大方,但有时也吝啬得可怕。他是个自吹自擂、仗势欺人、肆意挥霍、虚伪可耻的酒鬼。他和父亲同时狂热地爱上了镇上一个叫作格鲁申卡的女人,他疯狂地忌妒自己的父亲。

对我来说,伊万是一个更有趣的角色。他聪明谨慎、野心勃勃,想要在这个世界上有所作为。二十四岁时,他创作了一些评论文章,因此变得小有名气。陀思妥耶夫斯基说他是一个脚踏实地的人,智力上要比那些穷苦百姓和喜欢在报社外面闲逛的穷学生更为优越。他讨厌自己的父亲,这个好色的老东西私藏了三千卢布,想用这些钱来骗格鲁申卡上床,却被斯默德亚科夫残忍杀害。结果,经常扬言要杀了自己父亲的德米特里却被定罪。这样符合陀思妥耶夫斯基的安排,但他为了达到这个目的,不得不让与此案有关的人物表现得十分不自然。审判前夕,斯默德亚科夫去找伊万,供认了自己的罪行,并把偷来的钱还给了伊万。他还坦言自己是在伊万的唆使和纵容下杀害了那个老东西。伊万整个人都崩溃了,就像拉斯科尔尼科夫在杀害了当铺老板后表现出来的那样。拉斯科尔尼科夫的精神极度失常,他身无分文,连饭都吃不饱,可伊万不是这样的。他的第一个想法是立刻去找公诉人,告诉他事实,随即又决定等到审判的时候再这么做。在我看来,这只是因为陀思妥耶夫斯基认为忏悔会带来更加惊心动魄的效果。接着就是我之前提到过的奇怪的一幕:伊万产生了幻觉,他的灵魂化身为一位衣衫褴褛的绅士,以一种卑鄙和虚伪的态度,逼迫他面对自己更邪恶的自身。此时传来一阵猛烈的敲门声。来的人是阿廖沙,他走进来告诉伊万,斯默德亚科夫上吊自杀了。情况危急,德米特里命悬一线。尽管伊万此时心烦意乱,但他依旧很理智镇定。就我们对他性格的了解,他应该采取符合常理的措施,比如赶到现场,找到辩护律师,说出斯默德亚科夫的供词以及他自杀的事实,并交出他偷来的三千卢布,这是再自然、再明显不过的事。有了这些材料之后,再加上辩护律师的本事,他一定能够引起陪审团的怀疑,让他们不敢就此做出德米特里有罪的裁决。可阿廖沙只是给伊万敷上凉毛巾,给他盖好被子。我之前提到过,他为人温柔善良,却也出奇地无能,这就是他最懦弱无能的一次。

小说也没有给出斯默德亚科夫自杀的解释。他是卡拉马佐夫的四个儿子里最精于算计、最冷酷无情、最自信的一个。他事先就做好了计划,镇定自若地抓住了一个杀死老人的好机会。他还出了名地诚实,没人会怀疑是他把钱偷走了。一切的证据都指向了德米特里。在我看来,斯默德亚科夫没有理由上吊自杀,这只是给陀思妥耶夫斯基一个机会,让这个章节以极具戏剧性的方式结束。陀思妥耶夫斯基是一名十分优秀的作家,但不是现实主义作家,所以他觉得可以不使用现实主义手法创作。

德米特里被定罪之后发表了一份声明,宣称自己无罪,但在结尾处写着:"我接受审判,接受公众对我的羞辱。我想经受苦难,苦难能够让我得到净化。"陀思妥耶夫斯基坚定地相信苦难的精神价值,认为一个人只要愿意经受苦难,就能赎清罪过,获得幸福。由这个观点可以得出一个惊人的结论:既然犯罪会让人痛苦,而苦难又能通向幸福，那么犯罪便是必要而且有益的。陀思妥耶夫斯基认为苦难能净化和锤炼人格，他的想法真的是对的吗？在《死屋手记》中，没有任何证据能够表明苦难对犯人以及他的同伙的精神有什么影响。就像我之前说过的，他出狱和入狱的时候一点儿也没变。就生理上的痛苦而言，我的经验是，长期的病痛只会让人变得暴躁不堪、自私偏执、小气易妒，不仅不会让人变得更好，反而会让人变得更糟糕。当然，我知道有一些人，我自己也认识一两个这样的人，他们在面对长期的苦痛或恢复无望的疾病时，展现出了勇气、无私、耐心和顺从，但他们原本就具备这些品质，只是在特定的场合表现出来而已。精神上的痛苦也是如此，任何一位在文学界待得久一些的人都知道，很多文人曾大获成功，后来却因失败而闷闷不乐、痛苦不堪、满怀忌妒。能够满怀勇气和尊严，乐观地面对苦难的人，我能想到的只有一个。毫无疑问，这个人曾经拥有过这些品质，但如今却被轻率的面具掩盖。苦难是我们人类命运中的一部分，但它并不会因此减少它的罪恶。

尽管有人会强烈谴责陀思妥耶夫斯基冗长的文风（这是他清楚地意识到，但不能或不愿改正的错误），尽管人们希望他能避免那些不真实的人物和情节（这令那些细心读者不知所措），尽管人们可能会认为他的一些想法是错误的，但《卡拉马佐夫兄弟》仍然是一部了不起的作品。它有着十分深刻的意义，许多评论家说这是对上帝的求索，但我却认为，这部小说写的是关于邪恶的问题。陀思妥耶夫斯基在视其为小说高潮的"争论的问题"这一章谈到了这一点。《争论的问题》是伊万对阿廖沙的一段独白。在人们的理解中，一个全知且极善的上帝的存在似乎与现实的邪恶存在互为矛盾。人类要为自己的罪恶受苦，这是合乎情理的，天真无辜的孩子却要遭受苦难，这是无论如何都说不通的。伊万给阿廖沙讲了一个可怕的故事：一个八岁的农奴小男孩在扔石头时不小心砸伤了主人心爱的狗。主人是一位大地主，他让孩子脱光衣服跑，并放出一群猎犬去追赶他，在母亲的眼皮底下，小男孩被撕咬成了碎片。伊万愿意相信上帝的存在，但他不愿接受上帝创造的残忍的世界。他坚持认为，无辜的人没有理由为了有罪之人而受苦，否则，那就说明上帝要么是邪恶的，要么根本不存在。陀思妥耶夫斯基从未写过比这部小说更加伟大的作品，在他完成这部小说之后，却对自己写下的文字产生了深深的恐惧。小说的论点极具说服力，却违背了自己的信仰——他相信尽管这个世界是邪恶的，同时也是美丽的，因为它是上帝所创造的。他急忙写了一篇文章反驳这个观点，但他清楚自己失败了，因为这一部分写得枯燥乏味，难以令人信服。

邪恶的问题仍有待解决，伊万·卡拉马佐夫的控诉也尚未得到答复。

托尔斯泰与《战争与和平》

1

前面几章谈及的小说或多或少与其他小说都有区别,它们是非典型的文学作品。而我接下来要介绍的这部复杂的小说,在主流小说中占据了一席之地,我在前面的章节提到过,主流小说是从《达弗尼斯和克洛伊》这样的田园罗曼史开始的。《战争与和平》无疑是主流小说中最伟大的作品,只有智力超群、想象力丰富,有着广泛的阅历以及深刻的人性洞察力的人才能写出这样的作品。从未有过这样的作品,以如此浓墨重彩的笔触和如此重要的历史为背景,涵盖如此众多的人物,想必以后也不会再有这样的作品了。尽管还会出现同等伟大的作品,但绝不会像这部作品一样。随着生活的机械化,国家拥有了更大的权力来控制个人,随着教育逐渐走向趋同,随着阶级差异的消失和个人财富的减少,所有人拥有同样的机会（如果这就是未来的世界的话），人仍然会生而不平等。有些人天生就具有成为小说家的天赋，但他们认识的世界和社会风俗过于局限，他们可能会成为写出《傲慢与偏见》的简·奥斯汀，而不是创作出《战争与和平》的托尔斯泰。《战争与和平》是当之无愧的文学史诗，我想不出有其他的小说能真正配得上这个称号。斯特拉霍夫是托尔斯泰的朋友，他是一位能力出众的评论家，他以几句有力的话语表明了自己的观点："它展现了人类生活的全貌，也展现了俄国那个时代的全貌，它是一幅可以被称为人类斗争历史的全景图，是一幅展现了人类寻求幸福和伟大，饱受悲痛和屈辱的全景图。它就是《战争与和平》。"

2

托尔斯泰所在的阶级并不经常培养出杰出作家，他是尼古拉斯·托尔斯泰伯爵和女继承人玛丽亚·沃尔孔斯卡公主的儿子，是五个孩子中最小的一个，在母亲的祖宅亚斯纳亚-波利亚纳出生。他还是个孩子的时候，父母就去世了。起初他接受的是私人教育，然后去了喀山大学念书，后来又去了圣彼得堡接受教育。由于成绩不佳，他在两所大学都没能获得学位。但他的贵族出身让他能够在喀山、圣彼得堡和莫斯科立足，跻身社会名流界。他的个子很小，外表也很不起眼，"我知道我长得不好看，"他写道，"有时我会感到万分绝望。我想，像我这样一个大鼻子、厚嘴唇，还有着一双灰色小眼睛的人，也许无法获得幸福吧。我恳求上帝能创造奇迹，赐予我一张英俊的面庞，我愿意用自己过去和未来拥有的一切来进行交换。"可他不知道的是，他那张朴素的面庞呈现出一种异常迷人的精神力量，那眼神也给他的神态增添了几分魅力。他穿着得体（因为他和可怜的司汤达一样，希望时髦的衣服能弥补自己外貌上的不足），十分在意自己的地位，但表现得有些失礼。喀山的一位同学这样评价他："我远远地躲开这位伯爵，从我们第一次见面起，他那冷淡的态度就让我避之不及。他有着一头又粗又硬的头发，眼睛半睁半闭，呈现一副盛气凌人的表情。我从未遇见过如此古怪的年轻人，他是个无法理喻、自以为是、骄傲自满的人……他几乎从不回应我的问候，仿佛是在告诉我，我们根本不是一类人……"

1851年，托尔斯泰二十三岁。他在莫斯科待了几个月，当炮手的哥哥尼古拉从高加索休假来到了莫斯科，休完假之后，托尔斯泰决定和他一起回去。几个月后，他被说服参军，作为一名候补军官加入了对反叛部落的围剿。他毫不忌讳地评价了自己的兄弟军官："起初，这个群体里发生的许多事情都令我十分震惊，不过我已经习惯了，也用不着和这些绅士太过亲近。我已经寻得了中庸之道，既不自负又不随和。"多么狂妄自大的年轻人啊！他十分健壮，整天走路和骑马都不会觉得累。他是十足的酒鬼，还是个不顾一切的赌徒。他的运气并不好。有一次，他为了偿还赌债，不得不把自己的一部分遗产——亚斯纳亚-波利亚纳庄园的房子给卖掉。他的性欲也很强，还因此感染了梅毒。除了这几件倒霉事，他在军队和其他出身良好的、家庭富有的年轻军官差不多。纵情放浪是他们发泄自己旺盛精力的一种方式,他们也沉浸其中,认为这么做能够增强自己在伙伴中的威望(或许的确如此)。托尔斯泰在日记中说,经过一夜的风流之后(我们也许可以从小说中看出来,这是淳朴的俄国人消遣的方式),他会十分懊悔。然而,只要一有机会,他就会再次这么做。

1854年,克里米亚战争爆发,围攻塞瓦斯托波尔时,托尔斯泰掌管一个炮台,他在切尔纳亚河战役中表现出了"非凡的胆识和勇气",于是被提升为中尉。1856年,和平条约签署后,他辞去了自己的职务。托尔斯泰在服役期间写下了许多随笔和故事,还以浪漫主义的方式记叙了童年和青少年的经历,这些文章刊登在了杂志上,引起了高度赞誉。他回到圣彼得堡后受到了热情的欢迎。但他不喜欢自己在那里遇到的人,那些人同样也不喜欢他。尽管他对自己的真诚深信不疑,但他始终无法相信其他人的真诚,并毫不犹豫地说出自己的怀疑。他无法忍受他人的意见,暴躁易怒,不在乎他人的感受。屠格涅夫说,没有什么能比托尔斯泰那副盛气凌人的样子更令人不安,要是托尔斯泰再说上几句挖苦的话,便能惹得一个人勃然大怒。他不能容忍别人的批评,要是他无意中看到一封稍微冒犯到了自己的信,便会立即向作者发出挑战,朋友要费很大的劲才能阻止他进行荒谬的决斗。

那个时候,俄国掀起了一股自由主义的风潮。解放农奴是当时迫切需要解决的问题。托尔斯泰在首都待了几个月后,回到亚斯纳亚-波利亚纳,说要给自己庄园的农奴自由,但农奴们怀疑这是一个陷阱,所以拒绝了。一段时间后,他出国了,回国后他为农奴的孩子们开办了一所学校。他的办学方法非常具有革命性：孩子们可以不去上课，也可以不听老师的话，不受纪律的约束。托尔斯泰就是他们的老师，整天和他们待在一起，晚上一起玩游戏，讲故事，一起唱歌到深夜。

可就在这时，他和一个农奴的妻子有了婚外情，还生下了一个孩子。这并不是一时的迷恋，他在日记中写道："我从未体会过这样的爱情。"很多年后，这位叫作蒂莫西的私生子就成了托尔斯泰一个小儿子的马车夫。传记作家们发现，托尔斯泰的父亲也有一个私生子，也成了一位家庭成员的马车夫。对我来说，这是一种道德麻木。托尔斯泰怀揣着不安的良心，渴望将农奴从堕落中解放出来，教他们要干净、得体、自尊，我本以为他至少会为那个男孩做些什么。屠格涅夫也有一个私生子，是一个女孩，但屠格涅夫对她很照顾，给她请了家庭教师，还很关心她的幸福。当托尔斯泰看到自己的亲生儿子给自己的另一个儿子当马车夫时，难道他不会难堪吗？

托尔斯泰有这样一个特点：他可以怀着满腔热情开始一项新事业，但他早晚又会厌倦。他缺乏毅力，觉得办了两年的学校不尽如人意后，便停止办学了。他对自己很失望，身体也大不如前。后来他写道，要不是生活还有未经探索的一面预示着幸福，自己早就陷入绝望了。他所说的"未经探索的一面"就是婚姻。

他决心要试一试婚姻生活，于是考虑了一些符合条件的年轻女性，又以各种各样的原因将她们抛弃。最后，他娶了一位叫作索尼娅的女孩，她那时十八岁，是贝尔斯医生的第二个女儿。贝尔斯医生是莫斯科一位有名的医生,也是托尔斯泰家的老朋友。托尔斯泰时年三十四岁,这对夫妻在亚斯纳亚-波利亚纳庄园住了下来。婚后的头十年,伯爵夫人生下了八个孩子,接下来的十五年里又生了五个孩子。托尔斯泰热爱骑马和射击。经济情况改善后,他在伏尔加河东面购置了新的地产,最终拥有了大约一万六千英亩的土地。他的生活模式很常见,俄国有许许多多贵族,他们年轻的时候吃喝嫖赌,后来又娶妻生子,在自己的庄园安顿下来,看管着自己的财产,整日骑马射击。其中也有不少人像托尔斯泰一样信仰自由主义,他们苦恼于农民的愚昧无知,试图改善他们的命运。唯一让托尔斯泰与这些人产生区别的,是他在这段时间创作的两部世界上最伟大的小说:《战争与和平》和《安娜·卡列尼娜》。

3

索尼娅·托尔斯泰是一位很有魅力的年轻女性。身材出众、双眼动人,头发乌黑有光泽。她朝气蓬勃、精神抖擞,还有一副优美的嗓音。托尔斯泰一直有写日记的习惯,他在日记里记录了他的期望和想法、祈祷和自责,还记录了他在性或其他方面所犯下的错误。订婚时,托尔斯泰不想对未来的妻子有所隐瞒,便让她阅读自己的日记。她看后大为震惊,彻夜以泪洗面后,她把日记还给了托尔斯泰。她原谅了他,但没有忘记这些事。他们两个人都十分情绪化,有很强的个性——一般来说指的是这类人有一些令人不快的特点。伯爵夫人十分苛刻,占有欲强,忌妒心重;而托尔斯泰为人严酷，固执己见，心胸狭窄。他坚持要妻子亲自哺育孩子，而对方也同意这么做；但在一个孩子出生后，她的胸部剧痛，于是不得不把孩子交给奶妈，托尔斯泰却无理地迁怒于她。他们时不时就会吵架，但最后都和好了。总的来说，他们多年的婚姻生活还算幸福。托尔斯泰工作勤奋、写作刻苦，他的笔迹常常难以辨认，但在每一部分完成后，伯爵夫人都会帮他誊写手稿，因此她很容易就能辨认出他的字迹，甚至能认出他草草写下的笔记。据说，她誊写了七遍《战争与和平》。

为了写这篇文章，我大量引用了艾尔默·莫德的《托尔斯泰的一生》和他翻译的《忏悔录》。莫德认识托尔斯泰及其家人，因此他的叙述很有可读性。可惜的是，他也不管读者想不想知道，就一味地谈论自己以及他的观点。我十分感谢E. J. 西蒙斯教授所作的完整、详细、令人信服的传记。

西蒙斯教授这样描述托尔斯泰的一天："一家人会聚在一起吃早饭，男主人的连珠妙语会让对话妙趣横生。吃完饭后，他会起身说，现在该去工作了。于是他便走进书房，通常还会端着一杯浓茶。没人敢打扰他。下午，他会出门锻炼，通常是散步或骑马。五点钟回来吃晚饭，他狼吞虎咽地进食，吃饱了之后，他会生动地叙述自己在散步时遇到的事情，把家人逗笑。晚饭过后，他又进书房看书，八点时回到客厅与家人或客人一起喝茶。他经常会给孩子们唱歌、朗读，或是和他们一起做游戏。"

这样的生活忙碌充实，令人满足。索尼娅养育孩子、照管家庭、协助丈夫工作，托尔斯泰可以骑马射击、管理自己的财产、撰文著书，在接下来的这些年里，他没有理由生活得不幸福。

过了些年，托尔斯泰快五十岁了，这对男人来说是一个危险的年龄。青春已逝，回首往事之时，他们往往会扪心自问：生命的意义是什么？展望未来，眼看就要进入迟暮之年，他们常常会觉得前途渺茫。托尔斯泰一生都在恐惧一件事，那就是死亡。每个人都会死去，但除非是在危难时刻或病重之际，否则大多数人都会忽略死亡这件事。在《忏悔录》中，他这样描述自己当时的精神状态："五年前，我身上发生了一件非常奇怪的事情。我经历了生命中的困惑和停滞，仿佛我不知道要如何生活，也不知道要怎么办，我感到迷惘和沮丧。尽管不久后，我又开始过着和以前一样的生活，可这些困惑并没有解决。我总是会问自己：人生是为了什么？人生会通向哪里？我觉得自己的立足之处已经崩塌，我的脚下一无所有，我赖以生存的东西已经不复存在，生活也已经没有依靠。我还是得呼吸、饮食、睡眠，可这并不是为了生活，而是因为我的愿望已经没有实现的可能了。

"这一切发生在我身上的时候，周围的人都说我的运气极好。我还不到五十岁，有一个与我相爱的好妻子，孩子们也很听话，还有一大笔财产，没费多大力气就增值了……许多人都夸我，就算我说自己赫赫有名也不算是炫耀……我有坚定的意志力，强健的身体，这在我的同龄人之中是很少见的：就体力来说，我割起草来能赶上农民的速度；从精神上来说，我可以连续工作八到十个小时，并不会因此而感到疲惫。可在我看来，我的人生是别人跟我开的一个愚蠢又恶毒的玩笑。"

托尔斯泰年轻时饮酒过量,这给他留下了严重的后遗症。当他还是个孩子的时候,就已经不再信仰上帝了。失去信仰的他既伤心又失望,因为他失去了解开生命之谜的途径。他问自己:"我为了什么而活,又应该如何活下去?"他并没有找到答案。现在,他又开始信仰上帝了。说来奇怪,他这样一个情绪化的人,会因为一段推理而找回信仰。他写道:"既然我存在于这个世界,那必然有其原因,以及原因的原因。人们所说的首要原因就是上帝。"很长一段时间里,托尔斯泰都信仰东正教,但信徒中的饱学之士却过着与他们的信仰相反的生活,这令他十分反感。他无法认同和相信他们的世界观,他只打算接受那些简单明了的事实。他开始去接触那些贫穷朴素、目不识丁的信徒,他越是关注这些人的生活,就越是确信:尽管他们的思想十分盲目,但他们有着真正的信仰,信仰对他们来说是必要的,只有信仰才能让他们的生命具有意义,让他们有活下去的可能。

经过多年的苦苦思索,他才有了一些答案。这些观点很难被简短地概括出来,再三犹豫后,我才决定要这么做。

托尔斯泰开始相信,只有在耶稣的话中才能找到真理,但他不相信某些基督教的教义,拒绝接受基督的神性、处女生子以及耶稣的复活;他也不相信圣礼,认为这不过是为了掩盖真理。在很长一段时间中,他都不相信人死后还会有生命;直到他意识到他自身只是无限的一部分之后,才相信生命不会随着身体的消失而终结。他在临终前宣称,自己相信的不是创造世界的上帝,而是一个存在于人类良知里的上帝。有人也许会想,这样一个上帝仅存在于人们的想象中,就像是虚构的人马怪或独角兽。但托尔斯泰认为,基督教义的精髓在于"不与恶人作对"的戒律中;而"什么誓都不可起"这条戒律不仅仅可用于常见的咒骂,还可以用于一切的发誓,包括证人席上或士兵就职时的宣誓;"爱你的敌人,祝福诅咒你的人"阻止了人们与国家的敌人作战,或在受到攻击时自卫。托尔斯泰认为,接受观点就意味着行动,如果他得出结论——基督教的实质是爱、谦卑、克己和以德报怨,那么他就必须放弃生活中的乐趣,让自己变得谦卑和仁爱,忍受一切痛苦。

索尼娅·托尔斯泰是东正教的忠实信徒,她坚持让孩子们接受宗教教育,事事都按照自己的标准尽职尽责。她并不是一个有着伟大精神的女人;她养育这么多孩子,让他们接受良好教育,还要经营这个大家庭,根本没有多少时间培养自己的灵性。她不理解丈夫的想法,但她还是宽容地接受了。然而,当丈夫的行为发生变化时,她毫不掩饰地表现出了愤怒。托尔斯泰觉得自己不应该麻烦别人,于是他开始自己烧炉子、打水、整理衣物。他认为要靠自己的双手谋生,于是找了一个鞋匠教他制鞋,在亚斯纳亚-波利亚纳,他和农民一起犁地、搬运干草、伐木。伯爵夫人对此并不赞同,因为在她看来,托尔斯泰从早到晚都在干着无用的活,即使是农民,也只有年轻人才会干这些事。

她给托尔斯泰写信说:"你当然会说自己喜欢这样的生活,因为它与你的信仰相符。这是另一回事,我只能说:您就尽情享受吧!但令我气恼的是,劈柴、烧水、制鞋这样的工作会损害你的脑力——将这些事情作为消遣或调剂来说倒是不错,但万不可当成专职。"她这话说得很有道理。可是托尔斯泰认为体力劳动比脑力劳动更高尚，更辛苦。这是个糊涂的想法。每个作家都知道，经过几个小时的创作之后，人就会精疲力竭。工作没有贵贱之分，人们工作是为了享受闲暇。只有蠢人才会因为不知道休息时该做什么而忙个不停。即使托尔斯泰觉得给闲人写小说是不对的，那他也可以找到一份比制鞋更需要脑力的工作，况且他的鞋做得不算太好，送给别人都没人穿。他还打扮得像个农民，十分邋遢。有一天，他装卸粪肥后就直接去用餐，结果搞得屋子里臭气熏天，不得不打开窗户。他放弃了自己曾经热爱的射击，为了保护动物，成了一名素食主义者。多年以来，他都喜欢喝点酒，现在他完全戒酒了。经历一番挣扎后，他把烟也给戒了。

这时，他的孩子们已经长大了。为了让孩子们接受教育，以及让最大的女儿坦妮娅进入社交界，伯爵夫人坚持要在冬天搬到莫斯科去。虽然托尔斯泰厌恶城市生活，但还是听从了妻子的决定。莫斯科的贫富差距令人震惊。"我感到十分难受，而且这种感觉久久萦绕在我心头。"他写道，"一想到我自己有多余的食物，而有些人却食不果腹，一想到我有多余的外套，而有些人却衣不蔽体，罪恶感就不断萦绕在我心头。"人们总是告诉他，世上一直都会有富人和穷人，而托尔斯泰觉得这样是不对的。在参观了一家为穷人提供的残破旅馆后，他甚至觉得由两个戴着白领带和白手套、穿着礼服的男仆服侍，享用一顿有五道菜的晚饭，都是一件令人羞愧的事情。他把钱送给那些向他求助的穷人，但他发现这些人从自己身上拿走钱，往往是弊大于利的。"金钱是邪恶的，"他说，"因此，施舍钱财是一种恶行。"他很快得出另一个结论：金钱是邪恶的，拥有钱财就是罪恶。

对于托尔斯泰这样的人来说，他的下一步显然是放弃自己的一切。但妻子不想变成穷人，也不希望孩子身无分文。她威胁说要向法院上诉，要他承认自己没有能力管理自己的财务。天知道他们为此争吵了多少次后，托尔斯泰才肯把自己的财产交给妻子。最终，托尔斯泰把财产分给了她和孩子。在这一年里，他不止一次离开家，和农民一起生活，但他还没走多远，就想到了妻子的痛苦，于是打起了退堂鼓。他继续在亚斯纳亚-波利亚纳过奢侈的生活（其实也算不上多奢侈），这令他感到羞愧。夫妻之间的摩擦仍在继续，他不赞同伯爵夫人给孩子们提供的教育，也无法原谅她阻止自己按照意愿处理财产。

在对托尔斯泰生平的简单介绍中，我不得不省略掉了许多有趣的内容。关于他改变信仰之后的三十年，我必须要介绍得更简洁一些。人们认为他是俄国最伟大的作家。托尔斯泰作为小说家、教师和道德家，在全世界范围内享有盛誉。那些想要按照他的观点生活的人组成了团体，试图将他的原则付诸实践，虽然这种行动一再失败，显得滑稽可笑，但他们的不幸遭遇仍然发人深省。由于托尔斯泰本性多疑、喜欢争辩、偏执狭隘，毫不掩饰地认为那些不赞同自己观点的人都是心怀不轨，因此他的朋友不多。可随着他的名气越来越大，有一大批学生和朝圣者，都来参观他曾在俄国写作、生活的圣地。新闻记者、观光客、仰慕者、门徒、富人、穷人、贵族、平民都会到亚斯纳亚-波利亚纳庄园来。

我之前说过，索尼娅·托尔斯泰的忌妒心和占有欲都很强，她一直想独占自己的丈夫，讨厌陌生人闯进自己的家。她的忍耐力受到了极大的考验："他向人们描绘和讲述自己的美好感情的同时，仍然按照原有的样子生活。他爱吃甜食，骑自行车，骑马，纵欲。"还有一次，她在日记里写道："他为了人类幸福所做的事情，无不让我们的生活变得复杂烦琐。我觉得日子越来越难过，忍不住要发牢骚……他所做的关于爱与善的说教让他忽略了自己的家庭，还让各种各样的人闯入了我们的生活。"

在第一批认同托尔斯泰的观点的人之中，有一个叫切尔科夫的年轻人。他很富有，担任警卫队队长，在他开始信奉不抵抗原则之后，便辞去了自己的职务。他为人诚实，是一个理想主义者和狂热分子。他的脾气十分暴躁，总是将自己的想法强加在其他人身上。艾尔默·莫德表示，每一个同他交往的人，要么成了他的工具，要么同他吵得不可开交，要么离他远远的。他和托尔斯泰之间产生了深厚的感情，直到后者去世。他还深深地影响了托尔斯泰，这令伯爵夫人十分恼怒。

在托尔斯泰的少数几个朋友看来，他的观点有些极端，但切尔科夫却敦促他进一步把观点落实为行动。托尔斯泰一直忙于自己的精神发展，疏于财产管理，因此，尽管他拥有价值超过六万英镑的财产，每年却只能获得不超过五百英镑的收入。这显然不足以维持整个家庭的运转和教育孩子的支出。索尼娅说服丈夫将自己在1881年之前所有作品的版权都交给她，借了些钱之后，她就开始自己出版书籍，有了不少盈利。但保留作品的版权显然与托尔斯泰的信念不相符，在切尔科夫的影响下，托尔斯泰宣布，将1881年以后所有作品的版权向公众开放，让任何人都能够出版。这件事足以令伯爵夫人怒不可遏，托尔斯泰越发得寸进尺：他要求妻子交出早期作品的版权，其中当然包括最畅销的那几部小说。妻子自然不肯，这毕竟是她和一大家子人赖以生存的经济来源。旷日持久的尖锐争端随之而来，索尼娅和切特科夫都不让他安生。他在两方的主张之间摇摆不定，无法否定任何一方的观点。

4

1896年，托尔斯泰六十八岁。他已经结婚三十四年，大部分孩子都已经长大成人，二女儿也快要结婚了。五十二岁的妻子和一个比自己年轻很多的男人开始了一段不光彩的恋情，对方是一个叫作塔纳耶夫的作曲家。托尔斯泰感到羞愧和愤怒，他给妻子写了这样一封信："你和塔纳耶夫的关系令我厌恶，我无法平静地接受这一切。要是再这样下去的话，只会无益于我的寿命。这一年来，我完全没有自己的生活，你也是知道的。我曾愤怒地跟你提起过此事，还为此进行祷告。最近我开始保持沉默，我尝试了一切办法，却无济于事。你们的亲密关系还在继续，有可能还会继续这样下去。我再也受不了了。你既然无法割舍这段恋情，那就只有一个办法了——分开。我已经下定决心了，但必须以一个最体面的方式结束。对我来说，最好的办法就是出国。我们会想出一个对双方都好的法子。有一点是肯定的，我们不能再这样下去了。"

然而，他们没有分开，而是继续在生活中彼此折磨，上了年纪的伯爵夫人狂热地追求着作曲家。这位作曲家起初感到受宠若惊，但很快就厌倦了对方的爱意，这份感情令他看起来十分可笑。她终于意识到对方在躲避自己。在被作曲家公开侮辱后，她感到无比难堪和屈辱，不久之后得出结论：塔纳耶夫不仅脸皮厚，身体和心灵同样令人恶心。这段不光彩的恋情就此告一段落。

人们都知道这对夫妻不和，托尔斯泰的门徒（这些人是他为数不多的朋友）现在都站在他那边。他们因为索尼娅阻止托尔斯泰实现理想，所以对她怀有敌意，索尼娅因此感到痛苦万分。可信仰并没有给托尔斯泰带来多少欢乐，反而让他失去了很多朋友，让他和家人闹得不愉快，与妻子争执不断。追随者们看到托尔斯泰生活安逸，都来责备他，他也觉得这是自己应受的。他在日记中写道："如今，我已经要七十岁了，我全心全意地渴望安宁和平静，虽然这不是我的信仰，但也要比生活在信仰与良知的巨大矛盾中要好。"

托尔斯泰的健康状况也大不如前，在后来的十年中，他得了好几场病。有一次病得特别严重，差点就去世了。这段时期与他相识的高尔基是这样形容他的：身材瘦小、头发灰白，但他的眼神比往常还要敏锐，有着更加锐利的目光。他的脸上布满了深深的皱纹，留着长长的、蓬乱的白胡子。他已经是个八十岁的老头子了。过去了一年又一年，托尔斯泰八十二岁了，他就快不行了，显然只剩下几个月的日子可活了，但激烈不休的争吵让他剩下的日子更加难过。切尔科夫显然并不完全赞同托尔斯泰"财产是不道德的"这样的看法，他在亚斯纳亚-波利亚纳庄园附近花了大价钱建造了一栋大别墅。尽管托尔斯泰对这一大笔花销感到痛惜，但两人住得更近之后，交往也变得更加密切。如今，他强烈地敦促托尔斯泰兑现自己的承诺，即在他死后，公开所有作品的版权。他们想要剥夺托尔斯泰在二十五年前交给他妻子的版权。切尔科夫和伯爵夫人之间长期存在的敌意演变成了公开的斗争。除了托尔斯泰的小女儿亚历山德拉完全服从于切尔科夫，其他孩子都站在母亲那一边。他们不喜欢父亲那样的生活，尽管他把自己的财产分给了他们，但他们还是想不明白，为什么父亲不让他们继续享有其作品带来的巨额收入。据我所知，他们从没有被教育过要自食其力。尽管家人给托尔斯泰施加了压力，他还是立下了遗嘱，要公开自己所有的版权，并在去世之后把自己所有的手稿都交给切尔科夫，以便让所有想出版这些作品的人都能任意使用。这显然不符合法律的规定，切尔科夫建议托尔斯泰另外起草一份遗嘱，整个公证过程都在屋子里偷偷进行，这样伯爵夫人就不知道发生了什么事。托尔斯泰躲在书房里，关紧房门，亲手抄写了一份遗嘱。在这份遗嘱中，他把版权交给了女儿亚历山德拉，这是切尔科夫给出的建议。他还轻描淡写地说道："我相信，托尔斯泰的妻儿都不希望由一个外人来继承遗产。"由于这份遗嘱剥夺了他们主要的收入来源，因此这话是可信的。但切尔科夫仍不满意，他又起草了一份遗嘱。在切尔科夫家附近的森林里，托尔斯泰坐在一根树桩上抄写了这份文件，这样一来，切尔科夫就掌握了托尔斯泰所有的手稿。

在所有手稿中，最重要的就是托尔斯泰后期的日记。他们夫妻俩一直都有写日记的习惯，并互相翻看对方的日记。虽然这也在情理之中，但这样做并不合适，因为如果在对方的日记中看到了对自己的不满，就会相互指责抱怨。早期的日记都由索尼娅保管，但托尔斯泰把自己最后十年写下的日记交给了切尔科夫。索尼娅下定决心要得到这一部分的日记，一方面是为了出版它们，好大赚一笔，更重要的原因是，托尔斯泰在日记里坦率地记录下了他们之间的分歧，而她不希望把这些段落公之于众。她给切尔科夫写信，希望他能把日记还给自己，但他拒绝这么做。为这件事，她还威胁道，要是不把日记要回来，她就喝下毒药或是溺水自尽。托尔斯泰被她引发的这场闹剧搞得焦头烂额，于是从切尔科夫手中要回了日记，但并没有交给索尼娅，而是放在了银行。切尔科夫给他写了一封信，托尔斯泰在日记中写下这段评论："我收到了切尔科夫的一封信，信中满是抱怨和指责。我快被逼疯了，有时候我真想远离他们所有人。"

打年轻的时候起，托尔斯泰就有一个愿望，那就是逃离这个纷繁复杂的世界，到一个可以让自己避世隐居、完善自我的地方去。他和很多作家一样，把自身的渴望寄托在小说的主人公身上，《战争与和平》中的皮埃尔和《安娜·卡列尼娜》中的莱温，他对这两个人物偏爱有加。此时的生活环境让他对这个愿望着了魔。妻子和孩子折磨着他，朋友侵扰着他，他们都认为托尔斯泰至少应该贯彻自己的原则。很多朋友对托尔斯泰不满，因为他并没有履行他宣扬的原则，他每天都会收到控诉。一个热心的门徒给托尔斯泰写信，希望他能放弃自己的财产，把钱分给他的亲戚和穷苦百姓，自己一个戈比也不留，以乞讨为生。托尔斯泰回信说："你的信深深地打动了我，你的建议一直是我神圣的梦想，但时至今日，我也无法做到。其中有很多原因……最主要的原因是，我的行为不能影响到其他人。"我们都知道，人们常常把自己行为的真正动机推给潜意识。在这种情况下，我认为托尔斯泰不遵循自己的良知也不听从追随者的建议，是因为他并不太想这么做。作家有这样一种心理，虽然从未见过有人提起，但对于研究作家生平的人来说，这一点是显而易见的。所有的作品，至少在某种程度上，是作者的本能、渴望、幻想（随便你怎么称呼）的升华，由于某种原因，作者压抑了这些东西，只有通过文学的形式表达出来，才能避免进一步通过实际行动来完成。这并不能让作者完全满意，会感到力不从心。这就是文人赞颂、羡慕实干家的原因。如果托尔斯泰没有在写书的过程中磨灭自己的决心，那么他很可能在自己身上找到力量，凭借真诚去实践自己认为正确的事。

托尔斯泰是一个天生的作家，本能地用最有效、最有趣的方法来处理事情。我认为，在他说教性的作品中，为了让这些作品更具说服力，他自由地挥洒笔墨，如果他停笔想想这些文字会产生的后果，那他就不会如此坚定了。有一次，他承认妥协在理论上令人难以接受，但它在实践中是不可避免的。但是在这种情况下，他肯定是放弃了自己的整个立场。如果妥协在实践中是不可避免的话，那就说明这样的实践行不通，这个理论也一定存在问题。可遗憾的是，对于托尔斯泰来说，他那些朋友和门徒，出于对他的仰慕而成群结队地赶到亚斯纳亚-波利亚那庄园，他们难以接受自己的偶像竟然会屈尊妥协。为了与他们强烈的仁义道德相符,他们强迫老人牺牲自己,这样做实在有些残忍。他所传递的信息将自己牢牢困住,他的作品以及它们所产生的影响(大多数产生了灾难性的影响,有人因此被流放,有人因此成了阶下囚),他所鼓吹的奉献精神和爱,他受到的崇敬,都让他穷途末路。眼前只有一条路,可他不愿意走这条路。

最终,托尔斯泰离开了家,踏上那条以死亡为终点,尽管困难重重但举世瞩目的旅程。他走到这一步的原因并不是出于良知,可能是迫于崇拜者的恳求,或是为了逃避自己的妻子。其实,这一决定源于一个偶然的事件。有一天,托尔斯泰已经上床休息了,他听到索尼娅在书房翻阅文件,马上想到自己背着妻子签下的遗嘱。他心想,索尼娅应该是从哪里得知了遗嘱的存在,正在四处寻找它。在她离开书房后,托尔斯泰从床上起来,整理了一部分手稿,收拾了几件衣服,把在家里住了一段时间的医生叫醒,告诉他,自己要离开这个家了。亚历山德拉也醒了,车夫被叫下床,给马套上了挽具。在医生的陪同下,托尔斯泰驾车去了车站。此时是凌晨五点,火车上很拥挤,他不得不冒着冷风和雨站在车厢尽头的露台上。他先是在沙马丁停了下来,他的一个妹妹在这里的修道院当修女,亚历山德拉在这里与他会合。她带来消息说,发现托尔斯泰不见以后,伯爵夫人甚至试图自杀。她自杀过不止一次,每次都大闹一场。为了不让母亲发现自己的行踪,亚历山德拉催他继续赶路,他们朝着罗斯托夫出发。途中,托尔斯泰染上了感冒,身体很不舒服。他在火车上病得越来越重,医生决定在下一站下车。这个地方叫作阿斯塔波沃，站长得知病人的身份后，就把自己的房子让给托尔斯泰。

托尔斯泰给切尔科夫发了电报。亚历山德拉派人去请她的大哥从莫斯科找一位医生来。托尔斯泰是个大人物，他的一举一动都为人所知。不到一天，就有一位记者把他的位置告诉了伯爵夫人。她急忙带着家里的孩子赶到了阿斯塔波沃。托尔斯泰此时已经病重，所以大家不让她进屋，也没有告诉托尔斯泰。托尔斯泰病重的消息引起了全世界的关注，在那一周里，阿斯塔波沃车站被政府代表、警察、铁路官员、新闻记者、摄影师挤得水泄不通。他们晚上直接住在车厢里。当地电报局的工作多得应付不过来。在万众瞩目之下，托尔斯泰已经奄奄一息，由五名医生共同照顾他。他大多数时候都处于神志不清的状态，但在他清醒的时候，仍然会挂念着索尼娅（他以为索尼娅还在家，不知道自己的下落）。他知道自己命不久矣，曾经害怕死亡的他，现在已经不再害怕了。

"这就是结束，"他说，"没关系。"他的身体每况愈下，神志不清时仍继续叫喊："快逃！快逃！"最后人们让索尼娅进入了房间。托尔斯泰已经陷入昏迷，索尼娅跪下来，亲吻了他的手。他叹息了一声，但没有迹象表明他知道索尼娅的到来。1910年11月7日，星期日，早上六点过后几分钟，托尔斯泰与世长辞。

5

托尔斯泰在三十四岁时开始写《战争与和平》，这是创作一部杰作的最好年龄。这个年纪的作者对自己的创作能力和技巧有足够的了解，也有着丰富的人生经验，能够充分发挥自己的才智。托尔斯泰以拿破仑战争为背景，构想的高潮部分是拿破仑入侵俄国、火烧莫斯科和最后的战败撤退。他打算以这些历史事件为背景，写一个贵族家庭的故事。故事中的人物会经历许多的磨难，这些经历对他们的精神产生了影响，在历尽苦难之后，他们过上了平静而幸福的生活。只有在创作的时候，托尔斯泰才会重点强调对立国家之间的激烈斗争，并构想出被后人奉为历史哲学的观点。不久前，以赛亚·伯林先生出版了一本趣味盎然、极富教育意义的小书，名叫《刺猬与狐狸》。他在此书中表示，托尔斯泰的看法受到了著名外交家约瑟夫·德·梅斯特《圣彼得堡之夜》的启发。这并不是在说托尔斯泰不好，小说家的任务并不是提出观点，而是创造人物。观点就摆在那里，就好像每个人的经历、所处的环境一样，都可以用来创造出艺术作品。读了伯林先生的书之后，我觉得自己必须再读一读《圣彼得堡之夜》。托尔斯泰在《战争与和平》第二部分的后记中提出的一些思想，梅斯特以三页的篇幅进行了阐释，其要点就是这样一句话："C'est l'opinion qui perd les batailles, et c'est l'opinion qui les gagne."（观点让他们胜利，也是观点导致了他们的失败。）托尔斯泰曾亲眼见过高加索战争和塞瓦斯托波尔战争，他的亲身经历让他得以生动地描述各种战争场景。他所观察到的东西和梅斯特的观点一致，但他的描写有些复杂。在我看来，人们可以从小说情节和安德鲁公爵的思考中更好地了解他的观点。顺便提一句，我认为这才是小说家表达自己观点的最佳方式。

托尔斯泰认为，由于偶然的情况、错误的判断和意外的事故，世上不可能存在精确的战争策略，也不存在军事天才。影响历史进程的并不是伟大的人物，而是一股神秘的力量，这股力量贯穿于各个国家，在不知不觉中驱使人们走向胜利或失败。领先者好比是一匹被套在马车上的马，它开始全速下山——到了一个特定地点，马就分不清到底是自己在拉着车前进，还是车在逼着自己往前跑。拿破仑之所以赢得战争，并不是因为他的战略优秀或兵力强大（由于形势的变化以及信息滞后，拿破仑的号令并没有得到实施），而是因为对手坚信这一战必定会失败，所以放弃了这场战斗。战争的结果取决于上千个难以预测的可能，其中任何一个都可能在刹那间成为决定性的因素。"就自由意志而言，拿破仑和亚历山大对某一事件的贡献，并不比一个被迫战斗的新兵要大。""那些被称为伟人的人，实际上只是历史上的一个标签，事件以他们的名字命名，但他们之间的联系往往并没有标签上说的那样紧密。"在托尔斯泰看来，他们不过是被大势所驱使的傀儡，既不能抵抗，又无法控制。此处显然有些令人困惑，我不明白他是如何将事件发生的"命中注定的必然"和"反复无常的偶然"协调起来的，因为当命运来到门口时，机会就从窗户悄悄溜走了。

人们很容易产生这样的印象，即托尔斯泰的历史哲学至少有一部分来自对拿破仑的蔑视。拿破仑很少在《战争与和平》中出现，但他每次出现，都表现出一副微不足道、容易受骗、愚蠢可笑的样子。托尔斯泰称他为"历史上最渺小的工具，他在任何时候，即使在流亡期间，也没有表现出任何男子气概。"人们将拿破仑看作是伟人，这让托尔斯泰感到愤怒，他连马都骑不好……此处需要暂停一下，法国大革命造就了大量年轻人，他们像科西嘉律师的儿子一样野心勃勃、聪明果断、不择手段。很多人不禁发出这样的疑问：为什么是这个外表平平无奇、操着外地口音、没有财富和权势的年轻人，打赢了一场又一场战争，成为法国的独裁者，让半个欧洲都处于他的统治之下？如果你看到一个桥牌选手赢得了一场国际锦标赛，可以说是他运气好或者是他的搭档优秀；假如不管搭档是谁，他都多年赢得比赛，那就说明他天赋过人。在我看来，一个伟大的将军所需的品质、知识、胆识、天赋和判断力与优秀的桥牌选手一样。当然，拿破仑的确受到了时势的帮助，但如果否认他的天赋，那就是偏见了。

然而，《战争与和平》并不会因此受到影响。这段叙述就像急流的隆河，匆匆汇入风平浪静的莱曼湖。据说书中大约有五百个人物，他们都具有自己的人格，这是十分了不起的。和大多数小说不同，这部小说不是关注两三个或一小群人物，而是把注意力集中在四个贵族家庭的成员身上，包括罗斯托夫一家、博尔孔斯基一家、库拉金一家和别祖霍夫一家。如书名所示，这部小说讲述的是战争与和平，角色的命运就是在这样对比鲜明的背景中得以呈现的。当出于主题需要，小说家叙述不同事件和不同人物时，需要思考如何自然地过渡，才能让读者欣然接受。如果作者成功做到了这一点，读者就会发现，作者已经把需要了解的人物和事件告诉自己，可以接受下面的情节了。总的来说，托尔斯泰巧妙地完成了这项困难的工作，让读者感觉像是在阅读一篇线索单一的故事。

托尔斯泰和其他的小说家类似，将自己熟悉或认识的人作为小说中人物的原型，但他不仅能发挥想象，更善于如实刻画他们。挥霍无度的罗斯托夫伯爵的原型是托尔斯泰的祖父，而尼古拉斯·罗斯托夫的原型是他的父亲，可怜又可爱、样貌丑陋的玛丽公主则是以他母亲为原型。有人还会认为，皮埃尔·别祖霍夫和安德鲁·博尔孔斯基王子这两个人身上都有托尔斯泰的影子。真是这样的话，那就足以说明托尔斯泰在意识到了自身的矛盾后，为了更清楚地认识和理解自己的性格，便以自己为原型，创造了两个截然不同的人物。

皮埃尔和安德鲁王子都爱上了罗斯托夫伯爵的小女儿娜塔莎，她是托尔斯泰在小说中创造的最可爱的女孩。没有什么比塑造一个既迷人又有趣的年轻女孩更难的了。一般来说，小说中的年轻女孩都被刻画得乏味无趣（《名利场》中的阿米莉娅）、自命不凡（《曼斯菲尔德公园》中的范妮）、过于聪明（《利己主义者》里的康斯坦蒂娅·达勒姆）、有些傻气（《大卫·科波菲尔》里的朵拉）或是愚蠢、轻佻、单纯。在这个年纪，她们还未形成自己的性格。同样，一个画家只有经历了人生沧桑、思想的变化、爱情和苦难之后，才能把一张脸描绘得迷人。在刻画一个女孩的过程中，最好的方式是展现出其青春魅力。娜塔莎的形象无比生动自然，她甜美可爱、善解人意、富有同情心，既有孩子气又有些女人味。她急性子、热心肠、固执任性、反复无常，是个理想主义者，各个方面都很迷人。托尔斯泰创造了许多女性角色，她们都非常真实,但不像娜塔莎那样受人喜爱。她的原型是托尔斯泰妻子的妹妹坦尼娅·贝尔斯。托尔斯泰深深地被她迷住,就像查尔斯·狄更斯迷恋妻子的妹妹玛丽·霍加斯一样。这样的相似性多么具有启发意义啊!

托尔斯泰将自己对生命意义的热情探索寄托在两个深爱娜塔莎的男人身上,尤其是安德鲁公爵,他是俄罗斯社会环境的产物。他是个有钱人,坐拥大量地产,家中奴仆无数,任他使唤。要是惹得他不高兴了,他就会脱光他们的衣服,用鞭子打一顿。他还会逼他们抛妻弃子到军队去服役。要是他看上了哪个女孩或已婚女子,他就会派人把她们找来,以供自己享乐。安德鲁公爵英俊潇洒、外貌出众、目光倦怠,表现出一副百无聊赖的样子,他就是浪漫小说中的"美丽而阴郁"的男性角色。他为人英勇,以自己的出身和地位为骄傲,品格高尚,但为人傲慢、盛气凌人,习惯傲慢蛮横的态度,从来不近人情。他对待与自己地位相等的人时会傲慢,对待比自己地位低的人更是会摆架子。同时他善良仁慈,也很聪明。他富有野心,想要出人头地。托尔斯泰如此巧妙地描述他:"安德鲁公爵总是特别热衷于指引年轻人走向成功。他一身傲气,从不肯接受他人的帮助,但他却以寻求他人的帮助为借口,去接触那些颇有成就又能吸引他的圈子。"

皮埃尔这个角色更令人费解。他身形巨大、相貌丑陋、身材肥胖,有高度近视,必须戴眼镜才能看清楚。他还暴饮暴食,是个花花公子,做起事来笨手笨脚。他天性善良、真诚友好、善解人意、慷慨无私,认识他的人都很喜欢他。他很富有,身边有一群逢迎他的人，再不中用的人都能从他的口袋里拿到钱。他是个赌徒，莫斯科贵族俱乐部的成员无情地欺骗了他。他早早地被骗入了婚姻的殿堂，对方是一个漂亮的女人，为了钱才嫁给他，对他十分不忠。皮埃尔与妻子的情人进行了一场荒唐的决斗，之后去了圣彼得堡。在旅途中，他偶然遇到一位神秘的老人，原来他是共济会的一名成员。两人交谈起来，皮埃尔表示自己并不信仰上帝。这位共济会成员回答："如果上帝不存在，那我们就不会提起他。"他还给皮埃尔做了一些基本的介绍，用本体论证明上帝的存在。这是坎特伯雷大主教安塞尔姆所提出的，内容如下：我们将上帝定义为最伟大的思维实体，这样的思维实体必须存在，除非还有一个更伟大的思维实体。由此可以证明上帝的存在。尽管这个结论最后被托马斯·阿奎那否定，也被康德证伪，但它说服了皮埃尔。抵达圣彼得堡不久后，他就加入了共济会，这样突然的转变让皮埃尔显得过于肤浅。

皮埃尔决定回家解放农奴，让他们获得幸福。结果他被自己的管家欺骗了，就像他被赌友欺骗一样。他试图与人为善，却遭受了挫折。由于缺乏毅力，他的慈善计划也基本上落空了，他又开始像以前一样过着无所事事的生活。他还发现共济会的大多数会员只注重形式，许多人加入共济会只是为了接触有钱人，并从中获益，于是他开始厌倦共济会，并沉溺于赌博和花天酒地。

皮埃尔熟知并厌恶自己的缺点，但他缺乏毅力。他是一个谦虚仁慈的人，在波罗底诺战役中表现得十分无能。他以平民的身份驾着马车赶到战场，却因妨碍作战而遭到嫌弃，到最后又落荒而逃。

莫斯科大疏散时，他坚持要留下来，结果被当成了纵火犯，被判监禁。法国人战败后，他和其他囚犯一起被带走，最终被游击队救了出来。

很难搞清楚他到底是个什么样的人。他善良谦虚，讨人喜欢，同时又懦弱无能。我认为应该将他看作是《战争与和平》的主人公，因为他最终和性感迷人的娜塔莎结婚了。托尔斯泰应该是喜欢他的，托尔斯泰满怀温柔和同情地刻画他，但我怀疑是否有必要将他描写得如此愚蠢。

对于《战争与和平》这样的长篇小说，作者一定会在创作时逐渐失去热情。托尔斯泰以莫斯科大疏散和拿破仑惨败作为结尾，但毫无疑问，这样冗长的叙述导致了小说结尾缺乏惊奇感。托尔斯泰还描写了悲怆动人、富有戏剧性的情节，可人们没有耐心读这些。人们可能认为托尔斯泰把这些零散的情节连接起来，是为了重新引出那些已经淡出读者视线的人物。在我看来，他这样写作是为了引出另一个新人物，这个人物对皮埃尔精神上的发展有着重要的影响。他就是皮埃尔的狱友之一——柏拉图·卡拉塔耶夫，一个因偷盗木材而被迫参军入伍的农奴。

在当时的俄国，这样的人完全能够引起知识分子的注意。他们生活在严酷的专制统治之下，了解贵族阶级的空虚浮华，知道商人阶级的无知和狭隘，他们已经明白，只有依靠农民阶级才能拯救俄国。托尔斯泰在《忏悔录》中已经对自己的阶级流露出绝望。然而，地主、商人、农民都有好坏之分。认为农民代表正直只是知识分子的错觉。

《战争与和平》的所有人物中，托尔斯泰对普通士兵的刻画是最成功的。比如柏拉图·卡拉塔耶夫，他爱所有人，非常无私，乐观地忍受着艰难险阻。他拥有高洁的品格，皮埃尔看到了他的善良，也开始被他影响："曾经支离破碎的世界再一次激荡了他的灵魂，产生了一种新的美，立足于一个全新的不可动摇的基础。"皮埃尔明白了"人的幸福只存在于内心，来自于简单需要的满足。不幸并非源自贫困，而是因为物质富足，生活中没有什么无法面对的困难"。最终，他发现自己拥有了长久以来苦苦追寻的平静和安宁。如果有些读者对撤军的描写不太感兴趣，那么结尾的第一部分就能弥补这一点。这样的设置是很巧妙的。

老一辈的小说家在结束讲述后，常常会把主要人物后来的遭遇告诉读者。读者可以得知，男女主人公幸福地生活在一起，家境富裕，生了许多个孩子。而小说中的反面人物，就算没有遭到天谴，也会变得穷困潦倒，娶一个唠叨不休的妻子，遭到该有的报应。这样草草收尾会让读者觉得这是作者为了不让他们失望，所以稍微给他们尝点甜头。而托尔斯泰十分重视结尾。七年过去了，我们来到了尼古拉斯·罗斯托夫家，他的妻子十分富有，有了孩子；安德鲁伯爵在波罗底诺战役中受了致命重伤；尼古拉斯娶的是他的妹妹；皮埃尔的妻子在军队入侵期间不幸去世，他和自己深爱的娜塔莎结婚了，也有了自己的孩子。他们深深地爱着对方。但他们变得多么乏味，多么平凡！在历经险阻，遭受苦痛和折磨后，他们终于能够安顿下来，心满意足地过上中年生活。以前的娜塔莎是那么甜美可爱、任性活泼、讨人喜欢，现在却成了一个挑三拣四、吹毛求疵、泼辣精明的家庭主妇；曾经那么英勇顽强的尼古拉斯·罗斯托夫，现在成了固执己见的乡绅；皮埃尔比以前胖了许多，还是那么和蔼可亲，不过没有以前聪明了。这个幸福的结局其实有些悲伤的意味。我想，托尔斯泰之所以这样安排结尾，是因为他知道一切都会变成这样，他只是在说出事实。

怎样的人写出怎样的书

文笔优美并不是小说家所必需的条件，更重要的是作者的生命力、想象力、创造力和敏锐的观察力，以及他对人性的了解、兴趣和同情，作品的高产能力和他的智慧。但奇怪的是，这些杰出作家的文笔并没有好到哪里去，更令人奇怪的是，他们居然还能当上作家。

"作家派对"

在你举办了一个聚会之后,尤其是你的客人们地位高贵的时候,在你送走最后一个客人,回到客厅里后,你就会和妻子(假如你有妻子),或是和同居的朋友(假如你没有妻子)一起喝一杯,谈论那些宾客。A的状态很好;B有一个惹人讨厌的习惯,他喜欢在别人讲得兴起时打断人家,扫了人家的兴;但A仍然滔滔不绝地继续谈论着,毫不理会B的插嘴,仿佛B从来没有开过口似的,这实在是有趣。C和D有些扫兴,他们没有做出半点努力,也从来没有想过聚会的氛围。为了帮他们辩解,你说其中一个是因为害羞,另一个是因为他有自己的原则,要是没有什么值得他说的话,他就不会开口。你的朋友公正地反驳说,如果我们都那么严肃,那就没什么好聊的了。你笑着,接着聊到了E,他和平常一样刻薄和暴躁。他感到十分不满,因为他觉得自己的优点没有被人充分地意识到。功成名就的时候,他的性子会稍稍缓和,但要是少了几分犀利,他的妙语可能就没那么有趣了。你想知道F最近的恋情进展如何,并试着回忆那令人捧腹的笑话。总的来说,这是一次不错的聚会。你们喝完酒,关上灯,然后回到各自的卧室。

我在上文提到的小说家们的陪伴下度过了许多岁月,在和他们分别之前,我想在脑海中总结一下他们给我留下的印象,仿佛他们都是我的客人。

这真是一个欢快的宴会。起初,话题的范围很广。托尔斯泰打扮得像个农民,留着蓬乱的大胡子,灰色的小眼睛飞快地扫视着周围的人,饶有兴致地谈论上帝,粗俗不堪地讲着性事。他沾沾自喜地说,自己年轻时是个好色的人,但为了证明自己本质上是个农民,他用了一个很粗俗的词。陀思妥耶夫斯基发现没有人真正欣赏他的天赋,所以很长一段时间都一言不发,闷闷不乐。突然,他破口大骂起来,要不是其他的人都忙着聊天,没有注意到他,可能就会引起一场争吵。这场宴会分成了几个小团体,陀思妥耶夫斯基走到角落里独自坐着,当他注意到托尔斯泰的罩衫是由上等料子做成,每码料子至少要花七个卢布时,他那张饱受摧残的脸上露出了嘲讽的冷笑。他无法原谅托尔斯泰,因为莫斯科一家杂志的编辑由于刚为《安娜·卡列尼娜》付了很多钱,而拒绝购买他的连载小说。托尔斯泰居然把谈论上帝当作自己的特权,这令陀思妥耶夫斯基大为恼火:他难道从来没有读过《卡拉马佐夫兄弟》吗?陀思妥耶夫斯基的眼睛里充满了冷漠,带着阴郁和厌恶,一个个地扫视着房间里的人,最后把目光落在一个独坐的女人身上。她长得平平无奇,苍白的脸上充满了轻蔑和不满,这让他那饱受折磨的灵魂产生了共鸣。她的表情中显露出一种吸引着他的灵性,他听说这个女人是艾米莉·勃朗特小姐。他朝她走去,在她旁边找了个位子坐下。 她的脸变得通红。他知道她很害羞,于是亲切地拍了拍她的膝盖。她吓得把腿缩了回去。为了让她安心,他开始给她讲他最喜欢的故事:在莫斯科的一个澡堂里,一位家庭教师给他带来了一个小女孩,他强奸了这个小女孩。但是他的语速太快,法语也说得很蹩脚,这位年轻的小姐一个字都没听懂。他还没来得及说他对自己犯下的罪感到多么悔恨、多么痛苦,她就突然起身离开了。

客人们分散在房间各处,奥斯汀小姐选择了一个离人群有些距离的座位。司汤达虽然在女人面前一直都畏首畏尾,但他觉得自己有必要去搭个话,可她冷漠的态度令他有些不安。他瞥了一眼正在和赫尔曼·梅尔维尔交谈的亨利·菲尔丁之后,加入了巴尔扎克、查尔斯·狄更斯和福楼拜的热闹对话。奥斯汀小姐庆幸对方没有来打扰自己,好让她能够把注意力集中在其他客人身上。她看见勃朗特小姐离开了跟她谈话的那个丑陋的小个子男人,独自坐在沙发的角落里。可怜的小家伙,穿得这么寒酸,衣服上还戴着羊腿袖。她的眼睛很美,头发也很漂亮,但是她的穿着为何如此不得体?她看上去就像个悲惨的家庭女教师,作为牧师的女儿,她的出身自然是很卑微的。奥斯汀小姐看她既失落又孤独,觉得自己最好上前和她说说话。于是她起身,在勃朗特小姐身旁的沙发上坐下。艾米莉吃惊地看了她一眼,用几个字尴尬地回答了奥斯汀小姐友好的提问。奥斯汀小姐还注意到,勃朗特的姐姐们没有被邀请参加晚会,不过她对此并不意外。这样也好,因为她们对《傲慢与偏见》的评价不高，认为这部小说的作者缺乏诗意和感情；但作为一个有教养的女人，奥斯汀小姐觉得自己应该礼貌性地询问一下夏洛蒂小姐的近况。艾米莉又用几个字回答了她，奥斯汀小姐得出这样的结论：对这个可怜的小家伙来说，和不认识的人交谈会让她十分痛苦。所以她决定，让艾米莉自己一个人待着会好些。她回到自己原来的座位。为了卡珊德拉，她继续观察着房间里的其他人。当然，她想在信里说的话实在太多，必须等到姐妹俩在查顿团聚的时候再说。她会对姐姐一一描述起这些古怪的人，姐姐会发出开心的笑声。一想到这些，奥斯汀的脸上就露出了满足的笑容。

  狄更斯先生比奥斯汀小姐所喜欢的那种男人要矮，而且衣着过于考究。不过他有一张可爱的面孔和一双美丽的眼睛。从狄更斯那活泼的神色来看，她觉得对方应该是一个很有幽默感的人。可惜他太粗俗了。那边还有两个俄国人，其中一个人的名字很拗口，看上去很不友善，样貌也很普通。另一个人是托尔斯泰，他有一副绅士的派头，毕竟是个外国人，她搞不清楚他到底是个什么样的人。奥斯汀小姐不明白他为什么会穿那件奇怪的罩衫，像画家的工作服；他还穿着一双笨重的大靴子。人们说他是个伯爵，可是在她看来，除了英国，其他国家的贵族头衔只会让人觉得可笑。至于其他的人——贝尔先生，他们管他叫司汤达，他身材臃肿、相貌丑陋；福楼拜先生笑得太大声了，任何一个自视优雅的人都不会这样笑；至于巴尔扎克先生，他的举止也很糟糕。事实上，在场唯一的绅士只有菲尔丁先生，奥斯汀小姐想知道，跟他谈话的那个美国人身上到底有什么让他感兴趣的东西。和菲尔丁谈话的是梅尔维尔先生，他身材魁梧、高大挺拔，但是他留了胡子，看起来像一条商船的船长。他正在给菲尔丁先生讲一个饶有趣味的故事，惹得菲尔丁先生开怀大笑。菲尔丁先生有些嗜酒，奥斯汀小姐知道许多绅士都是这样的。虽然这令她遗憾，但是并不为此震惊。菲尔丁先生风度翩翩，颇有教养，他本可以和她哥哥奈特先生的朋友在哥德玛夏姆举办宴会。毕竟他和玛丽·沃特利-蒙塔古夫人是表亲，而且是哈布斯堡家族的后裔中登比伯爵的后代。他看到了她的目光，于是起身离开了这个陌生的美国人，走到奥斯汀小姐面前鞠了一躬，询问她是否可以坐在她身边。她微笑着点头，表现得十分得体亲切。他和奥斯汀小姐愉快地聊起天来，过了一会儿，奥斯汀小姐鼓起勇气告诉他，自己小时候就读过《汤姆·琼斯》。

"我敢肯定，小姐，这对你没有坏处。"他说。

"完全没有，"她回答，"对任何一个立场坚定、判断力良好的年轻女性来说，阅读这部小说都不会有坏处。"

菲尔丁先生殷勤地笑了笑，问奥斯汀小姐，凭她的魅力、智慧和风度，为什么还没有结婚。

"我怎么能结婚呢，菲尔丁先生？"她快活地回答，"我唯一愿意嫁的人就是达西，可他已经和我亲爱的伊丽莎白结婚了。"

查尔斯·狄更斯加入了司汤达、巴尔扎克和福楼拜的对话，他感到不太自在。虽然他们都很亲切，但他总觉得对方会把自己当成没有文化的人。他们的态度直白：法国以外的作家不会写出有文学价值的小说。英国人写小说就像是一场滑稽的表演，像马戏团里训练有素的狗所做的表演。司汤达承认英国有莎士比亚这样的伟大作家,还时不时说一句:"生存还是毁灭。"福楼拜的声音比平时还要大,嘲弄地看了狄更斯一眼,低声说:"余下的只有沉默。"[1]作为派对上的灵魂人物,狄更斯尽可能让自己看起来对他们的谈话感兴趣,实际上他对这场派对并没有什么兴趣。他们随心所欲地谈论着自己的性爱冒险,这令狄更斯感到震惊。狄更斯对性不感兴趣,当他们问他英国女人是不是都是性冷淡的时候,他不知道该怎么回答。听巴尔扎克讲述他与伯爵夫人吉多博尼(英国最高贵的贵族之一)的风流韵事也让他痛苦万分。他们还拿英国人的拘谨取笑他,说英语词汇中最常见的单词是"不合适",这也不合适,那也不合适……司汤达说,在英国,人们会把裤子套在钢琴腿上,这样一来,学弹琴的小女孩们就不会因为情欲萌动而分散精力。狄更斯忍受着他们的玩笑,但一想到他们根本不知道他和威尔基·柯林斯去巴黎旅行的时候有多欢乐,他就在心底嘲笑他们。在最后一次旅程中,当他们看到多佛白崖的时候,威尔基表现出一种罕见的严肃态度,对他说道:"查尔斯,感谢上帝,英国的体面完全建立在法国的不道德之上。"狄更斯一时哑口无言,当他意识到这句话的深刻意义时,眼睛里噙满了爱国的泪水,用沙哑的声音低声说道:"天佑女王。"威尔基一向是个绅士,他严肃地举起礼帽。那是多么令人难忘的时刻!

---

[1] 莎士比亚戏剧《哈姆雷特》中,哈姆雷特的最后一句台词。

天赋以外的驱动力

显然,这些小说家都是个性鲜明、与众不同的人。他们对写作满怀热情。我们可以有把握地说,讨厌写作的作家并不多,这并不是说他们觉得写作很容易,想要写好是很难的。但他们仍然热爱写作,这不仅是他们生活的需求,而且是一种像吃饭和喝水那样的需求。也许每个人都具备创造的本能,孩子们会玩彩色铅笔,用水彩画一些小画,这是很自然的事。孩子们在上学时,常常会写一些小诗和小故事。我认为,人的创造本能在二十多岁时达到顶峰,但有时创造力会被当作青春期的产物,再加上生活中的琐事太多,压力太重,没有时间培养,导致创造力的枯竭。但在有些人身上,创造力会继续存在,并深深地吸引着他们。他们之所以成为作家,是因为他们内心有非常强的创作欲。不幸的是,创造的本能是强大的,但有价值的创造却是稀缺的。

创造的本能必须与什么东西相结合,才能使一个作家创作出一部有价值的作品？我认为是个性。个性可能讨喜，也可能不讨喜，但个性使作家能以自己特有的方式来看待事物，这才是重要的。你可能不喜欢某位作家所看到的世界，例如，司汤达、陀思妥耶夫斯基或福楼拜所看到的世界就可能会令你反感，但他所展现出来的力量一定会给你留下深刻的印象。你也可能会喜欢这些作家的世界，比如菲尔丁和简·奥斯汀眼中的世界。如果是这样的话，你就会把这些作者放在心上。这取决于你自己的意愿，与作品的价值无关。

我一直都很想知道，这些小说家究竟有哪些特质，让他们能够创作出那些公认为伟大的作品。菲尔丁、简·奥斯汀和艾米莉·勃朗特的生平鲜为人知，至于其他作家，要调查研究的材料就太多了。司汤达和托尔斯泰写了许多关于自己的书；福楼拜的书信透露了很多事情；至于其他作家，他们的朋友和亲戚都写过回忆录，传记作家也曾详细描述过他们的生活。他们的文化修养似乎并不高。福楼拜和托尔斯泰的阅读量很大，主要是为了获得写作素材；其他作家的阅读量并不比他们身边的人更大。除了写作，他们对任何艺术都不感兴趣，比如简·奥斯汀觉得音乐很无聊；托尔斯泰倒是挺喜欢音乐，还会弹钢琴；司汤达偏爱歌剧，这种娱乐方式能给不喜欢音乐的人带来愉悦。司汤达在米兰时每天晚上都去歌剧院和他的朋友们吃晚饭、打牌、闲聊，只有当一个著名的歌手唱了一段熟悉的歌词时，他才会注意舞台。他对莫扎特、契玛罗萨和罗西尼也很钦佩。我还没有发现音乐或雕塑对其他作家有什么特殊的意义，造型艺术也一样。众所周知，托尔斯泰觉得所有的绘画作品都毫无价值，除非它们能在道德上教化人们。司汤达也因列奥纳多·达·芬奇的作品没有圭多·雷尼那样具有示范作用而感到遗憾。他还称，卡诺瓦是比米开朗琪罗更伟大的雕塑家，因为他创作了三十件杰作，而米开朗琪罗只有一件。

创作一部好小说需要一种特别的智慧，也许这种智慧不需要十分高明。这些伟大的作家都很聪明，但他们并不是智力超群。他们往往会有一些十分天真的想法。他们接受了他们那个时代的通识，当他们把这些通识运用到小说中时，结果却总是不尽如人意。事实上，思想不是他们关注的重点，因为当小说家在关注社会思想时，是带着情感眼镜的。他们几乎没有概念性思维的天赋，他们对命题不感兴趣，对现实中的具体例子却十分感兴趣。如果智慧不是他们的强项，他们会用其他更有用的天赋来弥补：他们有强烈的感情，甚至充满激情；他们有想象力、敏锐的观察力，能够设身处地为自己创造的人物着想，为他们的欢乐而欢乐，为他们的痛苦而痛苦；最后，他们能把所见、所感和所想，强有力且清晰鲜明地表现出来。

这些都是伟大的天赋，拥有这些天赋的作家是幸运的，但仅有这些天赋是不够的。加瓦尼说，巴尔扎克在所有学科里都是完全的"ignare"（无知者）。人们下意识地把这个词译成"ignorant"（无知），但这个词来自法语，除此之外还有其他的意思。它指的是像白痴一样愚蠢无知。加瓦尼接着说，但是当巴尔扎克开始写作时，他有了一种直觉，似乎对一切事物都了如指掌。我认为直觉是一种判断，一种基于合理的或认为合理的无意识的判断。巴尔扎克显然不是这样，他所表现出来的知识是没有根据的。我认为加瓦尼用错了词,"灵感"用在此处更为恰当,灵感是创作出杰作的另一个条件。什么是灵感?我有几本心理学方面的书,翻了个遍也没找到能启发我的东西。唯一看到的一篇试图说明这个问题的文章是埃德蒙·雅卢的《诗歌的灵感与匮乏》。埃德蒙·雅卢是一个法国人,他写的是自己的同胞,一位法国诗人。也许他们对精神状态的反映比盎格鲁-撒克逊人更敏感。他这样描述这位法国诗人在灵感下的样子:他发生了变化,他的面容平静而容光焕发,面部表情很放松,眼睛里闪烁着一种奇异的光芒,眼中带有一种奇怪的欲望,渴望触及某种不真实的东西。这是一种不容置疑的存在。但埃德蒙·雅卢接着说,灵感并不会永远存在,灵感消失后便是才思的枯竭,这可能会持续一段时间,也可能持续数年。随后,作者就会像失了魂一样,终日郁郁寡欢、痛苦不堪;这不仅让他感到沮丧,而且使他变得咄咄逼人、怀恨在心、消极厌世,忌妒其他小说家的作品,痛恨自己失去的创造力。我感到很奇怪,令人震惊的是,这种状态与那些神秘主义者多么相似——在通灵的时刻,他们觉得自己与上帝合为了一体;在灵魂的暗夜时刻,他们感到枯竭和空虚,仿佛被上帝抛弃了。

埃德蒙·雅卢写得好像只有诗人才有灵感,也许灵感对于诗人比对散文家更重要吧。诗人因为职业要求而写出来的诗,和他受到启发时所写的诗句相比,肯定有明显的区别。虽然散文作家和小说家也有自己独特的灵感,但《呼啸山庄》《白鲸》《安娜·卡列尼娜》中的某些段落和济慈或雪莱的诗歌一样。小说家也许会有意识地依赖这个神秘的东西,陀思妥耶夫斯基在写给出版商的信中,经常说起自己在脑海中构思的一些场景。如果他创作时灵感涌现，那就能写出一部杰作。灵感往往在年轻时出现，很少能持续到老年。意志力是无法将它唤醒的，但作者们发现，可以通过哄骗让它重新活跃起来。席勒在书房里工作时，为了唤醒灵感，会闻一闻放在抽屉里的烂苹果；狄更斯的书桌上必须放置特定的物品，否则他就一个字也写不出来。这些物品能够带来灵感，但一般来说这是不可靠的。一个作家乍现的灵感可能和济慈写下伟大颂歌时出现的灵感一样，但写出来的东西可能毫无价值。此处又和神秘主义者有了一个相似之处：圣特蕾莎对修女们的陶醉和幻想不以为意，除非它们落实在工作上。

我希望把灵感说清楚，可我不知道最终的答案。我只知道它是一种神秘的力量，令作者写出他自己都不清楚的东西。小说家回顾自己的创作过程时，他会问自己："我究竟是从哪里知道这些东西的？"我们知道，艾米莉总能写出一些她所不知道的人和事，这让夏洛蒂·勃朗特感到困惑。一旦作者拥有了这种力量，各种思想和形象都会涌上他的心头，他觉得自己只不过是一件工具、一个速记员。无论一位作家具备怎样的天赋，倘若没有这种神秘力量的影响或驱动，他们就不会有什么作为。

小说从来不是照搬生活

三十岁以后还能拥有灵感是很反常的，从某些方面来看，这些作家都是不正常的，只有简·奥斯汀除外，因为她似乎具备一个女人所能拥有的全部美德，但又不至于成为人们不胜其烦的楷模。陀思妥耶夫斯基患有癫痫；福楼拜也是如此，大多数人都认为他所服用的药物影响了其创作。我想起这样一个观点，即身体残疾或悲惨的童年是影响一个人创作能力的决定性因素。也就是说，如果拜伦不是天生跛足，他就不可能成为诗人；如果狄更斯没有在鞋油工厂待过几个星期，他就不会成为小说家。我认为这根本是无稽之谈，很多人的脚天生就是畸形的，许多孩子被迫投身于他们觉得不光彩的工作中，但他们从来没写出过诗句或散文。人人都具备创作的天分，但只有少数一部分人能让灵感保持活跃。要是跛足的拜伦、患有癫痫病的陀思妥耶夫斯基、在亨格福德度过悲惨童年的狄更斯没有与生俱来的强烈创作欲，他们绝不可能成为作家。而健康的亨利·菲尔丁、简·奥斯汀和托尔斯泰也拥有同样强烈的创作欲。身体或精神上的残疾会影响作者的创作，这在某种程度上让一个小说家与其他小说家区别开来，让他具备自我意识与偏见，让他站在不同的立场（通常是不平常且不适当的）上看待世界、生活以及同类。我敢肯定，要是陀思妥耶夫斯基没有患上癫痫病，他不会创造出现在这些作品；但我也毫不怀疑，就算是这样，他也仍然会是一个高产的作家。

总的来说，除了艾米莉·勃朗特和陀思妥耶夫斯基，和这些伟大的作家相处一定很愉快。他们极具活力，十分健谈，能给每个与他们接触的人留下深刻的印象。他们很会享受，热爱生活中的美好事物。创造力非凡的艺术家并不总爱待在自己的阁楼。他们天生热情活泼，富有表现欲。他们喜欢奢华，大家应该还记得菲尔丁的肆意挥霍，司汤达的漂亮衣服和马车，巴尔扎克无意识的炫耀，狄更斯举办的盛大宴会以及他拥有的漂亮房子和马车。他们天性乐观，喜欢挥霍财富，而且他们并不总是以正当的手段获取钱财。如果这是一个缺点，那也是我们大多数人能理解的。但是，除一两个人外，即使是性格最宽容的人，也难免会被他们的脾气惹得不愉快。他们以自我为中心，对他们来说，除了工作，其他的事情都不重要，他们随时可以毫不犹豫地牺牲自己认识的每一个人。他们自视甚高，不顾他人感受，自私固执，毫无自制力，从不考虑自己的一时兴起会给其他人带来怎样的痛苦。他们似乎不太想结婚，就算结了婚，他们暴躁和朝三暮四的性格也难以给妻子带来幸福。我想，他们结婚是为了摆脱自己激动不安的天性，婚姻似乎能给他们带来和平与安宁,他们将婚姻看作能躲避外面狂风暴雨的庇护所,可逃避、安宁、休息、安全,是最不适合他们性情的东西。婚姻需要双方不断地妥协,可他们生来就是顽固的利己主义者,又怎么能指望他们妥协呢?他们曾经有过爱情,但他们似乎对自己和爱人都不太满意。这不难理解:真爱是忍让,是无私,是温柔,他们并不具备这些美德。除了再正常不过的菲尔丁和好色的托尔斯泰,似乎其他作家的性欲并不强。有人还觉得,他们在恋爱的时候,更多的是为了满足自己的虚荣心,或是证明自己的男子气概,而不是因为他们被那种不可抗拒的力量所吸引。我冒昧地推断,当他们达成了目的,就会松口气,继续回去工作。

这些都是概括性的说法,概括性的说法或多或少是属实的。我尝试了解过他们中的一些人,并作出相应的评论,这些评论是很容易被夸大的。我没有考虑自己笔下的作者所处的生活环境和舆论氛围(这种表达方式虽然已经过时了,但用起来很方便),这些因素显然对他们产生了不容忽视的影响。除了《汤姆·琼斯》,我所提到的小说都出版于19世纪。这是一个社会大变革的时代,人们抛弃了过去一成不变的生活方式和思维方式。在这样一个时代,人们不再无条件地接受过去的信仰,巨大的骚动在空气中弥漫,生活成了一种新鲜刺激的冒险,这样的时代有利于塑造杰出的人物,产生伟大的作品。如果愿意将19世纪延长到1914年的话,那么就必须承认,19世纪所创作的小说是古往今来最伟大的小说作品。

我认为,小说大致可分为现实主义小说和奇情类型的小说。它们之间的界限很模糊,因为现实主义作家有时会插入一个奇异的事件；相反，奇情小说的作家会试图通过现实的细节来让自己叙述的事件更加合理。人们对奇情小说的评价不高，但你不能因此就不屑一顾，否定巴尔扎克、狄更斯和陀思妥耶夫斯基都使用过的方法。它只是一种不同的流派。侦探小说的大受欢迎足以表明它对读者的巨大吸引力，奇情小说家会借助暴力或夸张的事件来吸引你的注意力，让你体验到兴奋、震撼和痛快。而他因此承担的风险是读者可能会质疑小说内容的真实性。但正如巴尔扎克所说："读者必须充分信任作者所说的话。"为了做到这一点，他创造出了一些不寻常的人物，并让他们的行为显得还算可信。奇情小说中的人物会比真实人物更夸张一些，这就是陀思妥耶夫斯基所说的"比现实更真实"的人物：他们有着难以抑制的激情、鲁莽的性格以及恶劣的品格。情节剧是它们展示的舞台，反对这些作品，就会像因为立体主义画不够具象而进行贬低一样不合情理。

现实主义者想要描述生活的原貌，就会避免提到激烈的事件，因为总体上而言，这些事情并不会发生在人们身边的普通人身上。他叙述的事件不仅要有发生的可能性，而且要有必然性。他并不打算让你大吃一惊或是热血沸腾。他渴望被认可，渴望你了解他让你感兴趣的那类人，熟悉他们的生活方式，感受他们的思想和感情，因为他们和你很相像，他们的遭遇也很可能也会发生在你身上。可是，生活是单调的，所以现实主义小说家总是担心自己的作品可能会让人厌烦，于是他受到诱惑，开始写一些奇异的故事，小说的基调被迫改变，这也令读者大失所望。因此，在《红与黑》中，司汤达采用的是现实主义风格。但于连去了巴黎，和玛蒂尔德接触后，故事情节就变得奇异起来。虽然你心里不悦，但还是跟着作者，沿着他选择的一条莫名其妙的新道路前进。当福楼拜着手创作《包法利夫人》时，他清楚地意识到枯燥乏味的风险。他认为，只有借助优美的文笔才能避免这一点。简·奥斯汀凭借她那一贯的幽默才避免小说变得枯燥无味。但像福楼拜和简·奥斯汀一样，能够将现实主义贯彻到底的小说家并不多，这需要高超的技巧。

我在前面曾引用过契诃夫的一句话，既然说到了这一点，我就冒昧地再引用一次。"人们不会到北极去，再从冰山上掉下来，"他说道，"他们只会去办公室，和妻子吵架，喝些白菜汤。"这种说法过分缩小了现实主义的范围。人们确实去了北极，就算他们没有从冰山上掉落，也会经历同样艰巨的冒险。他们还会到非洲、亚洲和南太平洋去。这些地方发生的事情，并不会发生在布卢姆斯伯里文化圈[1]或南海岸的海滨度假胜地。这些故事可能是有些耸人听闻，但如果它们是常见的事情，现实主义小说家没有理由不去描述它们。普通人的确会去办公室，和妻子吵架，喝白菜汤，但现实主义者的职责是把普通人身上的不寻常之处表现出来。这样一来，喝白菜汤可能就和从冰山上掉下来一样重要了。

现实主义作家不会照搬生活，他会为了达到自己的目的编排情节，会尽其所能地避免不太可能发生的事情，但有些不可能发生的事情是非常必要的，而且非常普遍，以至于读者毫不犹豫地接受了它们。例如，如果小说中的主人公想要立刻见到某个人，那他就

---

[1] 布卢姆斯伯里团体是真正意义上的剑桥文化精英的沙龙，是当时伦敦文化圈的核心。

会在皮卡迪利大街拥挤的人行道上遇见那个人。"你好，"他说，"我没想到会见到你！我正要去找你。"这件事发生的可能性就像一个桥牌玩家拿到十三个黑桃一样低，但读者对此会欣然接受。根据读者的水平高低，事情发生的可能性也会随之变化：一个曾经被忽视的巧合，如今却会引起读者的怀疑。我想，得知托马斯·伯特伦爵士从西印度群岛回来的那天，正好是他家举行私人戏剧演出的日子，当时《曼斯菲尔德庄园》的读者不会觉很奇怪，但如今的小说家会觉得有必要写得更加符合现实。我提出这一点仅仅是为了表明：虽然现实主义小说更为微妙和含蓄，但它并不比奇情小说更贴近生活。

每个人都能在书中找到自己想要的

我在这几页所讲的小说各不相同，但它们有一个共同点：小说的故事很好，作者的讲述方式非常直白。他们没有借助任何无聊的文学技巧来叙述事件和探究动机，比如意识流和倒叙，这些手法让许多现代小说变得空洞乏味。这些现实主义作家直白地把故事告诉读者，而不是像现在流行的写作方式那样，让读者去猜人物是谁，是做什么的，有怎样的处境。事实上，为了让人们阅读得更轻松，他们尽了最大的努力。他们并不打算凭借精妙技巧给读者留下深刻印象，或者依靠自己的独特构思来震撼读者。作为人，他们已经足够复杂；作为作家，他们却惊人地简单。他们巧妙而独特，就像出口成章的茹尔丹先生[1]一样自然。他们试图说出真相，但却不可避免地透过他们自身特质的扭曲镜头来看待真相。他们本能地避

---

1 法国作家莫里哀的小说《贵人迷》中的人物，喜欢向"上等人"看齐，模仿贵族的谈吐、举止和打扮。

开那些暂时引人关注的话题，因为这些话题会随着时间的推移而失去意义。他们讨论的是人类长期关注的话题：上帝、爱恨、死亡、金钱、野心、忌妒、骄傲、善恶。简而言之，他们关注的是人类自古以来所共有的激情和本能。正因为如此，一代又一代的人都能在这些书中找到自己想要的东西。正是因为这些作家用他们与众不同的性格向读者揭示生活，并对生活进行观察、判断和描述，他们的作品才有了鲜明的个性，一直强烈地吸引着我们。归根结底，作者所能呈现出来的就是他本身。这些作者都具有特殊力量以及奇思妙想，所以，尽管随着时间的推移，出现了不同的生活习惯和思维方式，但他们的小说仍独具魅力。

他们有一个奇怪的地方：尽管他们写了又写，而且大部分作品都在不停地修改，但他们并不算是伟大的文体学家。似乎只有福楼拜在钻研文体这方面做出过努力。最讽刺的是，他在《包法利夫人》上花费了巨大的心血，却因为小说文风上的问题，法国知识分子反而更欣赏他那些草率写就的书信。几年前，克鲁伯特金公爵和我谈起托尔斯泰和陀思妥耶夫斯基。他说托尔斯泰的写作风格像个绅士，而陀思妥耶夫斯基写的文章像欧仁·休[1]。如果他的意思是，托尔斯泰是以受过良好教育、出身高贵的人的文风来写作的话，那么在我看来，这种写作风格很适合小说家。不得不提的是，奥斯汀小姐的写作风格和她那个时代的贵妇人的谈吐很像，这种风格非常契合她的小说。小说并不是科学论文，每一部小说都要有自己独特

---

[1] 法国小说家，作品以奇幻小说为主，描写的是城市生活的阴暗面。

的风格。福楼拜很清楚这一点,所以《包法利夫人》的风格不同于《萨朗波》的,《萨朗波》的风格也和《布瓦尔和佩库歇》不同。据我所知,还没有人说过巴尔扎克、狄更斯和艾米莉·勃朗特的作品有什么与众不同的地方。福楼拜说他读不下去司汤达的作品,因为他的文风太糟糕了。实际上,即使从翻译上来看,陀思妥耶夫斯基的文笔也明显很粗糙。这样看来,文笔优美并不是小说家所必需的条件,更重要的是作者的生命力、想象力、创造力和敏锐的观察力,以及他对人性的了解、兴趣和同情,作品的高产能力和他的智慧。尽管如此,文笔优美总归是要比文笔糟糕好。

奇怪的是,这些杰出作家的文笔并没有好到哪里去;更令人奇怪的是,他们居然还能当上作家,并不能从遗传的角度解释他们的天赋。他们的家庭或多或少是受人尊敬的,但整体上非常普通,既不是特别有才智,又算不上非常有教养。他们小时候也没有接触过对文学和艺术感兴趣的人。他们既不认识作家,又算不上特别用功。他们和同年龄、同地位的男女一样,有着类似的职业和娱乐活动,没有什么能表明他们具备非凡的才能。除了托尔斯泰是贵族出身,其他作家都属于中产阶级。从他们所处的环境和成长背景来看,人们觉得他们可能会成为医生、律师、政府官员或商人。他们像羽翼丰满的鸟儿投向天空的怀抱一样投身于写作。说来也的确奇怪,像卡桑德拉和简·奥斯汀、费奥多尔和米哈伊尔·陀思妥耶夫斯基这样在同样的家庭出生,过着同样的生活,在同样的环境中长大,彼此相亲相爱的两个人,却都只有一个人具备超群的天赋。我已经说过,伟大的小说家不仅要有创造力,而且要有敏锐的感知力、专注力、吸取经验和教训的能力，最重要的是对人性有着浓厚的兴趣；只有将这些能力巧妙结合，才能成为真正的小说家。但是为什么只有一个人具备这些能力，而不是另一个人呢？为什么拥有这种能力的是一个乡下牧师的女儿、一个默默无闻的医生的儿子、一个窝囊律师或一个狡诈的政府职员的儿子呢？这是一个无法解释的谜。没有人知道这些小说家罕见的天赋是如何获得的。这似乎取决于他们的性格，而人的性格，除了少数例外，大多是由可贵的品质和邪恶的缺点而构成的。

艺术家的独特天赋，他的才能（或天资），就像酣睡中的兰花种子，偶然掉落在热带丛林的一棵树上，虽然在树上生根发芽，但却是从空气中获得养分，然后开出一朵朵奇异又美丽的花。这棵树被砍倒，做成了木材，或是沿着河流漂流而下，到达了锯木厂，如此一来，这棵生长着繁茂的奇异花朵的树木，就和原始森林里的其他几千棵树没有什么两样了。